Daniela Wiedmer ● Erzählungen aus den Landen der Alten ●
Walbucht

AF124974

Bibliografische Information der Deutschen Nationalbibliothek:
Die Deutsche Nationalbibliothek verzeichnet diese Publikation
in der Deutschen Nationalbibliografie; detaillierte bibliografische Daten sind im Internet über www.dnb.de abrufbar.

Herstellung und Verlag:
BoD - Books on Demand, Norderstedt

ISBN: 978-3-73474647-5

Erzählungen aus den Landen der Alten
Walbucht

Dank jenen, denen er gebührt, weil sie sich jeden Tag mit mir
in ein neues Abenteuer begeben

Besonderer Dank an Lisa für Eldrin, an Janina für die Motivation und Ari für den Rat

1

**1786 nach Entdeckung der Götter, 17. Winterfall,
Totes Dorf Freisaat in Walbucht**

Sein Atem gefror in der eiskalten Luft. Seine Hände waren rot und zwischen den Fingerknöcheln war die Haut aufgeplatzt, doch das Blut war zu dickflüssig, um seine Finger hinunter zu rinnen. Er zitterte und verspürte noch die geringe Sehnsucht nach einem warmen Ofen oder Kamin, an dem er sich erholen könnte. Aber diese Sehnsucht war bar jeder Hoffnung. Die Hütten und Häuser in seinem Rücken waren verlassen und dunkel. Er wusste, wohin ihre Bewohner gegangen waren. Sie waren nicht weit gekommen. Wenige hatten den Rand des Dorfes erreicht, doch die meisten lagen auf dem kleinen Platz, in dessen Mitte der Brunnen stumm und gefüllt mit gefrorenem Wasser unberührt stand. Er hatte sie alle hinaus geschleift, zu dem großen Feld, auf dem erst zwei Kreuze aufgestellt worden waren. Eines kurz nach ihrer Ankunft vor etwa fünf Jahren, das zweite im letzten Jahr nach dem ersten schweren Winter. Nun würde er viele Tage brauchen, bis alle Erdhügel mit einem Kreuz versehen waren.

„Im Namen unseres Herrn Treulieb bette ich dich zu deiner letzten Ruhe. Nimm seinen Segen, der dir bei deiner Geburt geschenkt, und finde den Weg zu den Gefilden unserer Ahnen, wo niemals Winter ist und Wärme dein Herz erfüllt."

Er legte seine rechte Hand auf seine Schulter als Zeichen für Treue und Unterstützung und bedeckte das frische Grab mit einer letzten Handvoll gefrorener Erde.

Seine Finger hatten sich so fest darum gelegt, dass es ihm schwer fiel, die Klumpen feuchten Schwarzes fallen zu lassen. Doch als es getan war, lockerte sich das stählerne Band um sein Herz und er vermochte wieder freier zu atmen, auch wenn die kalte Luft in seiner Lunge brannte.

„Getan, was getan werden musste. Gehen wir nach Hause, mein Kind. Wärmen wir uns ein wenig auf und warten auf den Morgen. Er wird kalt sein, aber erfüllt von Licht. Wir werden die Sonne wieder sehen und den blauen Himmel und der Winterfall wird vergehen. Ich sehne mich nach der warmen Luft des Sommers, nach den Gerüchen des Frühlings, nach dem sanften Regen des Herbstes. Es wird nicht lange dauern und wir werden unter den Bäumen wandeln, in ihren Schatten liegen, ihre Früchte genießen und uns an ihrer Pracht erfreuen. Ja, der Tag wird kommen, an dem alles Dunkel aus diesen verlassenen Häusern weicht, an dem der Stein von Wärme durchzogen und die Luft von Leben erfüllt sein wird. Ich höre schon die Stimmen jener, die kommen werden. Ich kann sie lachen und weinen hören. Ich höre sie scherzen und toben und leise miteinander flüstern. Sie werden am Brunnen sitzen und mit den Hunden spielen, sie werden am Kamin verweilen und sich Geschichten erzählen und sie werden Hand in Hand durch die Gassen wandern und Liebesschwüre wispern. Ich kann sie hören, du auch, mein Kind?"

Er streckte den Arm aus und griff in die Nacht. Wind umschmeichelte seine Finger, bis etwas Warmes seine Handfläche streifte und er zu lächeln begann. Er wandte sich nicht um, er sah nicht das Geschöpf, das seine Hand ergriffen, sondern zog es mit sich in das tote Dorf. An verhangenen Fenstern entlang wandelte er über die ausgetretenen Pfade. Ihn störte weder Wind noch Schnee, der sich auf seine knochigen Schultern legte. Das Wesen folgte ihm bis zum Brunnen. Dort blieben sie stehen und er sah hinauf in den Himmel und fragte sich, ob der Herr Treulieb auch einen Platz für ihn bereit hielt und wie lange es dauern würde, bis er zu ihm gelangte.

„Es ist kalt."

Die helle Stimme fuhr ihm schärfer durch die Glieder als die Klingen der Grausigen, die von den Bergen herabgestiegen waren, um dies Dorf auszulöschen. Es war mit ihnen gekommen, von unschuldigem Antlitz, doch verderbter noch als die Weißhaarige selbst. Der Griff um seine Finger wurde fester, ein alles beherrschender Schmerz, bis die ersten Knochen brachen und nichts zurück blieb als Taubheit und Kälte.

2

1788 nach Entdeckung der Götter, 20. Winterfall, Ebene im Unendlichen Land Mysh

Die ganze Nacht hindurch hatte es geschneit. Eine Flocke verirrte sich in ihr halbgeöffnetes Auge, das heftig zu zwinkern begann. Ein Stöhnen drang aus ihrer rauen Kehle, als sie ihren Mantel fester um sich schlang und das von der Wintersonne beleuchtete Gesicht in dem dicken Stoff verbarg, wo es vor dem Licht geschützt war. Sie gönnte sich einen Moment, um sich dem Gedanken hinzugeben, dass sie auf ihrem Strohlager neben dem alten, geschwärzten Ofen lag und der Duft von frisch gebackenem Brot in der Luft hing. Doch was sie wirklich einsog, war der Geruch nach einem neuen Wintertag, Schnee und Tannennadeln. Sie erinnerte sich, dass sie am Abend nur eine kurze Rast hatte einlegen wollen. Stattdessen war sie neben ihrem winzigen Feuer eingeschlafen.

„Wäre ich doch nur erfroren", murmelte sie in ihren Mantel und ihr warmer Atem gefror an dem Stoff und hinterließ eine unangenehme Nässe, die sie schließlich doch dazu ermuntern konnte, sich schlagartig aufzusetzen. Es schien, als habe sich des Nachts eine ganze Schneewehe auf ihr abgesetzt, so sehr stäubte der Schnee auf und ließ sich auf ihren Haaren wieder nieder. Missmutig zwinkerte sie in die weiße Welt hinaus. Sogar die Straße nach Grenzwacht war unter der weißen Plage verschwunden. Einzig ihr Lager aus Tannennadeln, die sich in jeden Zentimeter ihrer Seite gebohrt hatten, war noch grün und braun und stach aus der Landschaft hervor.

„Weiß, weiß und noch mehr weiß. Wäre ich ein Mensch, der unentwegt zurückblickt, würden mir die schwarz gefärbten Mauern von Kohlhausen fehlen. Glücklicherweise blicke ich stets nur nach vorn."

Sie drehte sich in die Richtung, in die sie gestern unterwegs gewesen war, doch alles, was ihr Auge erblickte, war eine weiße, ebene Fläche, auf der vereinzelt ein Baum stand, bedeckt von noch mehr Schnee. Das war nun der vierte lange Winter in Folge. Nach dem Schnee konnte man inzwischen die Kirchenglocke läuten, denn er setzte pünktlich bei Sonnenuntergang ein. Den Tag über ballten sich die Wolken zusammen und ließen nur am frühen Vormittag vereinzelte Sonnenstrahlen hindurch. Der Schnee blieb liegen und war inzwischen so hoch, dass ein Kurzgeratener in einer Schneewehe vermutlich nicht aufgefallen wäre.

„Glücklicherweise schimpft man mich nur Diebin und nicht Zwerg. Aber eine ziemlich törichte Diebin war ich, als ich aus Kohlhausen aufbrach, mitten im Winter, bei diesen Witterungsverhältnissen. Gut, zugegeben, mein Aufbruch war übereilt, aber nicht ganz freiwillig. Ich frage mich nur inzwischen, ob es nicht angenehmer wäre, eine Hand durch ein Beil zu verlieren anstatt zwei in der Kälte."

Während sie ihre graue, verfilzte Decke zusammenrollte, wohlweislich die Tannennadeln nicht entfernend, damit sie den Geruch von Pferd übertünchten, murmelte sie unentwegt vor sich hin. Seit vier Tagen war sie keinem Menschen mehr begegnet. Die Straße von Kohlhausen nach Grenzwacht war unpassierbar für Pferdewagen wie für Füße. Sie stopfte die Decke in ihren Rucksack und warf einen Blick gen Nordwesten, wo Kohlhausen irgendwo hinter einer sanften Steigung verborgen lag. Zu ihrer Rechten lag der Schwarzholzwald und weiter im Osten befand sich Grenzwacht. Dorthin wollte sie gelangen. Aber sie wusste nicht, wie viele Meilen sie seit ihrem Aufbruch hinter sich gebracht hatte. Vier Tage war sie unterwegs, zwei Tage länger als ein Wanderer von Kohlhausen nach Grenzwacht im Sommer benötigt hätte. Sie runzelte die Stirn.

„Ich hoffe nur, dass ich mich nicht verlaufen habe. Ich könnte schwören, ich bin der Straße gefolgt und wenn ich nach dem Stand der Sonne und dem Schatten des Schwarzholzwaldes gehe, müsste ich richtig sein. Verfluchte Schneemassen! Wenn es nur endlich aufhören würde, zu schneien. Noch eine Nacht in dieser Eiseskälte und ich kann mich Frostbeule nennen."

Sie schnürte sich den Rucksack auf den Rücken. Die kleine Blendlaterne, die an einem verbogenen Haken am Rucksack befestigt war, schaukelte aufgeregt und verursachte das einzige Geräusch weit und breit, abgesehen von ihrem Atem, der knisternd gefror. Eine Hand an dem schmalen Griff ihres Kurzschwertes stapfte sie durch den Schnee dorthin, wo einmal ein breiterer Pfad die Straße von Kohlhausen nach Grenzwacht markiert hatte. Dann bog sie nach links ab, achtete darauf, den Schwarzholzwald hinter ihrer linken Schulter zu sehen und marschierte los.

„Am Ufer eines Flusses saß einst ein kleiner Hase im sommerlich grünen und frischen Grase."

Da sie nur eine Zeile des Kinderliedes kannte, das ihr ihre Ziehmutter viele Jahre zuvor vorgesungen hatte, pfiff sie nur die Melodie weiter und versuchte ihren Blick in die Ferne zu richten. Der weiße Schnee brannte in den Augen, obwohl keine Sonne schien und sich über ihr schwere, graue Wolken zusammenschoben. Sie musste stehen bleiben und die Augen eine Weile geschlossen halten, bis sie weiter laufen konnte. In ihren Ohren tobte ihr Blut von der Anstrengung, durch den Schnee zu stapfen.

„Verdammt, ich komme nie bis Grenzwacht, wenn ich nicht −"

„Achtung! Weg da! Aufgepasst!"

Sie legte den Kopf auf die Seite und fuhr sich mit der Hand ans Ohr. Hatte sie das eben gerade wirklich gehört? Und warum wurde das Rauschen in ihren Ohren immer lauter? Sie drehte sich in Richtung des Schwarzholzwaldes und nahm aus dem Augenwinkel hinter sich eine schnelle Bewegung wahr.

„Schnell! Weg da! Die Pferde gehen durch!"

Plötzlich tauchte nur wenige Meter hinter ihr ein Karren, gezogen von zwei großen, schwarzen Pferden, auf. Auf dem Karren saß eine kleine, korpulente Gestalt, in einen Mantel gehüllt, und fuchtelte mit einer Hand herum. Die andere versuchte nach den Zügeln zu greifen, die jedoch über den Schnee schleiften.

„Weg da!" schrie die Gestalt noch einmal verzweifelt, aber sie war nicht in der Lage zu reagieren. Ihre Instinkte hatten unter der langen Wanderung gelitten und ihre Füße waren im Schnee festgefroren. Sie spürte schon den heißen Atem, der aus den weit geblähten Nüstern der Pferde drang, als ein Körper sich auf sie warf und sie gemeinsam mit ihm ein paar Meter in den Schnee rollte. Der Karren fuhr an ihr vorbei, der Körper über ihr löste sich und eilte den Pferden hinterher. Noch bevor sie sich ganz aufgesetzt hatte, war der Karren zum Stehen gekommen, aber erst da konnte sie erkennen, wer sie gerettet hatte.

„Eine Elfe, sieh einer an. Was machen die denn so nahe an der Grenze zu Walbucht?"

Noch überraschter war sie allerdings, als sie sah, wer da die Kapuze des Mantels lüftete und sich mit einem tiefen Aufatmen bei der Elfe bedankte, die ihrerseits nur den Kopf schüttelte und die Pferde zu beruhigen suchte.

„Und ein Zwerg. Ist doch nicht wahr! Ich glaube, ich bin doch gestorben oder träume noch."

„Zwerge sollten eben keine Pferde reiten oder sie als Nutztiere verwenden. Wir tragen unsere Lasten besser selbst. Ich bin nur ein wenig eingenickt und da müssen sie sich irgendwie erschreckt haben", versuchte sich der Zwerg zu rechtfertigen. „Ich habe die Zügel nicht mehr zu packen bekommen, aber zum Glück ist ja zur Zeit niemand hier unterwegs, aber als dann plötzlich dieser Kerl aufgetaucht ist, da habe ich es ganz schön mit der Angst gekriegt und ich konnte ja nicht ausweichen und diese blöden Viecher sind direkt auf ihn zu."

„Beruhigt euch, Herr Zwerg. Es wundert mich nicht, dass diese armen Tiere Euch durchgegangen sind, wenn Ihr sie auf diese Weise würdigt. Steigt ab, lasst die Pferde ausruhen und kümmert Euch um den jungen Herrn, der durch Eure Schuld beinahe zu Tode gekommen wäre."

Der Zwerg nuschelte in seinen Bart und sprang vom Karren, woraufhin die Pferde erneut aufschreckten. Die Elfe runzelte die Stirn, legte ihre Hände auf die Nüstern der Pferde und begann, auf sie einzureden. Der Zwerg eilte an seinem Karren vorbei und arbeitete sich an der Spur entlang, die die Pferde durch den Schnee gezogen hatten.

„Ist alles in Ordnung, Fremder?"

Sie erhob sich aus dem Schnee, putzte sich mit zwei kurzen Schlägen den Mantel ab und warf die Kapuze zurück, die sie zum Schutz ihrer Ohren aufgesetzt hatte. Nun offenbarte sie ihr Gesicht und die blonden, schulterlangen Haare, die leicht zusammengebunden über ihre Schulter lagen.

„Oh, Fremde, meine ich. Es tut mir sehr Leid. Die Pferde sind durchgegangen."

„Das habe ich gesehen, Herr Zwerg. Aus einer äußerst unangenehmen Nähe. Doch ich wurde ja glücklicherweise gerettet, also sei Euch noch einmal verziehen. Aber sagt, wohin seid Ihr denn unterwegs?"

Sie betrachtete das verhärmte Gesicht des Zwerges, das zur Hälfte unter einem großzügig gewachsenen, aber sorgsam gepflegten Vollbart verdeckt war. Die andere Hälfte wurde umrahmt von wildwüchsigem hellbraunem Haar, in das eine einzelne Perle eingeflochten war. Der Zwerg war kein besonders schmeichelnder Anblick für ihr Schönheitsempfinden - und der direkte Vergleich mit der Elfe erschwerte es, ihn sympathisch zu finden -, aber seine braunen Augen blitzten hellwach unter schweren Lidern hervor und musterten seinerseits ihr Aussehen. Sie wurde sich bewusst, dass sie nach vier Tagen Wanderung vermutlich auch nicht mehr den besten Eindruck vermittelte, wenngleich sie darauf geachtet hatte, ihr Haar zu pflegen und sich regelmäßig Gesicht und Hände mit Schnee zu reinigen.

„Ich wollte nach Grenzwacht."

Die Antwort war kurz und in ihr schwang leichtes Misstrauen mit. Misstrauen, das so nah an der Grenze zu Walbucht gerechtfertigt war. Sowohl Reisenden nach Walbucht als auch Reisenden aus Walbucht konnte man nie genug Misstrauen entgegenbringen. Der Zwerg schien das ähnlich zu sehen.

„Dann haben wir ein gemeinsames Ziel und so wie ich das sehe, habt Ihr auf Eurem Karren noch Platz für einen schmalen Menschen wie mich."

Wenn die Gelegenheit sie schon regelrecht über den Haufen fuhr, dann konnte sie auch die Zügel ergreifen. Sie hatte genug von der langen Wanderung und der Kälte und lieber reiste sie mit einem Zwerg auf einem Karren durch die weiße Ebene als allein mit erfrorenen Füßen.

„Was will denn eine zierliche Dame wie Ihr in Grenzwacht? Soweit ich weiß, leben da doch nur Söldner."

Einen kurzen Moment drang die Sonne durch die graue Wolkendecke und ließ das Kettenhemd, dass der Zwerg offen unter seinem Mantel trug, glitzern. Es gab dieser Tage viele Männer aus Mysh, Erdschlucht oder auch Nordfalke, die nach Grenzwacht zogen, um sich dort einer neuformierten Armee anzuschließen, die gegen die Orks aus Walbucht ziehen wollte, um der Herrschaft der Grauhäute endlich ein Ende zu bereiten, aber Zwerge waren nur sehr selten unter ihnen. Die meisten Kurzgeratenen verschanzten sich in Ostenbruch und wagten sich dieser Tage kaum aus den Bergen der Strahlen heraus. Soweit von Ostenbruch traf man normalerweise nur Ausgestoßene an, doch diese zeichneten sich durch ein kahlrasiertes Gesicht aus und dieser Zwerg trug seinen Bart noch.

„Ich will auch zu den Orkschlachtern von Mysh. Ist es Frauen etwa verboten, der Armee beizutreten?"

Die Überzeugung, mit der sie verkündete, sich der Armee anzuschließen, überraschte sie selbst. Bisher hatte sie gar nicht darüber nachgedacht, was sie in Grenzwacht machen sollte, denn es stimmte, Grenzwacht war eine Stadt der Soldaten. Natürlich gab es dort Menschen, die die Soldaten verpflegten, aber für solcherlei Beschäftigung war sie nicht geboren. Ihr Kapital waren ihre Schnelligkeit und ihr Charme.

„Nein, natürlich nicht. Aber verzeiht, wenn ich das so sage, Ihr scheint mir keine große Kämpferin zu sein."

„Meine Qualitäten liegen auch nicht im Frontalangriff. Man könnte sagen, ich bin eher als Späher geeignet."

Späher, das klang beinahe ehrenhaft. Der Zwerg schien das ähnlich zu sehen. Sein Kopf bewegte sich langsam nach unten, deutlich schneller wieder nach oben und dann streckte er die Hand aus und hielt sie vor ihren Bauchnabel.

„Vorkron Sohn des Bosron, vom Clan der Borkenschädel. Freut mich!"

Überrascht von der plötzlichen Geste konnte sie nur ihre Hand in seine schwielige legen.

„Tem Blattleicht aus Kohlhausen."

„Kohlhausen? Ach, dieses kleine Städtchen mit den schwarzen Mauern? Da bin ich gestern vorbei gefahren. Aber der Weg ist völlig zugeschneit. Es scheint mir ein Wunder, dass Ihr bei dieser Wetterlage soweit gekommen seid."

„Mir auch", murmelte sie in sich hinein, doch ihr Blick verlor sich, als die Elfe näher kam. Ihre dunkelgrüne Weste schmiegte sich eng um ihren Körper, ebenso wie die dunkle Hose aus rauem Leder. Darüber trug sie nur einen dünnen Mantel. Allein der Anblick ließ sie frösteln.

„Wie geht es Euch?"

Die Stimme der Elfe war leise und drang doch deutlich an ihre Ohren. Der Klang verband sich mit dem Rauschen des Windes in den wenigen umstehenden Bäumen. *Ein Elf vermag dich allein mit seiner Stimme zu verzaubern, das ist die wahre Natur der Magie.* Diese Worte hatte sie noch deutlich in Erinnerung und ihre Ziehmutter wusste, wovon sie sprach. Sie selbst war einst dem Zauber eines Elfen erlegen.

„Dank Euch ausgezeichnet!"

Sie verbeugte sich tief vor der Elfe und wäre gar versucht gewesen, ihr die Hand zu küssen, wenn sie nicht gewusst hätte, dass Elfen solcherlei intime Berührungen ablehnten. Die Elfe lachte nur und sie musste an das Glockenspiel denken, dass ihre Ziehmutter ihr viele Jahre zuvor geschenkt hatte.

„Keine Förmlichkeiten, bitte. Ich tat nur, was ich als meine Pflicht erachtete. Ich bin froh, dass Euch nichts geschehen ist. Aber Ihr solltet Euren Mantel ablegen und eine Weile trocknen lassen, sonst werdet Ihr Euch erkälten."

„Ach was! Ich bin doch nicht aus Papyrus! So leicht weiche ich nicht auf."

„Ich habe Euch gewarnt. Nun denn, ich muss weiter. Ich wünsche Euch eine angenehme Reise."

Tem stand da, hörte noch immer das Wispern des Windes und fühlte sich, als hätte sie ein paar Liter Heidelbeerwein zu viel getrunken. Am liebsten wäre es ihr gewesen, die Elfe wäre noch eine Weile geblieben oder gar mit ihnen gereist.

„Wohin wollt Ihr denn, Elfe? Vielleicht kann ich Euch ja auch ein Stück mitnehmen, dafür dass Ihr mich davor bewahrt habt, einen Menschen zu töten."

Tem konnte sich gerade so davon abhalten, sich gegen die Stirn zu schlagen. Warum war sie nicht selbst auf den Gedanken gekommen, die Elfe zu fragen? Allerdings fühlten sich ihre Lippen und ihre Zunge taub an und in ihrem Kopf herrschte ein heilloses Durcheinander. Ob sie sich beim Fall den Kopf angestoßen hatte?

„Ich würde Euch vermutlich nur aufhalten, denn ich könnte nicht auf Eurem Karren reisen, solange diese armen Tiere davor gespannt sind. Mein Weg allerdings führt mich nach Grenzwacht und Eurem Aussehen nach, Herr Zwerg, gilt selbiges für Euch."

„Grenzwacht? Etwa noch eine Frau, die sich den Orkschlachtern anschließen will?"

Die Elfe sah Tem einen kurzen Moment an, bevor sich ihre Mundwinkel ein Stück nach oben zogen.

„Es sieht ganz danach aus, Herr Zwerg. Ich hörte von einer kleinen Gruppe, die nach Freisaat ziehen soll. Von dort sind seit längerer Zeit keine Meldungen nach Grenzwacht erfolgt und die letzte Truppe, die los geschickt wurde, um heraus zu finden, was in Freisaat geschehen ist, ist nicht zurückgekehrt."

„Freisaat, Freisaat, das ist doch dieses winzige Dorf, das sie in der Nähe des Donnergebirges errichtet haben."

„Nähe ist übertrieben. Es liegt viele Meilen weiter östlich vom Donnergebirge, aber die Grauhäute streifen wohl seit längerer Zeit wieder durch ihre Lande und überfallen regelmäßig die kleinen Städte an der Grenze zu Siebenkiefer."

„Verdammtes Pack! Alle vernichten müsste man sie. Aber irgendwo in ihrer Ahnenlinie müssen sich Ratten befunden haben. Kriechen in jedes kleine Loch und wenn man glaubt, man hat sie alle erwischt, kommt doch wieder eine hervor und bringt ihren Nachwuchs mit."

„Jedes von der Natur geschaffene Wesen hat eine Existenzberechtigung, Herr Zwerg. Mehr Akzeptanz und Verständnis könnten uns einst zu Verbündeten machen."

„Ach!" Vorkron hob die Hand, machte eine wegwerfende Bewegung und schüttelte den Kopf. „Elfen! So sehr wie ihr dieses mörderische Gesindel in Schutz nehmt, könnte man meinen, es sei etwas Wahres an dem Gerücht, dass sie von Eurer Sippe abstammen."

„Wir alle stammen von den gleichen Ahnen ab. Auch Ihr, Herr Zwerg. Und so müsst Ihr Eure Äußerungen auch auf Euch selbst beziehen."

Tem amüsierte sich herrlich über den Schlagaustausch der beiden ungleichen Gestalten. Dass diese zwei unterschiedlichen Völker oft aufeinanderstießen, ließ sich nicht, ohne zu lügen, behaupten und stets, wenn sie es taten, verfielen sie in einen Disput über ihre unterschiedlichen Lebensweisen und Ansichten. Vor einigen Jahren, als sie noch jünger und unbedarfter war, war sie in einer Kneipe in einen Streit zwischen zwei Elfen und drei Zwergen geraten, der nur deshalb nicht in Gewalt eskaliert war, weil Elfen Gewalt prinzipiell ablehnten, insofern sie nicht zum Selbstschutz notwendig war. Schon damals hatte sie weder die eine noch die andere Seite verstehen können. Deshalb ließ sie die zwei Streitenden stehen und ging zu Vorkrons Karren, um seine Habseligkeiten zu begutachten. Viel war es nicht. Nur ein Rucksack und ein zusammengerolltes Zelt lagen auf der Oberfläche. Tem fragte sich, warum der Zwerg überhaupt mit einem Karren unterwegs war.

„Ich von diesen dreckigen Zwergenfressern abstammen? Niemals!"

„Sagt mal, Vorkron, wieso reist Ihr denn mit einem Pferdekarren, wo Ihr doch kaum mehr mit Euch tragt als ich?"

„Das lasse ich ganz sicher nicht auf mir sitzen, ich – wie? Mein Karren?"

Na endlich! Ablenkung half selbst bei zwei sturen Kontrahenten.

„Dieser Karren ist eine Bitte meines zukünftigen Truppenführers, der im Übrigen auch ein Zwerg vom Clan der Borkenschädel ist. Er führt eine Expedition nach Walbucht an."

„Expedition. Ihr sprecht, als würden wir eine fremde Kultur oder Tierart erforschen wollen", höhnte die Elfe im Hintergrund. Vorkron schnaubte wütend, aber Tem griff sofort ein, bevor er etwas erwidern konnte.

„Ah, eine sehr praktische Bitte, auch für mich."

Tem schwang sich auf den Karren, ließ die Beine über den Rand baumeln und lächelte gänzlich unschuldig. Vorkron kniff einen Moment die Augen ein Stück zusammen, dann begann er aus voller Kehle zu lachen.

„Da hab' ich mir ja was aufgelesen. Na schön, Tem Blattleicht. Zum Aufsteigen muss ich Euch ja nicht mehr auffordern. Machen wir uns auf den Weg. Grenzwacht erwartet uns!"

Vorkron eilte nach vorn und nahm die Zügel der zwei Pferde wieder auf, die sich von ihrer Irrfahrt erholt hatten. Tems Blick richtete sich auf die Elfe, die mit verschränkten Armen im Schnee stand. Ruckend setzte sich der Karren wieder in Bewegung. Langsam entfernten sie sich von der Elfe, die sich nicht von der Stelle rührte, bis der Karren einige Meter entfernt war. Als Tem es wagte, kurz zu zwinkern, sprangen zwei schlanke Beine neben ihr auf den Karren und verschwanden weiter vorn.

„Wenn ich schon mit Euch reise, dann aber nur wegen dieser armen Geschöpfen. Nun gebt mir die Zügel, Herr Zwerg, und gesellt Euch nach hinten zu dem unverfrorenen Menschenkind. Ihr scheint mir gut zueinander zu passen."

Vier kräftige Schritte später saß der Zwerg neben Tem und strich sich durch den Bart, als wolle er sich beruhigen. Vermutlich gingen ihm Dutzende von Schimpfwörtern durch den Kopf, die er aus Höflichkeit keiner Dame ins Gesicht sagen wollte. Tem kannte da selten Skrupel, wobei sie bei der Elfe auf ihre Worte achten würde.

„Na, wie dem auch sei. Und du kommst also aus Kohlhausen, ja? Schien mir ein nettes kleines Städtchen zu sein. Natürlich kein Vergleich zu unseren Höhlenhallen. Um nicht zu sagen, geradezu winzig im Vergleich dazu, aber es wirkte zumindest recht gefestigt gegen Angreifer."

„Ich würde es einzwängend nennen", kam es vom vorderen Bereich.

„Ja, das hat mich letztlich dazu gebracht, Kohlhausen zu verlassen. Für einen jungen Menschen wie mich gibt es dort zu wenig Abenteuer und zu wenig frische Luft zum Atmen. Und da dachte ich mir, dass ich doch mit meinen Fähigkeiten etwas Nützliches anfangen kann und beschloss, nach Walbucht zu ziehen und dort ein paar Grauhäute in ihre Löcher zurück zu schicken."

„Mir scheint, Ihr habt eine recht beschränkte Sichtweise auf die Dinge, Menschenkind. Die Orkschlachter sind eine kampferprobte Truppe, die gegen große Armeen der Orks antritt, um die Besiedlung Walbuchts durch die Menschen zu ermöglichen und die Bedrohung von Westen im Zaum zu halten."

„Ach, hör gar nicht auf sie, Tem! Ich finde dein Ziel sehr ehrenwert. Selbst unter den Zwergen gibt es nur wenige, die nicht zögern würden, für ihre Gemeinschaft einzutreten. Selbstverständlich würde sich jeder Zwerg sofort für seinen Clan in eine Schlacht stürzen, aber einigen würden dabei ganz schön die Knie schlottern. Dein Herz aber ist mutig und entschlossen. Und manchmal ist es auch ganz gut, wenn man nicht weiß, was auf einen zukommt. Denn auch wenn ich der Elfe –"

„Mein Name ist Valeria von Aschtal aus dem Schwarzholzwald im Unendlichen Land Mysh."

„Also auch wenn ich der Elfe –" Vorkron wartete kurz, aber es kam kein neuer Einwand. „ – nicht zustimme, was deine Pläne angeht, so muss ich doch sagen, dass es tatsächlich kein einfaches Unterfangen sein wird. Bei den Orkschlachtern geht es ziemlich rau zu, was nicht zuletzt an dem gehäuften Vorkommen meiner Sippe liegt. Aber das muss auch so sein, denn sonst hätten wir gegen die Orks aus dem Donner - und dem Gewittergebirge kaum eine Chance."

„Es sind also viele Eures Clans bei den Orkschlachtern?"

„Ja, so ist es. Mein Onkel väterlicherseits, mein Vetter dritten Grades mütterlicherseits, mein Vetter vierten Grades großväterlicherseits und wenn mich meine Erinnerungen nicht täuschen, auch noch mein Vetter siebzehnten Grades aus der Familie meiner Mutter."

„Fünf Zwerge unter fünfhundert Menschen, das ist wirklich ein gehäuftes Vorkommen."

„Wie viele Eurer Sippe sind denn bei den Orkschlachtern anzutreffen, Frau Aschtal?"

„Valeria reicht völlig, Herr Zwerg. Letzthin zogen einhundert meiner Sippschaft nach Grenzwacht um die Menschen bei ihrer Aufgabe zu unterstützen. Ich schließe mich ihnen nun an, wobei ich sicher nicht in so großen Schlachten kämpfen werde wie Ihr und die Eurigen. Meine Aufgaben sind andere."

Tem biss sich auf die Lippen, als sie das schockierte Gesicht des Zwerges sah. Aber es überraschte auch sie, dass so viele Elfen aus dem Schwarzholzwald sich einer größtenteils menschlichen Armee anschlossen. Das war selten, sprach aber dafür, dass die Elfen in den Orkschlachtern trotz aller Bedenken eine wichtige Organisation sahen. Sie hätte doch nach Norden gehen sollen. Aber der warme Süden schien ihr verlockender und nun saß sie auf diesem Karren mit einem zänkischen Zwerg und einer unterkühlten Elfe fest und war im Begriff sich einer Armee anzuschließen. Die Aussicht, ehrenhaft an ein paar Silberlinge zu kommen, war mit einem Mal keineswegs mehr verlockend.

„Einhundert, einhundert. Kein Wunder, dass mein Onkel mich gebeten hat, mich ihm anzuschließen. So viele Elfen in einem Reigen mit Menschen, das ist schon früher nicht gut gegangen. Erst dadurch ist es doch zum Verlust von Walbucht an die Grauhäute gekommen!"

„Wie meint Ihr das, Vorkron? Ich kenne mich nicht sonderlich mit der Geschichte Walbuchts aus, aber war es nicht schon immer von Orks besetzt?"

„Nein, keineswegs. Im vierhundertsten Jahr nach der Entdeckung der Götter bekam es seinen Namen und die ersten Menschen siedelten sich dort an. Zweihundert Jahre lebten sie dort gut, bauten Siedlungen auf, natürlich keine großen Städte, wie wir sie heute kennen. Aber dann krochen diese grauhäutigen und behaarten Ratten aus ihren Löchern im Gebirge und fielen über die Siedlungen her. Damals regierte König Grotjard das Land. Er stellte eine kleine Armee auf und zog in einen Kampf gegen die Orks des Donnergebirges. Doch er hatte nicht damit gerechnet, dass sich dieses Getier in solch großen Mengen im Gebirge verbarg. Seine Männer wurden gnadenlos niedergemetzelt, er selbst wurde gefangen genommen und seinen Kopf übersandten die Orks mithilfe eines mehr toten als lebendigen Boten den Herrschern von Mysh."

„Und was hat das mit den Elfen zu tun?"

„Kurz darauf entsandte Mysh eine Armee nach Walbucht. Die Elfen, die damals noch zahlreicher in Mysh vertreten waren, schlossen sich den Menschen an und folgten ihnen in die Schlacht. Doch leider wurden sie in einen Hinterhalt gelockt", setzte Valeria die Erzählung fort. „Es heißt, dass ein begabter Orkenmagier die Orks anführte. Niemand überlebte. Die Menschen in Walbucht wurden versklavt und alle Versuche, das Land wieder einzunehmen, sind gescheitert."

„Was nicht zuletzt an den Elfen lag. Anstatt fähige Kämpfer zu schicken, wurden nur Bogenschützen ausgesandt. Bogenschützen! Nicht dass sie nicht sinnvoll sind, aber im Nahkampf sind sie einfach nicht zu gebrauchen."

„Ich darf Euch beruhigen, Herr Zwerg, aber wir Elfen beherrschen mehr als den Einsatz unserer Bögen."

„In diesem Kampf habt ihr euch jedenfalls nicht mit Ruhm bekleckert."

„Welchen Ruhm konnten die Zwerge für sich beanspruchen? Die Zwerge, die bei der Schlacht fehlten, obwohl man einen Bittbrief an sie gesandt und sie um Unterstützung gebeten hatte."

„Und jetzt wird ein neuer Versuch unternommen, Walbucht wieder einzunehmen. Aber mir erscheinen fünfhundert Menschen, fünf Zwerge und einhundert Elfen nicht sehr viel, um die Orks aus dem Donner- und dem Gewittergebirge zu besiegen", meinte Tem.

„Es geht auch nicht um einen offenen Kampf gegen die Orks, zumal sie sich derzeit in zwei Gruppierungen spalten und die Gefahr, dass wir plötzlich zwischen zwei Armeen stehen, ist viel zu groß. Es geht darum, kleinere

Gebiete nach und nach zu erobern und so den Grauhäuten ihre Grundlage zu nehmen."

„Ja und außerdem kümmern sich die Orkschlachter um die Dörfer und Siedlungen in Walbucht. Sie unterstützen sie mit Lebensmitteln oder wenn nötig auch mit Kampfkraft. Dafür entsenden die Siedlungen in regelmäßigen Abständen Boten. Doch in letzter Zeit sind zu wenig Boten eingetroffen." Valerias Stimme senkte sich zu einem Flüstern.

„Ein bisschen bin ich beruhigt, dass ihr Zwei dann wohl an unterschiedlichen Fronten kämpfen werdet."

„Ich auch!" antworteten Valeria und Vorkron gleichzeitig.

Tem ließ sich auf den Rücken fallen und betrachtete die graue Wolkendecke. Vier Tage im Schnee unterwegs um ihren Häschern zu entkommen und keine Hand zu verlieren, beinahe von Pferden niedergetrampelt und nun auf dem Weg zu einer Armee, die in den Kampf gegen blutrünstige Monster zieht. So viel Unglück hatte selbst sie nicht verdient.

3

1788 nach Entdeckung der Götter, 20. Winterfall, Vor den Toren Grenzwachts im Unendlichen Land Mysh

Valeria ließ die Pferde langsam und gemächlich traben und gönnte ihnen in regelmäßigen Abständen kleine Pausen. In diesen Pausen reichte sie ihnen aus einem grünen Lederbeutel ein paar Kräuter, die die Pferde munterer machte und erfrischte, wie es Tem schien. Danach setzten sie ihren Weg umso schneller fort. Sie selbst aß etwas, als der leuchtende Kreis hinter der Wolkendecke nach einem flachen Bogen über den Horizont wieder zu sinken begann. Als auch der frühe Nachmittag vorbei gezogen war und sie sich von Dämmerung umgeben vorfanden, erschien unweit vor ihnen endlich die gewaltige steinerne Palisade von Grenzwacht.

„Bei Herrn Bergwall, das nenne ich mal eine Mauer! Unglaublich, was sie aus der Stadt gemacht haben", raunte der Zwerg ehrfürchtig in seinen Bart. Da Tem nicht wusste, wie Grenzwacht früher einmal ausgesehen haben mochte, erstaunte sie die riesige Stadtmauer nur deshalb, weil sie selbst keine solche Befestigung gewohnt war, wenngleich Kohlhausen hohe und abwehrende Mauern sein Eigen nennen durfte.

„Es gibt Gerüchte, die vorsehen, eine Mauer zwischen Mysh und Walbucht zu errichten, sollten die Pläne der Orkschlachter in den nächsten Jahren keinen fruchtbaren Boden finden", meinte die Elfe und wisperte leise Worte, die die Pferde zu einem letzten Endspurt antrieben. Erst kurz vor Grenzwacht bremste sie ihren Elan und ließ sie schließlich vor dem eisernen Stadttor von Grenzwacht halten.

Vor dem Tor stand niemand, aber zwei kleine Wachtürme waren an den Seiten des Tores in die Mauer eingelassen und hinter Schießscharten verbargen sich Wachen. So wie Tem erkennen konnte, gar mehr als nur zwei.

„Es deucht mir, dass die Menschen selbst gegen ihre eigenen Verbündeten skeptisch sind", rief die Elfe zu ihnen hinauf. Es kam jedoch keine Antwort. Daher sah sich Vorkron verpflichtet abzusteigen und um den Wagen herum durch den tiefen Schnee zu stapfen, der ihm beinahe bis zur Hüfte reichte. Tem lief über die Karrenfläche und blieb hinter Valeria stehen.

„Lasst uns ein, tapfere Recken! Wir sind gekommen, um die Orkschlachter zu unterstützen! Mein Name ist Vorkron Sohn des Bosron! Ich komme aus Ostenbruch und bin ein Mitglied des Clans der Borkenschädel, die sich in Eurer Armee bereits verdient gemacht haben. Ihr könnt sie gerne nach mir befragen. Mein Onkel, Mosron, ließ nach mir schicken."

Die Wachen reagierten nicht. Ihre Gesichter blickten durch die Schießscharten hindurch unbeweglich zu ihnen hinunter. Tem stutzte. In der Dämmerung konnte sie zwar nicht mehr so gut sehen wie die Elfe oder der Zwerg, aber etwas kam ihr an diesen Gesichtern eigenartig vor.

„Man möchte meinen, sie seien stumm!" rief Vorkron zu ihnen hinüber, aber Tem schüttelte nur den Kopf.

„Nicht stumm, Vorkron, nur tot wie abgeschlagenes Holz!"

„Was? Tot wie abgeschlagenes Holz?"

Vorkron kämpfte sich durch den Schnee zurück zum Karren und kniff die Augen zusammen, um die Gesichter in den Schießscharten besser betrachten zu können. Als er erkannte, was Tem gesehen hatte, fluchte er in einer Sprache, die Tem bisher noch nie untergekommen war.

„Warum stellen die da Attrappen hin? Und wer macht uns jetzt das Tor auf?"

„Immer mit der Ruhe, Herr Zwerg. Wie wäre es, wenn Ihr einfach einmal anklopft?" schlug Valeria vor.

„Schön, dann klopfe ich eben an." Er drehte sich wieder um, fluchte erneut in der Tem unbekannten Sprache und zog ein Bein nach dem anderen durch den Schnee, bis er vor dem stählernen Tor stand. Dort angekommen, blickte er über seine Schulter, drückte den Rücken durch und klopfte an das Tor.

„Ich bin gespannt", flüsterte Valeria. „Nicht nur Söldner leben in dieser Stadt."

„Wie meint Ihr das, Herrin Valeria?"

„Es tut nicht Not, mich Herrin zu nennen, Tem Blattleicht. Doch ich will dir verraten, was ich sehe, was ihr Zwei nicht sehen könnt, weil euch dazu die Fähigkeit und das Geburtsrecht fehlen, doch dieses Tor besteht nicht nur aus Stahl."

„Und das heißt jetzt was?"

„Bist du mit der Magie vertraut, Tem Blattleicht?"

„Magie? Aber natürlich. In Kohlhausen finden ständig Jahrmärkte statt und Froja, unser altes Kräuterweib, hat auch so einige Tricks drauf. Aber ich verstehe nicht, was das mit dem Tor zutun haben soll."

„Aber nein!" Valeria lachte leise und Tem konnte nicht umhin zu bemerken, dass ihr dies Lachen wohl auch wie Magie erschien. „Ich rede von wahrer Magie, geboren aus der Kraft der Natur und der Energie der Sterne. Du siehst nur ein stählernes Tor in der Dunkelheit, doch ich sehe ein leuchtendes Gewebe aus unzähligen Farben."

Valerias Augen waren geschlossen. Sie sah nicht, sie fühlte. Ob dies ein natürlicher Instinkt der Elfen war oder ob Valeria diese Fähigkeit gemeint hatte, als sie von den anderen Stärken der Elfen sprach? Das Gesicht der Elfe zeichnete sich hell vor dem dunklen Hintergrund einer versinkenden Welt ab und Tem hatte das Gefühl, diese andere Art von Magie zu verstehen.

„Ihr sprecht von Zaubern, nicht wahr?"

„Menschen betiteln es so, wir Elfen sehen es als etwas gänzlich Natürliches an, doch scheint es, als ob nur wir von Geburt an dazu in der Lage sind, sie zu sehen, wenngleich nicht alle von uns die Fähigkeit besitzen, sich diese Energien zunutze zu machen. Es braucht viele Jahre der Ausbildung, um schließlich mit den Geheimnissen vertraut zu werden."

„Dann seid Ihr eine Hexe?"

„Menschen sind sehr frei heraus mit Worten für Dinge, die sie in der Regel nie ganz verstehen, weil ihre Lebenszeit viel zu kurz ist. Doch für eure beschränkte Lebenszeit vergebt ihr viele Worte. Die meisten davon haben keinen schönen Klang. In unserer Sprache nennen wir jene, die die Geheimnisse kennen, Sch'aan, was übersetzt in eure Sprache wohl soviel wie Weber bedeutet."

„Deshalb nanntest du es ein Gewebe."

„Richtig. Was wir sehen, ist keine Zauberei. Ihr seht nur die Oberfläche, wir sehen das Innere."

„Und was denkst du, was für ein Gewebe dieses Tor durchdringt und was es für einen Zweck erfüllt?"

„Ah, ich sehe, du passt dich schnell an, Tem Blattleicht. Du nimmst meine unförmliche Anrede auf und versuchst, dich gewählter auszudrücken. Dies ist nicht notwendig. Mir ist die Menschensprache so vertraut, dass ich sie nicht mehr abstoßend finde. Grauenhaft, ja, aber nicht abstoßend. Wobei es von den Lippen abhängt, die diese Worte sprechen."

Sie zwinkerte. Wollte sie Tem auf den Arm nehmen oder ihr ein Kompliment machen?

„Was ich aber sehe, Tem Blattleicht, ist ein einfacher Zauber, der auf Berührungen reagiert. Ich gehe davon aus, dass dies Tor sich entweder öffnet oder an einer anderen Stelle jemand über unser Eintreffen informiert wird."

„Dadurch spart man sich den Einsatz von Wachen an diesem Tor. Feinde aus Mysh sind wohl eher nicht zu erwarten."

„Richtig. Aber ich zweifle nicht daran, dass diese Seite Grenzwachts nicht dennoch über genügend Schutzmaßnahmen verfügt, die einen eventuellen Angriff abzuwehren vermögen, bis sich die Männer und Frauen auf der anderen Seite der Mauer aufgestellt haben."

Tem ließ ihren Blick über die hohen Mauern schweifen. Die Mauern von Kohlhausen waren über zwanzig Fuß hoch, die Mauern von Grenzwacht mochten das Doppelte an Höhe bieten. Diese Mauern zu erklimmen, wäre nicht ohne weiteres möglich. Ebenso war es unwahrscheinlich, lebend aus der Stadt heraus zu kommen, wenn man fliehen musste. Die Muskeln in ihrem Nacken versteiften sich.

‚Vorsichtig musst du hier sein, Tem, sonst steckst du ganz tief in der Klemme. Vielleicht schaffe ich es ja heute Nacht zu entkommen oder in den frühen Morgenstunden. Auf gar keinen Fall schließe ich mich einer Expedition oder einem Spähtrupp nach Walbucht an, wenn da wirklich so viele Orks durch die Gegend laufen, wie die Zwei erzählen. Diese Grauhäute waren mir noch nie geheuer, auch nicht ihre Verwandten mit menschlichen Zügen, die sich neuerdings in Kohlhausen verbreiten.‘

Ihre vorherige Begeisterung nach Grenzwacht zu kommen und der Gedanke, sich auf ehrliche Weise ein paar Silberlinge zu verdienen, waren gänzlich dem bedrückenden Gefühl gewichen, wieder zwischen Mauern gefangen zu sein, die dieses Mal keinen einfachen Ausweg boten. Am liebsten hätte sie sofort Reißaus genommen und wäre einfach weiter gen Süden gewandert. Nach

Weitbrück zum Beispiel, wo es genügend Schluchten gab, um sich zu verstecken. Oder bis

ans Meer. Mit einem Schiff zu einem neuen Kontinent.

„Sieh, Tem Blattleicht, mein Auge hat mich nicht getäuscht. Das Tor wird geöffnet."

Auf Valerias Worte hin glitt Tems Bewusstsein zurück in die Realität. Das Tor tat sich vor dem Zwerg beinahe lautlos auf und heraus traten zehn Männer in einer langen Reihe, bewaffnet mit Hellebarden und Schwertern, die den Zwerg und den hinter ihm befindlichen Karren musterten, die Hände an den Waffen und jederzeit bereit, sich einem Angriff zu erwehren.

„Sprecht, Herr Zwerg. Welches ist Euer Begehr?"

Einer der Männer trat vor. Seine Stimme war tief und durchdringend, passte aber nicht zu seinem Äußeren. Er war noch sehr jung, aber schon hoch gewachsen, trug eine weiße Uniform, auf der das Stadtwappen Grenzwachts aufgestickt war, ein silbernes Schild vor zwei gekreuzten Schwertern, und sein Haar war kurz geschnitten und weizenblond. An seiner Hüfte befand sich ein Langschwert, das im Vergleich zu seiner Größe beinahe winzig wirkte, aber fast so lang war wie Vorkron. Dieser räusperte sich und versuchte sich zu strecken, um dem Soldaten wenigstens bis zum Bauchnabel zu reichen.

„Mein Name ist Vorkron Sohn des Bosron, mein Onkel Mosron hat mich aus Ostenbruch gerufen. Ich bringe den Karren und die zwei Pferde mit, um die er mich gebeten hat, und will mich den Orkschlachtern anschließen."

„Mosron also." Der Mann begann zu lächeln. „Seit der Ankunft der Elfen aus dem Schwarzholzwald versucht er wohl verzweifelt, seine ganze Familie herbei zu rufen, um einen Ausgleich zu schaffen."

„Den hat er jetzt! Ein Zwerg ist immerhin so gut wie ein Dutzend Elfen!"

Die Männer im Hintergrund lachten, als Vorkron noch ein Stück größer wurde vor Stolz, doch der Mann, der vor ihm stand, hielt ihnen die flache Hand entgegen. Sofort trat Schweigen ein.

„Würde ich Euch zustimmen, Herr Zwerg, so würde ich mir eine Menge Feinde machen, doch ein Zwerg ist so gut wie jeder Elf und Mensch und so seid Ihr herzlich willkommen bei uns. Wir werden sofort Euren Onkel über Eure Ankunft informieren. Doch zunächst wäre es interessant zu erfahren, wen Ihr da noch mit Euch gebracht habt."

„Ach so! Richtig. Das sind Tem Blattleicht aus Kohlhausen und Frau von Aschtal aus dem Schwarzholzwald."

Der Mann ging an Vorkron vorüber zum Karren und reichte Valeria die Hand, um ihr hinunter zu helfen. Sie nahm sie nicht an, sprang direkt vor ihm vom Karren und umarmte ihn herzlich. Tem war an Überraschungen in ihrem Leben gewöhnt, doch Vorkrons Unterkiefer löste sich schlagartig.

„Es ist schön, dich zu sehen, kleiner Bruder!"

„Valeria. Wir haben auf dich gewartet. Du bist sehr spät. Wir haben schon am gestrigen Abend mit dir gerechnet."

„Ich war ein wenig verhindert, aber nun bin ich da."

Tem mochte sich täuschen, aber für einen Moment glaubte sie, dass Valeria ihr einen verstohlenen Blick zuwarf. Doch sie selbst konnte doch nicht Schuld daran sein, dass Valeria einen Tag länger unterwegs gewesen war als geplant. Ohne jedoch auf den Blick einzugehen, sprang auch sie vom Wagen und reichte dem Mann die Hand. Er packte kräftig zu, so dass Tem die Hand sofort zurück zog und energisch schüttelte.

„Ein wenig vorsichtiger bitte, kleiner Bruder von Valeria, der sich unhöflicherweise noch nicht vorgestellt hat."

„Verzeiht, Tem Blattleicht, die ich nicht einlassen kann, solange ich nicht um ihr Begehr weiß, denn sie wurde mir nicht angekündigt wie ihre Begleiter. Mein Name ist Reven Aschtal aus dem Schwarzholzwald."

„Moment! Soll das heißen, ihr seid wirklich miteinander verwandt?"

„Ja, er ist mein Halbbruder. Aber deine Verblüffung ist verständlich. Menschen sehen so wenig."

Sie strich das ohnehin kurze Haar, das jedoch die Ohren bedeckt hatte, zurück und tatsächlich zeigte sich ein spitzer Ansatz am Ohrgipfel.

„Dann gehört Ihr also zu der Delegation, die aus dem Schwarzholzwald nach Grenzwacht geschickt wurde?"

„Nein, Tem Blattleicht, ich lebe seit vielen Jahren in Grenzwacht, sonst wäre ich sicher nicht Hauptmann der Orkschlachter. Doch geboren wurde ich im Schwarzholzwald und habe viele Jahre dort gelebt, unter meinen Geschwistern und bei meiner Mutter, die auch Valerias Mutter ist."

„Erst später ist er nach Grenzwacht gegangen, obwohl keine Not dazu bestand."

„Keine äußerliche, nein." Reven drückte seine Schwester ein Stück von sich. Beide wirkten traurig, als sei die Trennung voneinander ein Schritt gewesen, der sie nicht nur örtlich entfremdet hatte.

„Aber nun, Tem Blattleicht, sagt mir, was Ihr in Grenzwacht möchtet."

„Sie will sich ebenfalls der Armee anschließen!" brach es aus Vorkron hervor, bevor Tem sich erklären konnte. Dabei wäre dies die Gelegenheit gewesen, doch noch von hier zu flüchten. Nun war alles verloren.

„Der Armee anschließen? Habt Ihr denn eine militärische Vorbildung, Tem Blattleicht?"

Es ärgerte sie, dass er sie beständig mit ihrem vollen Namen ansprechen musste und dabei, wie bei seiner

Schwester, immer Spott mitschwang. Darum stemmte sie entrüstet die Hände in die Hüften.

„Aber natürlich! Ich habe in der Wache in Kohlhausen gedient. Ich war, zugegebenermaßen, nicht Hauptmann, aber ich darf behaupten, dass ich schon öfter für geheime Missionen eingesetzt wurde, weil ich flink und leise bin."

Welcher Art diese geheimen Missionen waren und wer sie tatsächlich beauftragt hatte, musste Reven ja nicht wissen.

„Nennt mir den Namen Eures Vorgesetzten in Kohlhausen."

Diese Frage konnte Tem nicht aufs Glatteis führen. Sie hatte ihm oft genug gegenüber gestanden und war ihm nur mit knapper Not entkommen.

„Rittmeister Weitbrecht von Kohlhausen!"

Sie sah das Gesicht des Rittmeisters noch vor sich, als er sie dabei erwischt hatte, wie sie versuchte, in das Haus des Händlers Adels einzubrechen. Sie war unaufmerksam gewesen, womöglich zu sicher, dass niemand sie erwischen würde, und plötzlich stand er vor ihr. Sein Schwert blitzte selbst im Mondlicht hell. Ihr war nur die Flucht geblieben und – um ihre Ziehmutter nicht in Gefahr zu bringen – der Fortgang.

„Ich kenne ihn. Er ist ein kluger und gutherziger Mann. So denn, Ihr dürft eintreten, Tem Blattleicht. Ich bin sicher, dass wir für Eure besonderen Fähigkeiten Verwendung werden finden können."

Tem wusste nicht, ob sie erleichtert aufatmen oder erneut die Beine in die Hand nehmen sollte. Sie entschied sich dafür, zu bleiben, um keinen Verdacht zu erregen. Und solange Reven von Aschtal keinen Brief nach Kohlhausen sandte, um sich beim Rittmeister nach ihr zu erkundigen, würde schon nichts schief gehen. Außer natürlich dem winzigen Problem, dass sie alsbald würde nach

Walbucht in einen Kampf ziehen müssen, auf den sie nicht vorbereitet war.

4
1788 nach Entdeckung der Götter, 20. Winterfall, Grenzwacht im Unendlichen Land Mysh

Grenzwacht war um ein Vielfaches größer als Kohlhausen, wobei der Großteil der Stadt auf der einen Seite aus Kasernen und Exerzierplätzen bestand und der andere Teil aus einfachen Häusern für diejenigen, die sich um die Verpflegung und Ausrüstung kümmerten. Unter Verpflegung zählten auch zwei Kneipen und ein Gasthof, die sie sich bei Gelegenheit näher ansehen wollte. Besonders aber fiel ihr ein sehr unscheinbares Gebäude auf, dessen Fensterläden jedoch rot gefärbt waren.

„Ist das Euer Lazarett, Hauptmann?"

Reven war in ein Gespräch mit seiner Schwester vertieft und nahm sie gar nicht wahr, aber zum Glück gab es Vorkron noch, der sich von seinem Schock erholt hatte und wieder gesprächiger war. Er reckte seinen Kopf vor, um an ihr vorbei zu sehen, und schüttelte ihn nur missmutig.

„Das ist ein Freudenhaus, mein Kind. Menschen vergnügen sich dort, wenn sie keine Frauen haben oder auch wenn sie welche haben. So etwas gibt es in unserer Gemeinschaft nicht."

„Nein, aber es gibt ja auch keine Zwergenfrauen!" bemerkte einer der Soldaten hinter ihnen und lachte, auf dass alle anderen mit einstimmten. Reven drehte sich zu ihnen um und ein Blick genügte, um sie erneut schweigen zu lassen.

„Ihr meint wohl, es gibt keine Zwergenfrauen, die sich für so etwas hergeben würden!" erwiderte Vorkron.

„Dies mag sein, Herr Zwerg, doch in einer Stadt, die zu einem Gutteil aus Männern besteht, tut es Not, sonst würde es irgendwann zu Auseinandersetzungen kommen. Soweit ich weiß, ist das Geschlechterverhältnis in Ostenbruch ein wenig ausgeglichener als in Grenzwacht."

„Vielleicht, Hauptmann Reven, aber selbst wenn dem nicht so wäre, wüssten wir Zwerge uns zu beherrschen."

„Das wissen auch wir Elfen", erwiderte Valeria. Dabei machte es nicht den Eindruck, als sei diese Aussage gegen den Zwerg, sondern vielmehr gegen Reven, ihren eigenen Bruder, gerichtet. Tem beobachtete seine Reaktion, die keine Wut, aber wohl Traurigkeit verriet. Ja, sie hatten sich voneinander entfernt. Sie mussten sich einst näher gestanden haben.

„Nutzen die Frauen in Eurer Armee dieses Haus auch oder ist es ausschließlich für Männer bestimmt?"

Die Frage schien Reven zu irritieren, auch Valeria sah sich nach ihr um, doch in ihrem Gesicht lag ein Schmunzeln.

„Soweit ich weiß, nutzen zurzeit nur unsere Männer dieses Haus, doch verboten ist der Besuch niemandem, solange er die Damen gut behandelt. Sie sind keine Ware, sie sind freiwillig hier und werden gut bezahlt, dafür sorge ich."

„Wie ehrenwert", raunte Vorkron ihr zu und Tem nickte nur andeutungsweise. Ihr waren diese Häuser gut vertraut, immerhin war sie in einem zur Welt gekommen und beinahe wäre es ihr nicht besser gegangen, als den Frauen, die darin lebten. Nur ihrer Ziehmutter war es zu verdanken, dass sie überlebt hatte und nur eine Diebin, aber keine Dirne geworden war. Sie wendete den Blick ab und konzentrierte sich auf die zwei vor ihr laufenden Geschwister.

„Was also hat dich aufgehalten, Valeria?"

„Ich machte eine seltsame Beobachtung in der Nähe des Schwarzholzwaldes, der ich nachgehen musste. Doch sie hat sich als harmlos heraus gestellt und nun bin ich hier. Berichte mir, Reven, ist Nachricht aus Freisaat gekommen oder sind die Männer, die du los schicktest, zurück gekehrt?"

„Weder noch. Aber ich bin zuversichtlich, dass du mehr heraus finden wirst. Ich kann dir nur leider nicht sehr viele Männer mitschicken. Wir haben Kunde bekommen, dass Haslov und Misk Verhandlungen führen und ihre Armeen zusammenschließen wollen. Wir sandten bereits Nachrichten nach Weitbrück, Siebenkiefer und zu unserem König, doch selbst wenn wir uns verbünden, wird unsere Kraft doch geringer sein als die zweier großer Orkarmeen."

„Wisst ihr denn, wie viele Männer diese Armee umfasst?"

„Nein. Bisher sind nie mehr als fünfzig bis hundert Orks auf einem Fleck gesichtet worden, doch wir wissen um sehr viel mehr, die sich im Gebirge scharren. Doch ist es uns im Moment nicht möglich, Späher auszusenden. Die Gefahr ist zu groß, dass sie nicht wiederkehren und der Weg ist weit. Sie würden viele Tage bis zum Donner- oder Gewittergebirge benötigen und diese Zeit haben wir womöglich nicht."

„Ach, kleiner Bruder, du bist wieder so in Eile, doch schenke ich deinen Worten Glauben. Wir haben zu lange auf Verhandlungen verzichtet. Wir wissen nichts von unserem Feind und nun steht uns etwas Unbekanntes gegenüber."

„Aber erst wollte sie noch mit den Orks Schwarzsaft trinken", murrte Vorkron an ihrer Seite und Tem fühlte sich verpflichtet, zu lächeln, obwohl ihr Herz zu schlagen begann, wenn sie sich vorstellte, was in den Gebirgen in Walbucht vor sich ging und wem sie bald gegenüber stehen würde.

„Du hast Recht, doch ist dieser Fehler nun nicht mehr zu ändern. Wir müssen uns vorbereiten. In einem Monat werden wir die ersten Truppen aussenden und an verschiedenen Punkten angreifen. Vielleicht gelingt es uns so, sie aus dem Gebirge zu treiben und heraus zu finden, mit welcher Größenordnung wir es zu tun haben. Zudem verstreuen wir die Orks auf viele unterschiedliche Gebiete des Landes und verhindern einen Zusammenschluss ihrer Armeen."

„In einem Monat. Genügend Zeit, heraus zu finden, was in Freisaat geschehen ist."

„Am liebsten würde ich einfach auf eine Erkundung dorthin verzichten. Zu groß scheint mir die Gefahr, dich schutzlos ziehen zu lassen, Schwester."

„Sorge dich nicht. Ich kann sehr gut auf mich aufpassen und ich werde nicht allein gehen."

„Mag sein, doch es gibt niemandem, dem ich dein Leben anvertrauen würde."

„Reven. So bist du auch hier nicht unter Freunden."

Tem wusste um die schwierige Beziehung von Halb-Elfen zu ihrer menschlichen und elfischen Sippe. Aber in diesem Moment konnte sie kein Mitleid empfinden, denn man musste kein Halb-Elf sein, um sich nirgendwo zuhause zu fühlen. Außerdem war sie mit ihrer Flucht zu beschäftigt, wenngleich der Gedanke kurze Zeit durch das Gespräch zwischen Valeria und Reven verdrängt worden war. Nun besah sie sich die Stadtmauern, an der alle hundertfünfzig Fuß ein Soldat stand und in noch kürzerem Abstand Fackeln befestigt waren. Nein, das würde selbst sie nicht schaffen, da ungesehen vorbei zu kommen, geschweige denn diese Mauer zu erklimmen.

‚Ich kann nur hoffen, dass sie mich nicht gleich nach Walbucht schicken. Vielleicht kann ich ja einen Botengang nach Weitbrück oder Siebenkiefer übernehmen und so türmen.'

„Onkel Mosron!" Plötzlich löste sich Vorkron aus der kleinen Prozession und rannte auf seinen kurzen Beinen ungewöhnlich flink zu einem anderen stämmigen und mit zwei Hämmern bewaffneten Zwerg hinüber, der auf einem Exerzierplatz gerade mit drei anderen Zwergen den Kampf mit zwei Waffen trainierte.

„Vorkron! Endlich bist du hier!"

Die beiden Zwerge umarmten sich stürmisch und die drei anderen fielen mit ein. Tem war stehen geblieben und sah dieser herzlichen Begrüßung zu. Wenn sie nach Kohlhausen in ihre Heimat zurück kehrte, wer würde sie in die Arme schließen? Ihre Ziehmutter ganz sicher nicht. Sie mochte sie gerettet und ihr vieles beigebracht haben, aber zärtlich war sie nie gewesen und hatte sie oft genug verprügelt, besonders wenn sie heraus gefunden hatte, dass sie wieder auf Diebeszug gegangen war.

„Tem Blattleicht, kommt mit uns. Lassen wir Herrn Vorkron seine Wiedersehensfreude, bevor er in die Schlacht ziehen muss."

Reven packte sie an der Schulter und zog sie mit sich. Tem wäre lieber bei dem Zwerg geblieben, als in der getrübten Atmosphäre der Geschwister, die sie selbst ganz nachdenklich machte. Sie wusste, wie Zwerge feierten, und das war es, was sie jetzt benötigte. Mit etwas Glück und genügend Alkohol hätte Mosron sie sicher in seine Truppe aufgenommen und umringt von fünf Zwergen konnte man jeder Orkarmee gegenüber treten.

„Sagt mir, Tem Blattleicht, welche geheimen Missionen habt Ihr für den Rittmeister ausführen dürfen?"

„Der Rittmeister? Ach so, ja, natürlich der Rittmeister. Na, da war zum Beispiel mal dieser komische Kerl aus dem grauen Viertel. Der hatte ganz schön Dreck am Stecken, kann ich Euch sagen, Hauptmann. Aber man konnte ihm nichts nachweisen und daraufhin hat mich der Rittmeister auf ihn angesetzt. Ich bin ihm dann überallhin gefolgt und schließlich gelang es mir, herauszufinden, was er als Nächstes vorhatte. Der Rittmeister konnte ihm so eine Falle stellen und der Kerl wurde endlich geschnappt. Ist danach zum Tode verurteilt worden und hat am Galgen gebaumelt."

„Dann seid Ihr also sehr geschickt im Spionieren, ja? Interessant. Doch wie steht es um Eure Kampfkunst?"

„Nun, ich kann mit meinem Kurzschwert sicher genauso gut umgehen wie Ihr mit einem Bogen."

„Leidlich schlecht? Das ist betrüblich zu hören."

Der Hauptmann lachte und Valeria stimmte ein. Ihre Tonhöhen verbanden sich miteinander und ergaben eine Melodie, die Tem, obwohl sie sich über sie lustig machten, erheiterte und aufmunterte. Ja, ihr wäre die Zwergengemeinschaft lieber gewesen. Unter zwei Elfen war ein Mensch einfach nicht sicher. Es hätte sie nicht gewundert, wenn Valeria und ihr Bruder sogar in der Lage gewesen wären, ihre Gedanken zu lesen.

„Lass dich nicht von ihm provozieren, Tem Blattleicht. Es ärgert ihn nur schon seit seiner frühesten Kindheit, dass selbst ich ihm im Bogenschießen überlegen bin, wenn auch meine Fähigkeiten mehr als beschränkt sind."

„Dann kann ich ebenso genauso gut mit meinem Kurzschwert umgehen wie Ihr mit Eurer Waffe."

„Erfreulich. Doch würde ich dies gerne testen. Nur heute nicht mehr. Morgen bleibt genug Zeit dafür. Wir werden einen Platz für Euch in der Kaserne für die Frauen finden. Selbstverständlich könnt Ihr auch am Abendessen teilnehmen. Ihr werdet nach einer so langen und anstrengenden Reise sicher Hunger haben."

„Ich habe meinen eigenen Proviant und kann mir auch eine Unterkunft in Eurem Gasthof leisten."

Reven blieb stehen und bedachte sie mit einem durchdringenden Blick. Sie schluckte. Was redete sie da? Sie wollte sich doch angeblich der Armee anschließen, da konnte sie doch nicht im Gasthof nächtigen. Zudem war es unfreundlich, sein Angebot auszuschlagen, aber wenn sie in der Kaserne nächtigte, hätte sie erst recht keine Möglichkeit zu entkommen. Verzwickt!

„Ich kann verstehen, dass Ihr nach dieser Reise nicht in einer Kaserne mit vielen Betten schlafen wollt, doch wir bestehen darauf, dass sich alle unsere Soldaten und Söldner in der Gemeinschaft aufhalten. Im Kampf könnt Ihr nicht allein überleben, ganz gleich wie viele Goldstücke Ihr bei Euch tragt."

„Wie Ihr wünscht", antwortete Tem zerknirscht und atmete tief, aber leise durch. Wieso geriet sie nur ständig in solche Zwickmühlen? Lag es an ihrer unglücklichen Geburt oder machte sie irgendetwas falsch? Natürlich hätte sie auch bei ihrer Ziehmutter stricken und nähen lernen und in der Nähstube der alten Frau Grunder unterkommen können, aber wollte sie das? Schwerter hatten sie von kleinauf wesentlich mehr interessiert als Nähnadeln. Die hatte sie nur dazu gebraucht, um Schlösser zu knacken, auch wenn das ihrer Ziehmutter nie gefallen hatte.

„Lass sie in meinem Zimmer übernachten, Reven. Ich werde heute Nacht ohnehin nicht schlafen."

Tem hob den Kopf. In ihrem Nacken knirschte es kurz, aber die Überraschung überwog den Schmerz der heftigen Bewegung. Hatte Valeria ihr wirklich gerade ihr Zimmer angeboten?

„Gut, wie du möchtest. Morgen werden wir eine neue Unterkunft für Euch finden, Tem Blattleicht."

Sie erreichten eine der Kasernen, an deren Tür ein runder Kreis mit zwei waagerechten Strichen gezeichnet war.

„Was bedeutet das?" Tem deutete auf das Zeichen.

„Das ist die Frauenkaserne. Die Männerkasernen haben einen Kreis mit zwei senkrechten Strichen."

War ja klar. Eindeutige Symbolgebung, dachte Tem bei sich und verkniff sich ein Lächeln. Als sie jedoch an ihre

Seite blickte, bemerkte sie, dass Valeria sie beobachtete und ihr Lächeln teilte.

Komische Elfe. Sie ist menschlicher, als sie vorgibt zu sein. Vielleicht färbt ja das Menschliche ihres Bruders auf sie ab. Ich frage mich nur, warum sie mir ihr Zimmer anbietet. Und was hat sie nun wirklich davon abgehalten, rechtzeitig nach Grenzwacht zu kommen? Ich glaube ihr diese Geschichte mit der Beobachtung einfach nicht. Hätte sie das nicht für wichtig oder bedrohlich gehalten, wäre sie der Sache nicht nachgegangen, ging es ihr durch den Kopf.

Als sie eintraten, drang Tem der typische Geruch eines überfüllten Hauses in die Nase. In der Gegend, in der sie in Kohlhausen lebte, war dieser Geruch vollkommen normal und sein Fehlen deutete daraufhin, dass man das Haus lieber aus diversen Gründen nicht betrat. Sie hatte auf schmerzhafte Art gelernt, diesen Rat zu befolgen. Als sie eines Tages in ein vermeintlich leeres Haus geflüchtet war, um dem zu entkommen, dem sie gerade eben einige Goldmünzen gestohlen hatte, war sie direkt in die Arme einer Mörderbande gelaufen, dem der Adlige angehörte, den sie schließlich an den Rittmeister verpfiffen hatte. Sie log ja nicht immer, nur ab und an und wenn dann nur anteilig. Sie konnte auch nichts dafür, wenn die Menschen um sie herum nicht in der Lage waren, die Wahrheit heraus zu lesen. In dieser Hinsicht hatte Valeria Recht, Menschen sahen nicht gut genug hin.

5

1788 nach Entdeckung der Götter, 21. Winterfall, Grenzwacht im Unendlichen Land Mysh

Sie lag wach in dem warmen und weichen Bett und starrte an die schwarze Decke. Durch das Fenster drang kein Licht und kein Laut. Sie fühlte sich einsam und verloren. Das Zimmer schien ihr viel zu groß und die Nacht zu dunkel. So konnte sie doch unmöglich einschlafen. Hier gab es nicht einmal einen Kamin, der sie an ihren Ofen in der Küche erinnern konnte.

„Wäre ich doch bloß in Kohlhausen geblieben. Ich bin sicher, der Rittmeister hätte Gnade walten und mir meine Hand nicht abhacken lassen. Die paar Tage im Gefängnis hätte ich schon überlebt." Und was danach? Was hätte sie danach getan? Hätte sie weiter gestohlen und wäre schließlich einem dieser anderen Diebe und Räuber in die Hände gefallen, der sie kaltblütig abgestochen hätte?

„Trotzdem. Die Flucht war dumm und nicht geplant. Ich bin in die falsche Richtung gelaufen und das mitten im Winter. Und dann laufe ich auch noch diesem Zwerg und der Elfe in die Arme und wo bin ich jetzt? Ah, Tem Dummkopf! Du hättest nicht nur die Beine in die Hand, sondern auch mal den Verstand in Betrieb nehmen sollen!"

Sie setzte sich auf, spürte die kalte Luft außerhalb ihres Bettes über ihre Haut streifen und erzitterte, als sie Stimmen auf dem Flur vernahm. Sie waren leise, aber ihre Ohren waren gut und sie erkannte diese Melodie wieder. Sie glitt aus ihrem Bett und tapste auf Zehenspitzen zur Tür, um besser hören zu können, was die Zwei besprachen.

„Bist du sicher, dass du dieses Risiko eingehen willst, Valeria? Du kennst sie doch gar nicht."

„Das mag sein, aber umso sicherer ist es, wenn sie mit mir geht und nicht hier bleibt, um die ganze Stadt in Gefahr zu bringen. Doch glaube ich auch nicht, dass sie Böses im Sinn hat. Ich denke, sie ist nur ein Ausreißer."

„Sie wird dir auf deiner Reise keine Hilfe sein und wenn du Pech hast, läuft sie davon, bevor ihr Freisaat erreicht."

Langsam verstand sie, um wen es hier ging. Die Zwei diskutierten über sie. Sie sollte mit Valeria nach Freisaat ziehen, das wahrscheinlich gar nicht mehr existierte oder von Orks eingenommen worden war.

„Das werde ich auf mich nehmen. Wir gehen ja nicht allein. Hast du mit Mosron gesprochen? Ist er einverstanden?"

„Er war nicht begeistert, wie du dir denken kannst. Er hatte gehofft, mit seinem Neffen eine tatkräftige Unterstützung zu erhalten, aber als ich ihm sagte, dass ich niemanden zu deiner Hilfe abstellen könnte, weil alle Aufgaben schon zu knapp besetzt seien, willigte er ein. Ich frage mich nur, was Vorkron davon halten wird."

„Er wird herumbrüllen, sich dagegen wehren und mich die ganze Reise über ignorieren, wie Zwerge nun einmal sind. Möglicherweise geht er auch mit dem Hammer auf mich los, aber Tem ist bei mir und die Zwei mögen einander. Das sichert mir die Loyalität beider."

„Ich wäre mir da nicht so sicher, Schwester. Aber es ist deine Entscheidung und ich werde dir nicht weiter widersprechen. Ich wünschte nur, ich müsste dich nicht dorthin schicken."

„Hast du jemandem von den letzten Nachrichten berichtet, die aus Freisaat kamen?"

„Niemandem außer Oberst Bruch. Der letzte Brief kam vor vier Monden. Er war wie die zwei Vorherigen blutverschmiert, doch keiner der Briefe des Priesters des Herrn Treulieb ließ auf einen Angriff schließen."

„Doch danach kamen keine Briefe mehr und unsere Truppe verschwand. Das klingt nicht gut, Reven."

„Keineswegs, nur will das niemand einsehen. Deshalb ist der Oberst auch nicht bereit, weitere Männer zu schicken."

„Sorge dich nicht. Wir kehren zurück. Und nun leg dich hin und ruh dich aus. Es wird ein anstrengender Tag für dich. Die dunklen Schatten unter deinen Augen gefallen mir nicht."

„Dies ist das Los eines Halb-Elfen. Wir sind nicht mit der natürlichen Gesundheit und ewigen Frische unserer elfischen Ahnen gesegnet."

Das Gespräch der Zwei endete und Tem schlich sich eilig zurück in ihr Bett. Gerade als sie die Bettdecke bis zum Kinn hinaufgezogen hatte, trat Valeria ins Zimmer. Sie war so leise, dass Tem kurzzeitig an ihrer eigenen Sinneswahrnehmung zweifelte, aber dann hörte sie, wie ein Stuhl sacht zurückgezogen wurde.

„Du solltest längst schlafen, Tem Blattleicht. Junge Menschen brauchen viel Erholung."

„Woher weißt du, dass ich wach bin?"

„Du atmest schnell und laut. Daran müssen wir arbeiten. Wenn wir einem Ork auf dem Weg nach Freisaat begegnen, wird er dich schon auf einige Meilen Entfernung hören, noch bevor er dich riechen kann, und das Gehör eines Orks ist normalerweise wesentlich schlechter als sein Geruchssinn."

„Dann hast du mich also auch eben an der Tür lauschen hören?"

„Nein, aber ich danke dir für diese nützliche Information."

Sie fluchte. Diese Elfe brachte es fertig, sie unvorsichtig werden zu lassen, die Wahrheit zu sagen und sich um Kopf und Kehle zu reden.

„Mist. Ich soll also mit nach Freisaat, ja? Obwohl da wahrscheinlich alle niedergemetzelt wurden?"

„Das können wir nicht mit Bestimmtheit sagen. Wir erhielten die letzten sieben Jahre regelmäßig Briefe aus Freisaat. Das Dorf wurde im Jahr 1781 nach Entdeckung der Götter gegründet, etwa hundertfünfzig Meilen vom Donnergebirge entfernt, an dem Fluss Wels, an dem auch Grenzwacht gelegen ist. Es ist das erste Dorf, das weiter in Walbucht errichtet wurde. Man hoffte, durch Freisaat eine Verbindung von Mysh zur westlichen Küste von Walbucht entlang der Wels zu schaffen und so auch das Donner- vom Gewittergebirge zu trennen und die Orks von zwei Seiten aus angreifen zu können. Aber es gibt zu wenige, die freiwillig nach Walbucht ziehen und so blieb es zunächst bei Freisaat und man konzentrierte sich weiterhin darauf, Städte an den Grenzen zu Siebenkiefer, Mysh und Weitbrück aufzubauen, um einen Wall zu bilden."

„Das heißt, dass dieses Dorf eigentlich ganz allein und ohne jede Möglichkeit von Hilfe bei einem Angriff im feindlichen Land steht? Und sie wurden all die Jahre nicht angegriffen?"

„Vor zwei Jahren erhielten wir vom Ältesten eine Nachricht, dass sie in letzter Zeit öfter Orks in weiter Entfernung hätten herumstreunen sehen. Doch das Dorf wurde nie angegriffen, nein. Allerdings waren die letzten Briefe des Ältesten, eines Priesters des Herrn Treulieb, mit Blut verschmiert. Nur der Inhalt ließ nie auf eine Gefahr schließen."

„Das verstehe ich nicht. Warum schickt der Oberst dann niemanden dorthin?"

„Das hat er. Die Truppe bestand aus zwanzig gut ausgebildeten Männern und Frauen. Niemand kehrte zurück. Deshalb hat der Oberst das Dorf auch aufgegeben und riskiert es nicht, noch mehr von uns dorthin zu schicken. Doch das Schicksal dieser Menschen muss aufgeklärt werden."

„Und du willst ausgerechnet Vorkron und mich mit dir nehmen?"

„Nur wir sind entbehrlich, Tem Blattleicht. Eine Sch'aan, ein Dobal und ein Menschenkind."

„Was ist denn ein Dobal?"

„Ein Steinkopf, ein Zwerg."

„Oh, lass das Vorkron lieber nicht hören!"

„Keine Sorge. Diese Aufgabe gilt der Rettung von Menschen, nicht der Verspottung eines Zwerges. Und nun gilt es zu ruhen. Wir brechen morgen in aller Frühe auf und es wird ein sehr weiter Weg."

„Wie lange werden wir denn unterwegs sein?"

„Das kommt darauf an, ob man uns Pferde zur Verfügung stellt und wie die Beschaffenheit des Bodens sein wird. Zu Fuß bei guten Wetterbedingungen werden wir wenigstens acht oder neun Tage brauchen. Zu Pferd sind wir wesentlich schneller, doch ich fürchte, wir haben weder mit Wetter noch mit Reittieren Glück. Rechne daher mit zwei Wochen in freier Natur."

„Zwei Wochen bei dieser Kälte? Wir werden jämmerlich erfrieren."

„Dann müssen wir uns besser anziehen, Tem Blattleicht. Wir finden einen Weg."

„Ich wusste, ich hätte in Kohlhausen bleiben sollen."

„Ich bin froh, dass du nicht dort geblieben bist."

Tem streckte den Kopf unter der Decke hervor und sah zu Valeria hinüber, die in all der Dunkelheit noch dunkler war.

„Wie meinst du das?"

„Dann muss ich nicht alleine dort hinausziehen, denn auch wenn mein Bruder davon nichts wissen soll, so fürchte ich mich wie jedes andere Wesen, das so verrückt ist, in ein Land zu ziehen, in dem es von Feinden umzingelt ist."

„Ach so, ich dachte, du würdest mich mögen und seist froh, mich getroffen zu haben."

„Es war Zufall, als ich dich letzte Nacht frierend an dem Baum vorfand."

„Was? Du hast mich schon letzte Nacht gefunden?"

„Eigentlich habe ich dich schon beobachtet, seit du vor vier Nächten über die Mauer von Kohlhausen geklettert bist. Ich kehrte gerade aus Siebenkiefer zurück, wo ich mit einem Freund über die Bedrohung aus Walbucht gesprochen habe. Ich sah, wie du dich vor den Wachen versteckt gehalten hast, nicht ungeschickt, wie ich vermerken will. Dann bin ich dir auf deinem Weg gefolgt. Es war geradezu leichtfertig, so bekleidet und ausgerüstet mitten im Winter nach Süden zu ziehen. In der letzten Nacht hast du kaum das Feuer zustande gebracht und es war so klein und kalt. Als du eingeschlafen bist, glaubte ich schon, du seist erfroren. Glücklicherweise hast du noch gelebt. Ich habe das Feuer neu geschürt und auf deinen Atem geachtet."

Tem konnte nicht glauben, was die Elfe ihr da offenbarte. Aber das erklärte ihre wissenden Worte, die sie vorhin mit ihrem Bruder ausgetauscht hatte. Die Zwei wussten längst, dass sie kein Soldat aus der Wache von Kohlhausen war.

„Ich wollte herausfinden, wo du hin willst und was du getan hast. Leider kam der Zwerg dazwischen und ich musste mich dir offenbaren. Als du sagtest, du wollest nach Grenzwacht, um dich dort der Armee anzuschließen, war ich beruhigt, denn so mussten sich unsere Wege nicht trennen. Allerdings hat deine Geschichte mit dem

Rittmeister mich doch verwirrt. Bist du etwa aus der Wache geflüchtet? Oder bist du nie Soldat gewesen?"

Tem kuschelte sich tiefer in ihre Decke und atmete ein paar Mal, bevor sie eine in ihr Kissen gemurmelte Antwort gab.

„Nein, bin ich nie. Ich wollte nur das Goldvorkommen in Kohlhausen ein wenig gerechter verteilen. Leider hat mich der Rittmeister dabei erwischt und das nicht zum ersten Mal. Daher bin ich aus der Stadt geflüchtet. Ich wollte gar nicht nach Grenzwacht, aber alles schien mir verlockender, als länger durch diesen Schnee zu stapfen. Ich wusste nur nicht, dass ich mich in einen Kampf gegen Orks stürzen muss."

„Du hast die Wahl. Du kannst gehen. Ich werde dich nicht aufhalten. Du kannst morgen gen Süden ziehen und dort dein Glück suchen oder nach Kohlhausen zurückkehren, wie du willst. Oder du ziehst mit mir, auf die Gefahr hin getötet zu werden, und verdienst dir nicht nur einen ehrlichen Lohn, sondern auch den Respekt anderer Menschen, Elfen und Zwerge."

„Schon gut. Ich habe meine Entscheidung schon getroffen, du musst mir nicht mit deinem Gutelfentum kommen."

Sie vernahm ein leises Lachen von dem dunklen Schatten in der schwarzen Finsternis. Seltsamerweise beleidigte sie dieses Lachen nicht, es gefiel ihr und schließlich stimmte sie darin ein.

„Verrätst du mir noch, welche Entscheidung du getroffen hast, bevor ich dich schlafen lasse?"

„Nein. Ihr Elfen könnt doch ohnehin Gedanken lesen, wozu soll ich da was sagen? Gute Nacht!"

„Oh, das ist gemein! Ich kann außerdem keine Gedanken lesen, wie kommst du darauf?"

Tem begann laut zu schnarchen und drehte sich auf die andere Seite. Valeria lachte wieder, ließ sie aber in Ruhe, doch blieb sie im Zimmer. Das Gefühl, dass jemand da war, dass jemand über sie wachte und ihr Gesellschaft leistete, beruhigte sie und wiegte sie in den Schlaf, der traumlos und erholsam war.

6
1788 nach Entdeckung der Götter, 21. Winterfall, Grenzwacht im Unendlichen Land Mysh

Als sie die Augen aufschlug, war das Zimmer leer und verlassen, doch jemand hatte eine Schüssel warmes Wasser auf den Tisch gegenüber des Bettes aufgestellt. Der Dampf und die Wärme hatten sich im Zimmer verteilt und machten es Tem leichter aufzustehen. Sie streckte sich ausgiebig in alle Himmelsrichtungen und ging zum Fenster hinüber, um die Läden aufzustoßen und zu sehen, wie es um das Wetter stand. Der Anblick war enttäuschend.

„Schon wieder graue Wolken. Es wird weiterhin Schnee fallen. Welch wunderbares Wanderwetter!"

Sie schloss einen der beiden Läden und ging zu der Schüssel hinüber, um sich zu waschen. Das warme Wasser löste ihre Verspannungen und bewirkte eine deutliche Verbesserung ihrer Gemütsverfassung. Als sie auf dem Flur Schritte hörte, zog sie sich eilig ihr Unterhemd über und warf sich die Lederweste über die Schultern. Es klopfte an ihrer Tür.

„Herein!"

„Du bist wach, das ist erfreulich. Eine Diebin, aber kein Faulpelz. Du solltest dir allerdings eine Hose anziehen."

Tem sah an sich hinab, spürte die Hitze in ihr Gesicht steigen und schalt sich einen Narren, weil sie an das Wichtigste wieder einmal nicht gedacht hatte. Zum Glück stand nur Valeria vor ihr und nicht ihr Bruder Reven.

„Ja, natürlich. Meine Hose. Wo habe ich die doch gleich?"

„Sie liegt über dem Stuhl."

Valeria trat zu ihr und griff nach der Hose, die über die Stuhllehne gelegt worden war. Tem konnte sich nur daran erinnern, sie auf den Boden geworfen zu haben. Als Valeria ihr das raue Leder in die Hand legte, hatte sie den Eindruck, es sei ein wenig weicher und sauberer als noch am gestrigen Abend.

„Es gibt gleich Frühstück. Und ich will dich dabei haben. Nicht nur, weil du schrecklich dünn bist, sondern auch weil ich Vorkron sagen werde, was wir mit ihm vorhaben. Es wird ihn sicher nicht sehr erfreuen."

„Das glaube ich auch nicht. Ich habe eher den Eindruck, dass er sich gekränkt fühlen wird, weil er sich nicht in eine Schlacht stürzen kann. Aber er wird schon nachgeben."

„Das hoffe ich. Na, sieh einer an. So siehst du schon eher wie ein Späher aus als ohne Hose."

„Ja, ja, schon gut. Du musst nicht darauf herumhacken."

Tem band sich noch die breiten, ledernen Armlinge um die Unterarme und streifte ihre Jacke über.

„Nimm schon alles mit dir, was du mitnehmen willst. Wir werden keine Zeit haben, noch einmal auf unsere Zimmer zu gehen. Ich will gleich nach dem Frühstück aufbrechen, um die Zeit zu verlängern, in der wir ohne Schnee reisen können. Es wird heute früh anfangen und wir müssen ein gutes Stück schaffen. Mit etwas Glück erreichen wir einen alten Hochsitz, wo wir die Nacht bessere Überlebenschancen haben."

„Bessere Überlebenschancen? Aber ich dachte, Freisaat hätte viele Jahre ohne Orkangriff überlebt."

„Das heißt aber nicht, dass auf der Ebene nicht genügend der Grauhäute umherstreifen und uns angreifen können. Zudem gibt es genügend andere Gefahren, die uns des Nachts in Walbucht begegnen könnten."

„Na toll. Kann ich mir das noch mal überlegen?"

„Ich fürchte, dafür ist es zu spät, Tem Blattleicht. Aber vielleicht siehst du die Welt nach einem ausgiebigen Frühstück in freundlicher Gesellschaft aus einem anderen Blickwinkel."

Tem äußerte ihre Zweifel an dieser Aussage lieber nicht. Ihr knurrte der Magen und letztlich hatte sie sich entschieden. Und diese Entscheidung zählte, denn auch wenn sie nur eine Diebin war, die sich mehr schlecht als recht durch ihr Leben stahl, so war sie niemand, der zögerte oder Entscheidungen lange überdachte. Das führte zwar dazu, dass sie sie regelmäßig bereuen musste, aber das war besser, als den ganzen Tag zu grübeln, was als Nächstes zu tun sei.

„Solange es kein Kasernenessen ist, bin ich dabei. Ansonsten ziehe ich den Gasthof vor."

„Keine Sorge, das Frühstück hier ist ausreichend und vorzüglich. Davon würde selbst ein Halbling satt werden."

„Hoffen wir, dass es auch bei Zwergen wirkt."

Auf dem Flur vor ihrem Zimmer herrschte inzwischen reges Treiben. Frauen in weißen und grauen Uniformen liefen mit geradem Rücken und einem energischen Schritttempo an ihnen vorbei. Sie strömten nicht alle in dieselbe Richtung, aber ein guter Teil begleitete sie zu dem großen Saal, in dem Tem schon am Vorabend ein karges Abendbrot hatte einnehmen dürfen. Doch im Gegensatz zum Abend war der Saal mit drei Dutzend Frauen gefüllt und es kamen noch weitere hinzu. Tem folgte Valeria durch die Massen.

Fünf lange Tische nahmen die Frauen auf. Einer war noch unbesetzt. Er stand an der hinteren Wand des Saals, direkt vor den geöffneten Fenstern, die nur mit einem dünnen Tuch behangen waren. Kalte Luft strömte herein und vertrieb Tems Verschlafenheit endgültig. Sie schob eines der Tücher beiseite und sah hinaus auf die Straße, die von Marschreihen Soldaten und wenigen Handkarren gefüllt war.

„Schrecklich. Ich habe mich immer schon gefragt, wer es fertig bringt, so früh morgens ohne ein ordentliches Frühstück im Bauch putzmunter durch die Stadt zu spazieren."

„Nicht nur spazieren, Tem Blattleicht!"

Hinter ihr tauchte Hauptmann Reven auf. Er war in Gesellschaft eines zweiten, aber wesentlich älteren Mannes und der beiden Zwerge Vorkron und Mosron. Tems Laune besserte sich schlagartig, als sie den Zwerg sah, auch wenn ihnen noch bevorstand, ihm zu sagen, welchen Weg er einschlagen sollte. Vorkron aber freute sich über ihren Anblick ebenso sehr. Er umschlang ihren Bauch und presste sie an sich.

„Tem Blattleicht! Es tut mir Leid, dass ich mich gestern nicht ausreichend verabschiedet habe. Als ich mich nach euch umdrehte, ward ihr schon verschwunden und dann haben mein Onkel und meine Vettern mich gänzlich eingenommen!"

„Gar kein Problem, Vorkron! Ich war in guter Gesellschaft."

Valeria begann leise zu lachen, was Vorkron dazu brachte, sie zumindest mit einer ausgestreckten Hand zu begrüßen. Er war dabei aber recht kühl und zurückhaltend. Doch als Valeria ihre schlanke Hand in seine Pranke legte, wirkte er zufriedener und ließ sich neben seinem Onkel auf einer der Bänke neben dem Tisch nieder.

„Wie kommt es eigentlich, dass wir in der Frauenkaserne frühstücken?" wollte er wissen.

Da kam eine junge Frau in grauen Leinen an den Tisch. Sie schob einen hölzernen Wagen auf Rädern vor sich her, auf dem mehrere kleine Schüsseln, zwei große Kannen, Becher, Teller und Besteck verteilt waren. Hinter ihr lief eine weitere Frau mit einem Tablett und brachte Brot, Käse und eine Teigmasse, die Tem nicht kannte.

„Ein Festmahl!" rief Mosron aus.

„Nun, mir stände der Sinn eher nach einem saftigen Bratenstück, aber Brot erfüllt seinen Zweck", mäkelte Vorkron, der sich über die Auswahl an den aufgetischten Köstlichkeiten, die dem Brot folgten, nicht erfreuen konnte. In den Schüsseln versteckten sich nicht nur Butter und süße Aufstriche, sondern auch Früchte unterschiedlicher Form und Farbe, bei denen Tem der Speichel aus dem Mundwinkel zu tropfen drohte. Als schließlich auch noch der Geruch der ihr unbekannten Teigmasse in ihre Nase stieg, konnte sie sich nicht mehr zurückhalten. Sie schnitt sich mit einem scharfen Messer Brot, Käse und von der Teigmasse ab und stopfte sich diese ohne jegliche Manieren in den Mund. Sie war süß und prickelte auf ihrer Zunge.

„Oh, wie lecker! Was ist das?" Sie schnitt sich gleich noch ein Stück ab und versah es noch mit Marmelade aus schwarzen Sambeeren, die es weiter versüßten und Tem in einen regelrechten Rausch versetzten.

„Das ist süßer Hefeteig. Wir Elfen nennen ihn Asren, was übersetzt soviel heißt wie Zuckerberg. Es ist nicht gut, zu viel davon zu essen. Er besteht im Wesentlichen nur aus Hefe und Rohrzucker."

„Rohrzucker? Aber der ist doch unglaublich teuer!"

Tem schnitt sich noch ein Stück ab, aber Valeria ergriff ihre Hand und nahm ihr das Stück weg.

„Nicht. Es reicht. Sonst wirst du heute nirgendwo mehr hingehen."

„Aber es schmeckt doch so gut. So etwas Gutes habe ich noch nie gegessen!"

Vorkron und Mosron begannen herzhaft zu lachen, als sich Tem vorbeugte, um Valeria das Stück süßen Teigs wieder abzunehmen. Die Elfe drückte sie von sich, aber Tem war trotz ihrer Schmächtigkeit kräftig. Sie stürzte sich auf Valeria und presste sie auf die Bank, so dass Reven ein wenig zur Seite rutschen musste.

„Das passiert jedem, der Asren zum ersten Mal isst. Das ist der Zucker, der augenblicklich süchtig macht."

„Genug, Tem Blattleicht, oder ich muss dir weh tun!"

„Ich will doch nur noch das eine Stück haben!"

„Lasst sie es doch essen, Frau von Aschtal. Dann bleibt sie eben noch einen Tag länger im Bett", warf Vorkron ein und widmete sich dem Brot und dem Käse. Zu seiner Freude kam die Frau wieder, die das Tablett mit dem Käse gebracht hatte, und stellte vor ihm eine kleine Platte mit zwei langen, in Schafsdarm gepressten Würsten ab.

„Hervorragend! So lob ich mir das!"

Gerade, als er die Wurst aufschneiden wollte, flammte ein Licht vor ihm auf und Tem purzelte ihm vor die kurzen Füße, die einige Zentimeter über dem Boden baumelten. Verdutzt sah sie zu ihm auf und rieb sich die verblendeten Augen. War das etwa eines der magischen Gewebe, die Valeria in der Lage war, zu schaffen?

„Ich habe dich gewarnt. Lege dich nicht mit mir an, Tem Blattleicht."

Tem setzte sich auf und fuhr sich durch die Haare. Die Sehnsucht nach dem Hefeteig war vergangen. Stattdessen nahm etwas anderes Besitz von ihr, während sie sich bewusst wurde, dass sie gerade auf Valeria gelegen und ihre Formen unter sich gespürt hatte. Um ihre Verlegenheit zu vertuschen, schob sie sich neben Vorkron auf die Bank, schnappte sich ein Brot, Käse und eine der Würste, von der sie sich eine dicke Scheibe abschnitt und noch ohne Brot vertilgte.

„So ist das richtig, Kind! Hau ordentlich rein und lass dich von niemandem daran hindern!"

Tem sah verstohlen zu Valeria hinüber, die ihrerseits das Stück Asren mit Reven teilte und ihren Blick nicht bemerkte oder nicht bemerken wollte. Warum tat es ihr plötzlich nur so Leid, mit ihr gestritten zu haben? Das musste wieder eine dieser elfischen Hexereien sein.

„Sag mal, Vorkron, kannst du mir sagen, wer das da ist?" Sie deutete mit dem Kopf zu dem Mann hinüber, der neben Reven saß und das Gesicht verzog, während er in sein Brot biss. Sofort richteten sich seine Augen auf sie.

„Das, Tem Blattleicht", antwortete Reven, „ist Oberst Bruch."

„Oh. Tut mir Leid." Schon wieder so ein Fettnäpfchen, in das sie geradewegs hineingestolpert war. Dabei hatte sie gedacht, leise gesprochen zu haben. Vorkron kaute neben ihr genüsslich auf seinem Brot und doch war ihm deutlich anzusehen, dass er sich nur schwer beherrschen konnte, nicht zu lachen.

„Und Ihr müsst dann wohl Tem Blattleicht sein, die mit Valeria nach Freisaat reist, oder? Seid Ihr sicher, dass Ihr so einen Risikofaktor mit Euch nehmen wollt, Herrin von Aschtal?"

Tem blieb bei dem verächtlichen Ton des Mannes das Stück Wurst im Hals stecken. Außerdem stellte sie wohl wirklich das geringste Risiko bei dieser wahnwitzigen Unternehmung da. Am liebsten hätte sie das dem Oberst auch gesagt, aber ihre Tarnung als Wachsoldat aus Kohlhausen war offiziell noch nicht aufgeflogen und sie bekam ohnehin zu wenig Luft, um auch nur ein Wort hervor zu stoßen.

„Du gehst mit nach Freisaat?" staunte Vorkron und betrachtete ihr dunkler werdendes Gesicht. „Was ist denn los?"

Tem deutete auf ihren Hals, aber bevor Vorkron auch nur den Arm heben konnte, um ihr auf den Rücken zu klopfen, war Valeria hinter ihr und presste mit ihren Armen ihren Oberkörper so zusammen, dass sich sogar der Hefeteig wieder nach oben arbeitete. Glücklicherweise gelangte nur das Stück Wurst nach oben und fiel vor Reven auf den Tisch. Mosron und Vorkron konnten nicht länger an sich halten und lachten lauthals los, so dass sich alle Frauen nach ihnen umdrehten.

„Tschuldigung", meinte Tem kleinlaut und atmete tief durch. Hände streiften über ihren Bauch, an ihrem Rücken und ihrer Schulter entlang, dann saß ihr Valeria wieder gegenüber und bedachte sie mit einem Blick, der deutlich machte, sie sollte sich jetzt lieber zusammenreißen und sich dem Oberst gegenüber anständig benehmen. Tem starrte auf das vor ihr liegende Brot. Ihr war der Hunger vergangen und das lag sicher nicht an dem Genuss des Asren. Sie war es einfach nicht gewöhnt, mit hohen Persönlichkeiten zu reden oder zu speisen. Sie war es noch nicht einmal gewohnt, ordentlich zu essen.

„Also noch mal von vorn. Warum treffen wir uns in der Frauenkaserne und was heißt, Tem geht mit Valeria nach Freisaat? Seht euch das Kind doch mal an. Schmächtig und halb verhungert. Wie soll sie sich denn gegen Orks wehren? Ich dachte, sie würde nur als Späherin oder vielleicht Wachsoldatin am Tor eingesetzt."

Vorkrons Gesicht wurde rot und seine Barthaare flatterten unter dem heftigen Luftstrom seiner Worte. Tem hielt lieber den Mund, obwohl sie Vorkron gerne beruhigt hätte. Sie konnte sich ihrer Haut schon erwehren, auch wenn sie zugeben musste, noch nie gegen einen Ork gekämpft zu haben. Eigentlich hatte sie ihr Kurzschwert selten zu etwas anderem gebraucht, als die Luft zu zerschneiden.

„Beruhigt Euch, Vorkron. Es war Valerias Entscheidung, Tem mit sich zu nehmen, eben wegen ihrer Fähigkeiten als Späherin. Wir können nicht mit einer ganzen Armee nach Freisaat ziehen. Das wäre zu auffällig und würde erst recht einen Angriff der Grauhäute provozieren. Wir vermuten, dass der Trupp, der zuerst nach Frei-saat gezogen ist, auch diesem Fehldenken zum Opfer ge-fallen ist. Und dass wir uns hier treffen, liegt daran, dass wir hier in Ruhe reden können, denn die Frauenkaserne ist nicht so voll besetzt wie die Männerkasernen."

Reven redete ruhig auf den Zwerg ein und biss dann in sein Brot, auf dem reichlich Käse verteilt war. Tem knab-berte nur an einem Stück Wurst und beobachtete ab-wechselnd den Halb-Elf, seine Schwester, Vorkron und ganz besonders den Oberst, der über die Aktion im All-gemeinen wenig begeistert schien.

„Aber was ist denn, wenn sie einem ganzen Trupp Orks begegnen? Wer soll die Zwei beschützen? Das ist doch Wahnwitz, Junge!" brüllte der Zwerg, bis ihm sein Onkel eine Hand auf den Arm legte.

„Setz dich, Vorkron. Wir sind hier, um das alles in Ruhe zu besprechen und ich möchte nicht, dass du dich unnö-tig aufregst, bevor du alles gehört hast."

Dann wird er sich noch mehr aufregen, dachte Tem bei sich, sagte aber keinen Ton. Sie hatte heute schon zu viel gesprochen, hatte auch gestern den Mund viel zu weit geöffnet und jetzt musste sie mit der Luft im Bauch leben.

„Ich halte das alles für großen Unsinn, das habe ich Reven auch gesagt, aber er lässt sich nicht davon abhalten und wenn eine Freiwillige, die nicht zu den Orkschlach-tern gehört, es riskieren will, so kann ich sie nicht aufhal-ten. Ebenso wenig kann ich mich darüber beschweren, wenn eine Späherin aus Kohlhausen sich ihr anschließt, denn auch sie zählt offiziell noch nicht zu den Ork-schlachtern. Selbiges trifft auch auf Euch zu, Vorkron."

Der Oberst legte das Messer, mit dem er eben eine wei-tere Scheibe Brot abgeschnitten hatte, beiseite und stu-dierte die Reaktion des Zwerges. Tems Blick huschte auf-geregt an ihre Seite. Zuerst kaute Vorkron auf seinem Stück Wurst, dann schluckte er hart, die Augen nicht vom

Oberst wendend, auf seiner Stirn bildeten sich Falten der Erkenntnis und Tem konnte sehen, wie sich sein Mund zu öffnen begann.

„Das ist ja wunderbar! Dann kannst du ja mit uns mitkommen, Vorkron! Mit deinem Hammer und meinen Augen sind wir doch ein hervorragendes Duo, oder etwa nicht? Wir finden schon heraus, was mit den Menschen in Freisaat geschehen ist. Dann mögen diese Weichlinge hier sehen, was ein Menschenkind und ein Zwerg so zu Werke bringen!"

Sie hörte, wie Valeria ihr gegenüber tief einatmete. Sie selbst konnte die Luft in ihrem Bauch nur anhalten.

„Ich soll also mit nach Freisaat?" fragte Vorkron mehr seine Hand, die noch ein Brot hielt. „Mit nach Freisaat, mit einer Elfe und einem hilflosen Menschenkind? Keine Schlachten gegen Orks, sondern Leibwächter für einen Waldbewohner?"

Die Enttäuschung zeichnete sich in seinem gegerbten, faltigen Gesicht ab. Der Bart wirkte plötzlich kraftlos und seine ganze Erscheinung sackte in sich zusammen. Dies war keine ehrenhafte Aufgabe für einen Zwerg.

„Vorkron, mein Junge, wenn du wiederkommst, wirst du ein großer Held sein und alle werden dir bereitwillig in eine Schlacht gegen die Grauhäute folgen. Ich habe dich Reven empfohlen, weil ich mich auf dich verlassen kann, weil du der Stärkste, Jüngste und Loyalste von uns bist."

„Aber Mosron, dafür bin ich nicht Monate lang durch viele Länder gereist und habe Ostenbruch verlassen. Ich bin nach Grenzwacht gekommen, mit der Aussicht, Blut zu schlucken und Köpfe abzutrennen. Ich will kein Held sein, ich will Kämpfe ausfechten, Kriege bestreiten, Leben retten und neue Länder erobern!"

„Dann seid Ihr hier ohnehin fehl am Platze, Zwerg, denn wer eine solche Einstellung dem Krieg gegenüber vertritt, der sollte lieber in bezahlten Wettstreiten gegen andere seiner Art antreten und sich so sein Geld verdienen. Wir sind nicht hier, um Schlachten auszutragen, sondern um Menschen zu helfen, um den Orks zu zeigen, dass es eine Macht gibt, die sich gegen sie stellt, dass sie nicht machen können, was sie wollen. Wir sind ein Bollwerk. Der Krieg selbst ist nur ein bitterer Beigeschmack, in dem viele ihren Tod finden und noch mehr Tränen als Blut fließen werden. Ein Held wird man in diesen Augenblicken wahrlich nicht, aber man wird älter."

Tem wagte es nicht, sich noch ein Stück Wurst abzuschneiden. Sie betrachtete das verhärmte Gesicht des alternden Oberst. Wie viele Kämpfe mochte er schon ausgefochten haben, dass er so verbittert war? Aber verstehen konnte sie seine Worte und schenkte ihnen ohne zu zögern Glauben, denn für sie war der Krieg, die Vorstellung gegen hundert Feinde antreten zu müssen, ein Grund, sich umzudrehen und fortzulaufen.

„Vorkron, wir beide wissen, dass wir womöglich nie Freunde werden, aber ich würde mich geehrt fühlen, wenn Ihr mit mir reist. Ich weiß um Eure Fähigkeiten im Kampf und ich würde mich wesentlich sicherer fühlen, wenn Ihr mit uns kommt. Ich denke auch, dass es Tem gefallen würde, denn für sie ist es der erste große und vielleicht auch gefährlichste Auftrag in ihrem jungen Leben und sie kann einen erfahrenen Kämpfer als Unterstützung gut gebrauchen."

„Spart Euch Eure Worte, Elfe!" Vorkrons Stimme grollte über den Tisch. An den anderen Tischen war es still geworden, seit Vorkron seine Stimme aus Entrüstung erhoben hatte. „Ich werde tun, was man mir als Mitglied der Orkschlachter aufträgt. Da ich Hauptmann Reven als meinen unmittelbaren Vorgesetzten sehe, tue ich, was er sagt. Doch ich tue dies nicht um Euch einen Gefallen zu tun, sondern weil es meine Pflicht ist. Wenn Ihr mich jetzt entschuldigen würdet, ich muss ein paar Sachen zusammenpacken, denn wir haben einen langen Weg vor uns."

Damit schwang Vorkron seine kurzen Beine zur Seite, sprang von der Bank und machte sich mit würdevoll erhobenem Kopf auf den Weg nach draußen. Tem rutschte eilig von der Bank, zog einen der Vorhänge vor den Fenstern zurück und beobachtete, wie Vorkron auf die Straße trat, lautstark fluchte, gegen einen Karren trat, mehrere Soldaten anrempelte und dann in einer der Männerkasernen verschwand.

„Ich glaube, er hat es ganz gut weggesteckt. Der beruhigt sich wieder", verkündete sie und setzte sich wieder auf die Bank, um den Rest ihres Frühstücks zu verspeisen. Da Vorkron weg war, blieb mehr Wurst für sie übrig, denn niemand, nicht einmal Mosron, konnte sich für das Fleisch begeistern. Das letzte Stück ließ sie heimlich in einer ihrer Jackentaschen verschwinden. Die nächsten Tage würden wohl kein üppiges Essen für sie bereithalten.

„Ich hoffe, Ihr wisst, was Ihr da macht, Herrin von Aschtal. Es ist ein weiter und gefährlicher Weg."

„Das weiß ich, Mosron, und ich danke Euch, dass Ihr mir Euren Neffen überlasst. Ich bin sicher, er wird sich verdient machen, auch wenn er selbst wenig von dieser Aufgabe hält. Doch halte ich es für wichtig, herauszufinden, was in Freisaat geschehen ist."

„Ich wünsche Euch viel Glück dabei, Valeria." Der Oberst erhob sich und nickte Mosron zu, der es ihm gleich tat.

„Wir verabschieden uns und erwarten Eure baldige Rückkehr. Ich werde Euch jedoch niemanden hinterherschicken, falls Ihr nicht zurückkommt. So dass dieser Abschied vermutlich ein Lebewohl ist."

Der Oberst verließ den Saal und Mosron folgte ihm. Er drehte sich nur kurz mit einem Schulterzucken zu Reven um, der die Hand als Zeichen der Beschwichtigung hob.

Schließlich verblieben nur noch Tem, Valeria und ihr Bruder am Tisch und aßen schweigend zu Ende.

„Ich glaube, das ist ganz gut gegangen. Zumindest sind die Tische ganz geblieben."

„Ja, dem schließe ich mich an, Tem Blattleicht. Sehr gut gemacht. Wie wäre es jetzt mit einem kleinen Kampf?"

„Oh nein. Und ich dachte, Ihr hättet das längst vergessen, Hauptmann."

„Ich mag ein Halb-Elf sein, doch ich erbte das Gedächtnis meiner elfischen Ahnen."

Der Exerzierplatz war von Frauen umstellt. Tem blickte sich aufgeregt um. Der letzte Kampf, bei dem sie ihr Kurzschwert benutzt hatte, war einige Monate her und hatte mit mehreren Schnittwunden auf ihrem Rücken geendet. Warum nur musste sie sich unbedingt mit dem Hauptmann messen? Dieser stand ihr gegenüber, lockerte seine Arme und seine Beine und ließ sich von den umstehenden Zuschauern nicht beirren. Valeria stand zwischen den Frauen und fixierte sowohl ihren Bruder als auch Tem.

„Der erste Treffer entscheidet!" verkündete Reven. „Streng dich an, Tem Blattleicht!"

„Keine Angst. Mit Euch werde ich schon spielend fertig, Hauptmann!"

Sie versuchte das Zittern ihrer Hand zu verbergen, als sie ihr Schwert aus der Scheide zog. Sie durfte nicht nervös werden, das steigerte nur das Risiko, unvorsichtig zu sein. Sie musste sich nur konzentrieren, schnell sein und auf den richtigen Moment warten. Der Hauptmann war um einiges größer als sie und auch schlank, aber in seiner Rüstung nicht annähernd so gelenkig wie sie. Das war sein Schwachpunkt, den sie ausnutzen würde.

„Bereit?"

„Zu jeder Schandtat!"

Bevor Tem ihr Kurzschwert richtig erhoben hatte, prallte bereits ein Schlag auf ihre Klinge und riss ihr die Waffe fast aus den Händen. Erschrocken hüpfte sie ein Stück zurück und musste den Kopf sogleich einziehen, als ein Windstoß ihr Ohr streifte. Völlig außer Atem kam sie unsicher zum Stehen und riss das Kurzschwert nach oben, um einen weiteren Schlag abzuwehren.

„Schnell bist du, Tem Blattleicht, aber es mangelt dir an Kraft und an Ausdauer. Daran musst du arbeiten", flüsterte Reven, während er die Klinge seines Schwertes fester gegen ihre presste. Dabei war sein Oberkörper gänzlich ungeschützt. Tem riss ihre Klinge los, duckte sich und stieß das stumpfe Schwertheft in Revens Bauch. Der Halb-Elf taumelte zurück und blickte ihr mit aufgerissenen Augen ins Gesicht.

„Schnell seid Ihr, Hauptmann, und kräftig und ausdauernd, doch übermütig. Daran solltet Ihr arbeiten."

Tem verschränkte die Arme hinter ihrem Rücken und lachte. Niemand stimmte ein. Zu schockiert waren die Frauen, dass ihr Hauptmann gegen eine Anfängerin verloren hatte, gegen eine einfache Soldatin aus dem viel kleineren und weniger gut gerüsteten Kohlhausen.

„Du hast Recht. Daran muss ich wirklich arbeiten. Du hast gewonnen, Tem Blattleicht. So vertraue ich dir die Sicherheit meiner Schwester an und kann sie guten Gewissens ziehen lassen."

„Und wenn ich wiederkomme, kämpfen wir noch einmal gegeneinander. So haben wir beide Zeit, unsere Schwächen auszumerzen, einverstanden?"

„Einverstanden, Tem."

Sie reichte ihm die Hand. Er griff daran vorbei zu ihrer Schulter. Nachdem er kurz zugedrückt hatte, ließ er sie los und wandte sich an die Frauen, die sie umstanden.

„Nach dieser Demonstration, wie man sich einem Gegner gegenüber nicht verhalten sollte, gehen wir alle wieder an die Arbeit. Es gibt noch viel zu tun und heute steht Bogenschießen auf dem Plan!"

Ein Stöhnen ging durch die Reihen, aber die Frauen verweigerten sich nicht, sondern gingen mit ebenso schnellen Schritten hinüber auf einen Platz mit Zielscheiben, wie sie am Morgen zum Frühstück geeilt waren. Tem sah ihnen hinterher und konnte ihre Arbeitsbegeisterung gar nicht nachvollziehen. Das Leben war zu schade, um es mit harter Arbeit zu verbringen. Doch wäre sie an diesem Morgen sogar lieber die Zielscheibe gewesen, als nach Walbucht zu ziehen, um Menschen zu suchen, die wahrscheinlich schon lange tot waren.

„Da kommt Vorkron. Lass uns gehen, Tem Blattleicht. Wir haben schon mit diesen Kindereien zu viel Zeit verschwendet. In wenigen Stunden wird es zu schneien beginnen und wir müssen noch ein gutes Stück hinter uns bringen."

„Und da sagt sie, ihr Bruder sei ständig in Eile."

Tem huschte an Valeria vorbei, die bereits den Mund öffnete, um etwas zu erwidern, und rannte zu Vorkron hinüber, der auf seinem Rücken einen vollgestopften Rucksack trug. Die gesamte Vorderseite des Rucksacks wurde von einem stählernen Schild geschützt und an der stämmigen Hüfte des Zwerges baumelte ein gewaltiger Hammer, mit einem Kopf so riesig wie Vorkrons Pranke.

„Was bin ich froh, dass wir diesen Hammer an unserer Seite haben! Wenn uns Orks angreifen, verstecke ich mich einfach hinter dir, dann kann mir ja gar nichts passieren."

„Du musst nicht versuchen, mir zu schmeicheln, Tem. Ich komme auch so mit."

„Aber das hatte ich gar nicht vor! Ich bin wirklich erleichtert, dass jemand mit uns kommt, der mit einer Waffe wie dieser auch umgehen kann. Ich habe zwar keine Lust darauf, sie in Aktion zu sehen, aber es ist beruhigend, dass du bei uns bist, Vorkron."

Vorkron rang sich ein Lächeln ab, das nur solange hielt, bis Valeria sich an Tems Seite begab.

„Gehen wir endlich! Je schneller wir losmarschieren, umso schneller sind wir auch wieder in Grenzwacht. So wir je zurückkommen angesichts dieses äußerst aussichts- und sinnlosen Unterfangens."

„Glaubst du denn wirklich, dass eine Elfe, deren Lebenszeit sehr lang sein kann, so sie nicht von fremder oder eigener Hand stirbt, es wagen würde, eine solche Unternehmung zu beginnen, wenn sie sich ob der erfolgreichen Aussicht und des Sinnes nicht bewusst wäre?"

Tem brauchte einen Moment, um zu verstehen, was Valeria sagen wollte. Vorkron brauchte noch etwas länger.

„Ich", setzte er an. „Ich denke schon, so die Elfe nicht ganz klar bei Verstand ist und da ich dich noch nicht allzu lange kenne, kann ich das nicht beurteilen."

„Na, immerhin seid ihr schon zu einem freundlichen Du übergegangen. Dann können wir ja endlich los."

Tem befestigte ihren Rucksack, prüfte den Sitz ihres Schwertes und der Laterne, die lautstark neben ihr her polterte, und ging gedanklich ihre Habseligkeiten durch, die sich durch die Küche in der Frauenkaserne noch um einige Portionen Trockenfleisch, Käse, Brot, einen gut gefüllten Schlauch mit Wasser und einen mit Wein erweitert hatten.

„Ich denke, ich habe alles. Und ich hoffe, dass ihr auch alles dabei habt, denn ich denke nicht daran, euch etwas von den Köstlichkeiten abzugeben, die mir die Damen aus der Küche mitgegeben haben, damit ich wenigstens auf der langen, beschwerlichen Reise nicht verhungern muss. Hat eigentlich einer von euch mal beim Oberst nachgefragt, ob wir nicht doch drei Pferde haben können?"

„Das habe ich", antwortete Valeria. „Aber der Oberst wollte uns keine Pferde zur Verfügung stellen. Pferde sind in Grenzwacht Mangelware, daher hat dich dein Onkel auch darum gebeten."

„Umso besser, ich wäre ohnehin nicht auf einem geritten. Es ist schon schlimm genug, auf einem Karren zu sitzen, der von diesen Bestien gezogen wird, aber zu reiten - nein, danke. Ich laufe lieber. Beide Füße auf der Erde, so muss es sein. So werden wir geboren und so sterben wir, solange wir nicht von einer Klippe fallen."

„Hm, ich glaube, am Anfang sind wir eher mit unserem Hintern auf der Erde, oder können Zwerge kurz nach ihrer Geburt schon stehen, Vorkron?"

Vorkron gab ein verächtliches Grunzen von sich und setzte sich in Bewegung. Valeria folgte ihm, konnte aber nicht anders, als leise zu lachen. Sie trug kaum mehr bei sich als am vorherigen Tag. Tem fragte sich, ob sie so gegen eine Horde von Orks antreten wollte oder gegen das, was die Menschen aus Freisaat und den Trupp aus Grenzwacht getötet hatte. Falls sie tot waren. Sie befiel ein Schauer, der sich über ihren Rücken bis zu ihrem Nacken hinaufzog, bis sie sich kräftig schütteln musste.

„Bloß nicht an die alten Schauergeschichten aus Kohlhausen denken, Tem, sonst läufst du doch noch davon. Und der Hauptmann hat dir doch immerhin das Leben seiner Schwester anvertraut."

Tem sah Valeria und Vorkron hinterher. Ihr war in ihrem bisherigen Leben noch nicht einmal ein Kupferstück anvertraut worden - zu Recht - und nun hatte sie die Verantwortung für zwei andere Lebewesen, denen sie beistehen und die sie im Notfall beschützen musste.

„Ich kann nur hoffen, dass es ihnen besser ergeht als dem Kupferstück. Wenn ich mich recht erinnere, habe ich es gegen eine Flasche billigen Wein getauscht. Wie viel ich wohl für Vorkron kriegen würde? Na, mindestens vier Fässer Wein in der Größe seines Hüftumfangs. Und Valeria. Valeria."

Ihr fiel nicht ein, mit welchem Wert man die Elfe hätte bemessen können, denn alle Gegenstände dieser Welt waren wertlos im Vergleich zu einem solch schönen Wesen.

„Wie dem auch sei. Da ich schlecht mit vier Fässern Wein durch die Gegend ziehen kann und die auch keinen Hammer schwingen können, behalte ich die beiden wohl. Verloren habe ich ja zum Glück bis jetzt noch nie etwas. Wird mir also hoffentlich auch bei ihnen nicht so ergehen. Hoffentlich."

Unsicher schnürte Tem ihren Rucksack noch etwas enger und rannte dann den zwei Gestalten hinterher, die schon wieder eifrig damit beschäftigt waren, über die Vor- und Nachteile eines Reittieres zu diskutieren.

7
1788 nach Entdeckung der Götter, 21. Winterfall, Ebene in Walbucht

Tem blieb stehen und drehte sich wie so oft in den letzten zwei Stunden um. Aber Grenzwacht war nur noch ein grauer Fleck am Horizont. Sie selbst war von Grenzwacht aus sicher nicht mehr zu sehen, obwohl sie auf einer flachen Ebene inmitten von Weiß stand. Wie Valeria prophezeit hatte, hatte es kurz nach ihrer Abreise wieder zu schneien begonnen und ihr Weg wurde von Meile zu Meile anstrengender. Dabei waren sie keine fünf Meilen weit gekommen. Die Sonne hatte ihren höchsten Punkt noch nicht erreicht, aber Tem wusste, wenn es soweit war, würde es nicht lange dauern, bis sie im Dunklen durch den Schnee stapfen mussten. Fünfzehn weitere Meilen mussten sie noch schaffen, wenn sie den alten Hochsitz erreichen wollten. Tem bezweifelte, dass sie durchhalten würde. Ihr war kalt und von den letzten vier anstrengenden Tagen taten ihr noch die Beine und der Rücken weh.

„Tem Blattleicht, ich hoffe, du denkst nicht jetzt schon darüber nach, umzukehren. Falls dem so ist, solltest du um Grenzwacht einen großen Bogen schlagen, denn ich fürchte, mein Bruder würde dich sofort erschlagen, wenn du ohne mich heimkehrst."

Tem beschrieb eine halbe Drehung, griff an ihr Kurzschwert und lächelte entschlossen, obwohl ihr Herz heftig klopfte, weil sie sich erneut von der Elfe ertappt fühlte, die ganz sicher Gedanken lesen konnte, auch wenn sie es leugnete.

„Ach, Unsinn! Ich wollte nur sehen, ob Grenzwacht noch steht, mehr nicht. Wir können weiter!"

„Nein, können wir nicht. Vorkron hat beschlossen, eine kurze Rast einzulegen. Es scheint mir, dass er zu Fuß doch nicht so gut ist, wie er selbst von sich dachte."

Vorkron saß auf einem vom Schnee befreiten Stein und keuchte, während er einen Schluck Wasser nahm. Tem konnte ihn verstehen. An ihrem ersten Wandertag war sie kaum zehn Meilen weit gekommen, weil sie so lange Wanderungen nicht gewohnt war. Und Vorkron war die letzten Monate mit einem Pferdekarren durch die Lande der Alten gereist.

„Na, ich habe auch schon wieder einen leichten Hunger. Dann rasten wir eben kurz und machen uns dann auf den Weg. Mit etwas im Bauch schafft man die nächsten Meilen ohnehin viel besser."

„Ich hoffe es, denn die Sonne wird bald ihren höchsten Stand erreichen und danach wird es schnell dunkel und es wird noch mehr Schnee fallen, sobald die Sonne untergegangen ist. Ganz zu schweigen von der Kälte."

„Du verstehst es wirklich, uns aufzuheitern, Herrin von Aschtal!" polterte Vorkron von seinem Stein herunter.

„Ich bin nicht dazu da, euch aufzuheitern. Ihr habt euch beide freiwillig für diesen Weg entschieden und es wird kein einfacher Weg, das war uns allen von Anfang an klar."

„Freiwillig? Es blieb mir keine andere Wahl!" schrie Vorkron und Tem zuckte zusammen. Jetzt ging diese Diskussion schon wieder los. Die beiden waren die letzten zwei Stunden ausschließlich damit beschäftigt gewesen, sich Vorwürfe zu machen, sich anzuschreien und alle paar Meter stehen zu bleiben, kurz davor sich zu bekämpfen.

„Natürlich hattest du eine Wahl! Du hättest dich gegen diesen Weg entscheiden können, aber du wolltest ja den großen, pflichtbewussten Helden markieren!"

Tem entfernte sich von den beiden und betrachtete nun die Ebene, die vor ihnen lag. Weit im Südwesten ließ sich ein großes Bergmassiv ausmachen, das von der westlichen Küste bis zur Grenze nach Weitbrück zu reichen schien. Das Donnergebirge wirkte schon aus dieser Entfernung bedrohlich und finster.

„Woher hat es eigentlich seinen Namen? Und warum heißt das Gewittergebirge Gewittergebirge?" Sie machte eine Vierteldrehung in Richtung Nordwesten. Auch dort erhob sich vor dem Horizont eine Bergkette riesigen Ausmaßes. Wie viele Orks mochten sich dort verbergen? Wie viele Feinde lauerten in den Höhlen, bereit hinauszukriechen, über die Ebene zu stürmen und sie zu ermorden? Ihr fröstelte bei dem Gedanken, welch andere Schrecken noch in diesen Bergen hausen mochten. Sie hasste die Enge von großen Städten, aber noch mehr widerstrebte ihr der Gedanke an dunkle Höhlensysteme, in denen man sich für immer verirren konnte.

„Aufgrund des Wetters", antwortete Valeria und ließ sich endlich von ihrem Streit mit Vorkron abbringen.

„Über den Gebirgen entladen sich sehr häufig Gewitter, die von der großen See auf das Land treffen. Viele sagen, dass dies der Zorn der Götter ist, der die Orks treffen soll, aber schon lange bevor die Orks das Land für sich einnahmen, wurden die Gebirgszüge so genannt."

„Und siehst du, dort ganz im Westen", kam nun auch Vorkron hinzu. „Da ist Westpunkt, der westlichste Punkt der Lande der Alten. Unsere Vorfahren haben dort eine Steinsäule aufgestellt, die weit in den Himmel hinaufragt. Bei klarem Wetter ist sie sogar von Grenzwacht aus zu sehen. Vielleicht haben wir Glück und es klart die nächsten Tage auf, dann kannst du sie sehen."

„Falls von ihr noch viel übrig ist. Die Orks sahen Westpunkt stets als Kultstätte der Menschen und haben versucht, die Säule zu zerstören. Doch sie steht noch immer."

„Und so werden auch die Menschen weiter bestehen. Erst wenn Westpunkt fällt, ist das Ende unserer aller Völker gekommen, so sagen die Alten in den Bergen der Strahlen."

„Mir scheint, dass Zwerge wie Elfen einen Hang zur Übertreibung haben", meinte Tem und grinste die beiden Streitenden an, die sich über die Erzählung wieder kurzzeitig vereint hatten. Vorkron schnappte sich seine Sachen und achtete gar nicht auf die Bemerkungen.

„Wir können weiter. Wäre doch gelacht, wenn ein Zwerg eher schlapp macht als eine Elfe."

Er kämpfte sich durch den Schnee und Valeria folgte ihm. Tem blieb noch etwas länger stehen und versuchte in der Ferne Westpunkt auszumachen, doch von der Säule war nichts zu sehen und der Schnee fiel ihr in die Augen, so dass sie ständig zwinkern musste.

„Schade. Ich hätte mir diese Säule gerne angesehen. Kann ich nur darauf hoffen, dass wir so nah kommen, dass ich etwas davon zu sehen kriege."

„Tem, jetzt bummle doch nicht schon wieder!" rief Valeria und Tem hüpfte über eine Schneewehe in den Pfad, den Vorkrons kräftiger Körper gezogen hatte, rannte an den beiden vorbei und setzte sich an die Spitze ihrer kleinen Gruppe. Ab und an drehte sie sich um und feuerte Vorkron an, der schon nach ein paar Metern wieder zu schnaufen begann, aber nicht aufgab.

So wanderten sie Meile um Meile über die Ebene. Alles, was sie sahen, waren die beiden Gebirgszüge im Nord- und Südwesten und den Fluss zu ihrer Seite, dessen Wasser träge dahinfloss. Tem hatte gestaunt, dass die Wels nicht zugefroren war, aber Valeria hatte ihr erklärt, dass die Wels, die in der Nähe des Schwarzholzwaldes entsprang, nie zufror. Warum das so war, konnte sie nicht sagen, aber für sie war es in diesem Moment ein Segen, denn solange sie dem Fluss folgten, würden sie wenigstens keinen Durst leiden.

Doch Durst war nicht Tems Problem. Es war vielmehr die schreckliche Gleichförmigkeit der Umgebung, die sie ermüden ließ und ihre Gedanken zermürbte, die sich beständiger darum drehten, einfach zurückzugehen und sich Rittmeister Weitbrecht oder Reven auszuliefern. Nach einer Weile schien ihr das Schicksal einer Handlosen sogar verlockender, als weiter durch die eisige Kälte einer trostlosen Ebene zu streifen.

Die Sonne erreichte ihren höchsten Punkt und schaffte es kurzzeitig, durch die Wolkendecke zu dringen. Dann aber ging sie umso schneller unter und bald setzte ein stürmischer Wind ein, der ihnen die Schneeflocken ins Gesicht peitschte, die größer wurden und dichter fielen. Tem schlang ihren Mantel fester um ihren Leib, musste aber alle paar Meter stehen bleiben, um sich umzudrehen und Luft zu holen. Noch bevor der frühe Nachmittag zu Ende ging, war es so dunkel, dass sie die Wels nur noch hören, aber nicht mehr sehen konnten, obwohl der Fluss kaum drei Meter neben ihnen floss.

„Nur noch eine Stunde!" schrie Valeria gegen den Sturm an. „Der Hochsitz ist nur noch wenige Meilen entfernt. Haltet durch!"

Eine Stunde! Tem glaubte, auf der Stelle erfrieren zu müssen, doch das Laufen war zu einem mechanischen Prozess geworden und obwohl sie längst nicht mehr dazu in der Lage war, daran zu denken und ihren Beinen Befehle zu geben, setzten sie einen durchnässten, kalten und steifen Fuss vor den anderen. Tem versuchte an alte Lieder zu denken, die ihr ihre Ziehmutter vor dem Kamin vorgesungen hatte. Ihr fielen nur Bruchstücke ein, aber sie halfen, um sich die Wärme des Feuers in Erinnerung zu rufen.

> Vor Jahren ein Vater
> in eisigen Höhen
> gefangen.
> Im Tal ein Häuschen
> mit drei Kindern
> einer Frau.
> Warten auf den Mann,
> der nicht wiederkehrt
> nie.
> Man fand ihn später
> in eisigen Höhen
> erhangen.

Nein, das ist jetzt wirklich nicht hilfreich, Tem. Hast du vergessen, wie sehr du beim ersten Mal geweint hast, als sie dir die Ballade vom erfrorenen Gehängten vorgesungen hat? Warum nur fällt mir ausgerechnet das ein?, fragte sie sich.

Tem dachte an das, was ihre Ziehmutter ihr erzählt hatte, dass die Ballade nicht von einem Bergarbeiter erzählte, sondern von einem Soldaten, der in den Bergen von Orks gefangen und später aufgehängt worden war. Es war eine schauerliche Ballade, zu der es auch eine Geschichte gab, die man in Kohlhausen nur bei einem großen Feuer und viel Schnaps erzählte. Sie passte nur zu gut zu der Stimmung, die Tem nun seit vielen Stunden gefangen hielt.

„Tem, pass auf, du kommst dem Fluss zu nah!" rief Valeria von weiter hinten. Da erst kam sie wieder zu sich und stand direkt am Ufer der Wels. Das Wasser strömte kalt vor ihren Füßen dahin und sie wusste, dass sie erfrieren würde, wenn sie hineinfiel. Jemand griff nach ihrer Schulter.

„Komm, Kind, Valeria sagt, der Hochsitz ist nur noch wenige Minuten entfernt. Das schaffen wir. Du hast doch selbst gesagt, ein Menschenkind und ein Zwerg zeigen es denen und so wird es auch sein."

Tem schüttelte den Kopf, um sich selbst aufzuwecken. Die schweigenden, eisigen Stunden, die hinter ihnen lagen, lösten sich mit Blick auf das lächelnde Gesicht Vorkrons auf. Sie atmete durch, nahm Vorkrons Hand und nickte kurz.

„Stimmt genau, Vorkron. Aber ich wäre schon wirklich froh, wenn wir diesen Hochsitz endlich finden würden. Mir frieren die Füße ab und meine Beine tun weh und ich habe schrecklichen Hunger und bin furchtbar müde und habe alle Leiden, die ein Wanderer in einer solchen Umgebung haben kann. Kurzzeitig glaubte ich sogar, verrückt zu werden."

„Nein, nein, Kind, du wirst nicht verrückt. Es geht allen so, die nicht an die Dunkelheit und die Kälte einer Winternacht gewöhnt sind, dass sie Dinge sehen, hören und denken, die ihnen sonst nie eingekommen wären, ganz besonders wenn sie einer Schar Feinde in die unsichtbaren, aber deutlich spürbaren Augen blicken. Schäme dich nicht dafür."

„Danke, Vorkron." Tem umarmte den Zwerg, der nach herbem, frischem Schweiß roch und nach einer guten Portion der Wurst vom Morgen. Sie lächelte und fühlte das Leben in ihre steifen Glieder zurückkehren. Valeria wartete ein paar Meter von ihnen entfernt und sagte nichts.

„Das ist keines Dankes wert, auch wenn ich mich natürlich darüber freue. Nun lass uns gehen, ich brauche endlich ein Dach über dem Kopf. Einem Zwerg ist es nicht geheuer, wenn er solange unter freiem Himmel durch die

Gegend streift. Ich könnte dir ja ein wenig von den Höhlen in den Bergen der Strahlen erzählen, wenn du magst. Das lenkt dich von der Dunkelheit und der Kälte ab."

„Ja, sehr gerne." Tem rückte ihren Rucksack zurecht, ihre Laterne klapperte aufgeregt, und sie machten sich wieder auf den Weg. Vorkron begann von den komplexen Höhlensystemen zu erzählen, die in die Berge der Strahlen gegraben worden waren, von großen Hallen, die eine halbe Meile vom Boden bis zur Decke maßen, und von niedrigen Gängen, die ein Zwerg nur kniend durchqueren konnte.

„Das sind unsere Schutzgänge. Sie sind dazu da, vor einem Angriff der Großen sicher zu sein."

„Wurdet ihr denn schon einmal von Menschen oder Elfen angegriffen?"

„Nicht seit vielen, vielen hundert Jahren. Aber es gibt noch andere und wesentlich größere Wesen als Menschen, Elfen oder Orks. Wir mussten auch schon gegen Riesen angehen. In den Gängen können wir ausharren oder die Feinde fangen. Das ist unsere Taktik, wenn wir wissen, dass wir mit unseren Äxten und Hämmern nichts ausrichten können, ansonsten stellen wir uns unseren Gegnern natürlich von Angesicht zu Angesicht."

„Hast du denn schon viele Schlachten geschlagen?"

„Ein paar schon. Nun ja, Schlachten wäre übertrieben zu sagen."

„Nun sag, Vorkron, wie viele Kämpfe hast du denn ausgefochten?" rief Valeria gegen den Sturm nach hinten.

„Also, Kämpfe waren es unzählige."

„Und gegen was für Feinde?" wollte Tem wissen, die durch das Gespräch mit Vorkron zu sich gekommen war und ihre Schritte wieder lenken konnte.

„Meistens gegen Zwerge."

„Meistens?" fragte Valeria und ließ sich zurückfallen, um neben den beiden zu laufen.

„Eigentlich könnte man sagen, dass ich fast ausschließlich nur gegen Zwerge gekämpft habe."

„Eigentlich fast ausschließlich?" hakte Valeria nach und ein Schmunzeln legte sich über ihre Lippen. Tem wusste nicht, worauf sie hinaus wollte. Allerdings interessierte es sie brennend, was für Kämpfe Vorkron bereits bestritten hatte. Nicht nur, weil er der einzige ausgebildete Kämpfer von ihnen war, sondern weil sie hoffte, etwas von ihm lernen zu können. Die Neugierde, was für Kreaturen unter dieser Sonne noch umherliefen, lockte gleichermaßen.

„Ja, gut, ich habe nur gegen Zwerge gekämpft!"

„Bekämpft ihr euch denn gegenseitig so oft?" fragte Tem und Valeria lachte so laut, dass sie sogar den Sturm übertönte, der stärker wurde, je weiter sie liefen. Aus den wenigen Metern zum Hochsitz war eine weitere halbe Stunde geworden und vor sich erkannte Tem nur eine graue Ebene und Dunkelheit.

„Nein. So kann man das nicht sagen. Es ist eher so, dass wir gerne im Wettstreit gegeneinander antreten."

„Das soll bedeuten, dass er noch nie in einen richtigen Kampf verstrickt wurde."

„Hättest du uns Zwerge je kämpfen sehen, wüsstest du, dass jeder unserer Kämpfe ein richtiger Kampf ist."

Vorkron lief ein paar Schritte vor und sagte etwas, aber in dem Sturm klang es nur wie ein Murmeln.

„Das war gemein, Valeria. Er ist ja auch noch nie aus den Bergen der Strahlen herausgekommen, bis er nach Grenzwacht gerufen wurde. Nur weil er noch nie gegen einen Ork gekämpft hat, heißt das nicht, dass er kein guter Kämpfer ist."

„Das habe ich auch nie behauptet, Tem Blattleicht. Aber woher willst du wissen, wie viel Mut jemand gegen einen wahren Feind aufbringt, wenn er bisher nur gegen seinesgleichen gekämpft und nichts zu befürchten hatte? Angst beeinflusst dein Denken und Handeln, und derjenige, der einem wahren Feind gegenüberstand, jemandem, von dem er wusste, dass er ihn töten würde, wenn er die Gelegenheit dazu bekäme, der weiß, was Angst heißt. Weiß, dass sie alle Muskeln erstarren lässt, sie jeden Gedanken vertreiben kann und den größten und stärksten Mann dazu bewegt, sich umzudrehen und davon zu laufen. Vorkron mag der Ansicht sein, dass er mutig und kampferprobt ist, doch erst in einer Schlacht, Auge in Auge mit dem Tod, wird sich beweisen, wer er wirklich ist."

Tem konnte Valerias Worte zwar verstehen, aber Vorkron tat ihr dennoch Leid. War er deshalb nach Grenzwacht gezogen, um seinen Mut zu beweisen? Wollte er deshalb nicht mit ihnen ziehen, weil er keine Gelegenheit dazu sah, sich zu profilieren?

„Hast du schon einmal einem Menschen gegenübergestanden, der dich töten wollte?"

„Einem Elfen, ja. Genauer gesagt einer Frau. Sie bildete mich in der Weberei aus, doch als sie merkte, dass ich ihr überlegen wurde, begann sie, mich zu hassen. Kurz vor dem Abschluss meiner Ausbildung forderte sie mich zu einer Übung auf, bei der sie einen sehr starken Zauber einsetzte, der mich beinahe tötete. Es war etwas ganz anderes, ihr gegenüberzustehen und gegen sie zu kämpfen, weil ich wusste, dass es mein Ende sein konnte."

„Sie wollte dich wirklich töten? Nur weil du besser geworden bist als sie?"

„Wundert dich das? Wir wollen doch alle etwas Besonderes sein, in dem was wir tun. Wenn wir in jemandem eine Konkurrenz sehen, treibt uns dieser Gedanke alsbald in den Wahnsinn. Nur derjenige, der um seine Qualitäten weiß, der seine Position kennt, der weiß, wer er selbst ist, der kann sich dagegen erwehren."

„Weißt du denn, wer du bist?"

„Das weiß ich, aber wir alle sind dem Wandel unterlegen und müssen uns stets selbst neu entdecken und einen Weg für uns finden. Nimm dich, Tem, bis vor Kurzem warst du eine Diebin, doch dann wurdest du aus diesem Leben verjagt und nun bist du auf dem Weg zu einer selbstlosen Tat, aus der du keinen Nutzen schlagen kannst. Du bist kein anderer Mensch geworden, aber du hast einen anderen Pfad eingeschlagen."

„Ich weiß nur noch nicht, ob das für meine Gesundheit gut ist."

„Es ist gut für dich."

Ohne es zu bemerken, waren sie stehen geblieben. In dem Sturm konnten sie sich, obwohl sie kaum einen Meter voneinander entfernt waren, nur schwer erkennen, doch Tem spürte das Lächeln auf Valerias Lippen und einen kurzen Augenblick waren Sturm und Kälte fern.

„Wo bleibt ihr denn? Da drüben ist was! Ich glaube, es ist der Hochsitz!" durchschnitt Vorkrons lauter Schrei die Stille zwischen ihnen. „Wo seid ihr?"

„Wir kommen ja schon", rief Valeria. „Mir scheint, auch die langlebigen Völker unter der Sonne der Alten üben sich in beständiger Eile. Lass uns gehen, wir wollen Vorkron nicht noch mehr verärgern."

„Ich habe ihn nicht verärgert", flüsterte Tem in den Sturm, der sie nun wieder gänzlich umfing.

„Aber du hast schon wieder vergessen, dass ich gute Ohren habe", meinte Valeria und ergriff ihre Hand, um sie schnellen Schrittes zu Vorkron zu führen, der dem Wind den Rücken zugekehrt hatte.

„Dort! Ist das dein Hochsitz?" brüllte er und deutete hinter sich, wo sich gegen die Dunkelheit ein Baum abzeichnete. Tem konnte kaum mehr erkennen als die Konturen. Sie hoffte, dass der Hochsitz mehr war als eine quadratische Plattform, auf der Jäger oder Späher ausharrten. Eine solche gab es in der Nähe von Kohlhausen und immer, wenn sie daran vorbei gegangen war, hatte sie sich wie ein wehrloses Kaninchen gefühlt.

„Ja, das ist er! Gleich wird es ruhiger um uns werden! Ich hoffe, die Winterstürme haben ihn nicht beschädigt."

Sie setzten sich in Bewegung. Tem hielt noch Valerias Hand und mit der anderen griff sie nach Vorkrons Rucksack, um sich daran festzuhalten, denn der Sturm nahm zu und obwohl sie größer war als Valeria, glaubte sie, jeden Moment davon zu fliegen.

„Woher weißt du eigentlich von dem Hochsitz?" rief Vorkron und hustete, weil ihm bei der Öffnung seines Mundes sofort zahlreiche Schneeflocken in den Rachen geflogen waren.

„Ich habe mir die Pläne angesehen, die es zur Besiedlung von Walbucht gibt. Dort wurde der Hochsitz erwähnt."

Vorkron nickte und Tränen flossen über seine Wangen. Tem wusste nicht, ob es daran lag, dass er sich verschluckt hatte oder weil der kalte Wind ihm in den Augen brannte. Sie selbst spürte nur noch das Brennen, die Tränen waren schon vor längerer Zeit versiegt.

„Wir sind da! Soll ich vorgehen?" fragte Vorkron und stellte sich wieder mit dem Rücken zum Wind, als sie endlich den Baum erreichten. Er war massiv und hielt dem Sturm energisch stand. Tem legte den Kopf in den Nacken und schauderte, weil sich ein Berg von Schnee auf ihren Schultern gesammelt hatte, der nun durch den Mantel hindurchdrang. Über ihr ragte der Baum in die Höhe und in der Mitte war zwischen mehrere dicke Astgabeln ein kleines Baumhaus gebaut. Von unten konnte sie nicht beurteilen, wie stabil es war, aber wenigstens besaß es Wände und eine Decke und würde sie einigermaßen warm halten. Alles war ihr lieber, als weiter im Schnee zu stehen.

„Nein, lass mich vorgehen. Zwar bist du korpulenter und wenn es dich trägt, so wohl auch uns, aber ich bin geschulter in der Beurteilung der Standhaftigkeit eines solchen Baumhauses."

Vorkron grummelte, aber er konnte nichts mehr einwenden, denn Valeria war schon um den Baum herum, fand auf der anderen Seite eine Leiter, die am Stamm angebracht war – ja, beinahe verwachsen mit ihm wirkte – und kletterte flink hinauf. Tem wusste nicht, ob die Gerüchte, dass Elfen in Bäumen wohnten, stimmten, aber so behände wie Valeria zu Werke ging, wollte sie es gerne glauben.

„Ich denke, sie wollte gerade andeuten, dass ich fett sei, oder?" regte sich Vorkron auf und schirmte mit seinem breiten Rücken den Wind ab. Tem hockte sich hin, um den Windschatten auszunutzen. Sie mussten eine gefühlte Ewigkeit warten, bis endlich Valeria von oben zu ihnen hinunterrief.

„Es wird uns alle halten, denke ich. Kommt schnell hinauf!"

Tem war sofort an der Leiter und kletterte, so schnell es ihre steifen Finger und Füße ermöglichten, nach oben. Sie hörte, wie Vorkron unter ihr ächzte, als er sich mit dem ganzen schweren Gepäck daran machte, die Holzstiegen zu erklimmen. Durch eine schmale Öffnung gelangte sie in das kleine Baumhaus und augenblicklich hörte der Wind auf. Es war jedoch so dunkel, dass Tem nicht einmal Valeria erkennen konnte, bis diese nach ihr griff.

„Gib mir deine Laterne. Ich entzünde sie."

Doch statt zu warten, bis Tem ihre Laterne von dem Rucksack gelöst hatte, was ihr nicht ohne Weiteres gelungen wäre, nahm Valeria sie ab und brauchte nur ein paar Sekunden, bis die Laterne erleuchtet war. Sie stellte sie neben die Öffnung, wartete, bis Vorkron sich endlich hindurchgequetscht hatte – er blieb mit seinem Hammer hängen und hätte ihn beinahe verloren –, bevor sie eine hölzerne Klappe von einer Wand nahm und damit die Öffnung abdeckte.

Das Heulen des Windes war noch immer zu hören, doch es war weniger ohrenbetäubend und Tem spürte, wie eine angenehme Wärme durch ihre Glieder zog. Sie lockerte ihren Nacken, legte den Rucksack und den Mantel ab und sah sich dann in ihrer Behausung um.

In einer Ecke befand sich eine größere Kiste, die mit einem Schloss versehen war. Ansonsten war der kleine Raum leer. Die zwei Fenster, eines nach Osten, das andere nach Norden, waren mit Fellen behangen, die mit Nägeln an den Wänden festgemacht waren, so dass kein Wind hindurchdringen konnte. Sie ließ sich neben der Kiste nieder und zog sich die Schuhe aus. Ihre Füße waren nass und kalt und sie begann trotz der wärmeren Umgebung zu frieren.

„Wir können hier leider kein Feuer entzünden, aber wir sollten unsere Sachen ausziehen und sie aufhängen, damit sie morgen nicht mehr so nass sind. Vorkron, vielleicht entzündest auch du deine Laterne, dann wird es wärmer."

„Einverstanden, aber ich weiß nicht, ob es so gut ist, wenn wir", er hielt inne, bevor er ganz ausgesprochen hatte. Tem bemerkte einen roten Hauch auf seinen Wangen, der nicht von der Kälte rührte.

„Falls du dich schämen solltest, so habe ich nichts dagegen, wenn du einfach in deinen nassen Kleidern bleibst und dir den Tod holst. Ich meinerseits habe genügend nackte Männer gesehen, um mich nicht zu schämen, und ich habe nicht vor, an Unterkühlung oder einer Erkältung zu sterben."

Damit legte sie ihren Mantel ab und öffnete die Schnüre ihrer Kleider. Tem wog einen Moment ab, ob es ihr lieber war, sich zu entblößen oder zu sterben und kam zu dem Entschluss, dass sie an Scham nicht sterben würde. Außerdem saß sie ja nur Vorkron gegenüber und Valeria. Sie warf ihre Jacke, die Weste, die Armlinge, ihre Hose und ihre Unterkleidung ab und breitete ihre Decke auf dem Boden aus, um sich darauf zu legen. Vorkron beeilte sich augenblicklich, es ihr gleich zu tun und sich schnell in seine Decke einzuwickeln.

„Wunderbar! Demnach überlasst ihr es also mir, die Kleidung aufzuhängen, ja?"

Valeria hob die Schultern und schüttelte den Kopf. Schließlich nahm sie ihr Seil und ging auf Tem zu, die über sich einen Haken in der Wand bemerkte. Valeria machte eine Schlinge und streifte sie über den Haken. Selbiges wiederholte sie auf der anderen Seite, wo neben dem Fenster nach Norden ein weiterer Haken befestigt war. Tem versuchte die nackte Elfe nicht zu beobachten, aber die Eleganz und Grazie war so anziehend wie ein ausgeweidetes Tier, nur fehlte das Gefühl des Ekels. Sie warf einen verstohlenen Blick zu Vorkron hinüber, der sich aber der Wand zugewandt hatte. Als sie wieder zu Valeria sah, stand diese direkt vor ihr.

„Wir sollten nah beieinander schlafen. Körperwärme hilft." Dann nahm sie Tems Sachen und hängte sie über das aufgespannte Seil. Auch Vorkrons Kleidung fand ihren Weg über ihre Köpfe. „Nun komm schon, Vorkron. Wir haben doch unsere Decken zwischen uns."

Vorkron warf seine Decke zurück, stand auf, platzierte sich neben Tem, die sich mit dem Rücken gegen die Wand presste, und wickelte sich eilig wieder ein.

„Diese Elfen! Mosron hatte Recht, als er gesagt hat, sie seien obschön."

„Du meinst sicherlich obszön, Vorkron. Und nein, das sind wir keineswegs, aber unsere Körper sind Teil der

Natur und vor jener müssen wir keine Scham empfinden, ganz gleich ob wir Mann oder Frau sind."

Sie stieg über ihrer beider Körper hinweg, nachdem sie auch ihre eigenen Sachen aufgehängt hatte, und schob Tem leichthin näher an Vorkrons Rücken. Dann legte sie sich hinter sie und wickelte sich selbst in ihre Decke ein.

„Mir machen weder Wärme noch Kälte viel aus, du solltest jedoch von allen Seiten gewärmt werden."

Tem nickte nur und fühlte sich steifer als noch in der eisigen Kälte. Doch nach einer Weile war das Gefühl, zwei Körper neben sich zu haben, beruhigend. Ihre Muskeln entspannten sich und warme Müdigkeit überkam sie. Sie drehte sich auf die andere Seite, spürte, wie sich auch Vorkron umdrehte, und krümmte sich in eine bequeme Schlafstellung. Ihre Stirn berührte eine andere und warmer Atem schlug ihr ins Gesicht, der nach einem frischen Frühlingswald roch.

„Gute Nacht, Tem. Mögen deine Träume von Wärme und Schönheit durchzogen sein. Vergiss die weißen Ebenen, den kalten Wind und das Eis. Hör nur auf das Murmeln des Flusses und die Geräusche der Welt, die dich in den Schlaf singen. Ich behüte dich heute Nacht."

Sie streckte ihren Kopf ein Stück vor, fühlte nun Valerias Wange an ihrer Stirn und genoss die angenehme Schwere, die sie in den Schlaf führte. Auf die leisen Worte antwortete sie nicht mehr, doch sie verblieben bis zum Ende ihres Lebens in ihrer Erinnerung und in jeder Nacht, die sie danach schlecht träumte, mischten sich das Murmeln des Flusses, das sanfte Rauschen des Windes und die schwere Wärme unter die Alpträume und vertrieben sie bis zum nächsten Morgen.

8

1788 nach Entdeckung der Götter, 22. Winterfall, Ebene in Walbucht

Der Morgen war dunkel, aber warm. Vorkron blies ihr beständig seinen Atem ins Ohr und unter ihrer Hand lag ein tief einatmender Körper. Sie zwinkerte in die Dunkelheit ihrer Behausung und horchte auf die Geräusche von außerhalb. Doch Vorkrons Schnarchen übertönte jeden Winterwind und das Fließen der Wels. Nur die Hitze des neben ihr befindlichen Körpers, das sanfte Heben des Bauches unter ihrer Haut war trotzdem spürbar. Es hatte nie eine Nacht zuvor gegeben, in der sie so gut geschlafen hatte. Ihr Schlaf war noch nicht einmal traumlos gewesen. Sie war über die weiße Ebene Walbuchts gewandelt, doch statt der Ödnis waren in jeder Himmelsrichtung Dörfer und Menschen auszumachen. Unter ihnen waren Zwerge und Elfen, die alle die Gesichter ihrer Begleiter trugen, aber es war ihr nicht seltsam vorgekommen. Sie fühlte sich behütet. Wohin ihre Schritte sie auch leiteten, Vorkron und Valeria waren stets in ihrer Nähe. Was sie aufgeweckt hatte, wusste sie nicht, aber sie hoffte, eines Nachts in diese Traumwelt zurückkehren zu können.

„Vielleicht ist das auch wieder so ein Elfenzauber, die sie unter die Worte von letzter Nacht gewoben hat", überlegte Tem flüsternd in die Dunkelheit. Da regte sich der Körper unter ihrer Hand, drehte sich zu ihr und wisperte:

„Kein Zauber war es, der dich heute Nacht behütete, Tem Blattleicht, nur das Wissen um den richtigen Weg."

Bevor sie etwas erwidern konnte, stand Valeria auf, schlich durch die Dunkelheit und verkündete:

„Unsere Kleidung ist steif vor Kälte, aber trocken. Weck Vorkron auf. Wir nehmen ein eiliges Frühstück zu uns und brechen danach sofort auf. Ich sehe nach, wie es um das Wetter bestellt ist, doch rechne nicht damit, dass es ein schönerer Tag wird."

Tem setzte sich auf, sah wie die Klappe von der Öffnung genommen wurde und Valeria hindurchschlüpfte. Augenblicklich drang kalter Wind in das Baumhaus ein und sie schlang die Decke enger um sich. Vorkrons Schnarchen war leiser geworden und ebbte ab, als Tem ihn kurz an der Schulter rüttelte. Danach war es so still, dass sie auf die Geräusche von außerhalb hören konnte, doch der Wind schien milder zu sein und die Wels langsam zu fließen.

„Guten Morgen, Vorkron. Wir müssen aufstehen. Valeria ist bereits in Eile und wahrscheinlich zu Recht. Mir scheint, das Wetter ist uns heute freundlicher gesinnt. Wir könnten ein paar Meilen gut machen."

„Ach", brummte Vorkron und drehte sich auf den Rücken. „Meilen gut machen. Das klingt beinahe, als müssten wir zu jemandes Rettung aufbrechen. Stattdessen beeilen wir uns doch nur, um ein paar Leichen zu finden."

„Glaubst du denn nicht, dass die Menschen aus Freisaat und die Soldaten aus Grenzwacht noch leben?"

„Nein, das glaube ich nicht und auch deine Valeria glaubt nicht daran, Kind. Wir sind nur auf dem Weg nach Freisaat, um herauszufinden, was sie getötet hat, und diesem Ding selbst in die Augen zu blicken, falls es welche hat."

„Gibt es denn Wesen ohne Augen?" Tems Stimme zitterte. Sie erinnerte sich an all die gräßlichen Legenden, die jeder in Kohlhausen kannte. Von Wesen ganz aus Schnee, die hoch im Norden lebten, oder gefährlichen, mehrere Meter langen Schlangen in Sonnenweiß, oder von den Dunklen, die von der Nacht lebten, sich verbargen und über Verirrte herfielen.

„Natürlich gibt es die, aber sie leben unterirdisch und du wirst sie kaum im Flachland antreffen, also brauchst du dir darum keine Sorgen zu machen. Aber es würde mich nicht wundern, wenn wir einer ganzen Horde Orks gegenüber ständen."

Vorkron rollte sich auf die Seite, presste sich nach oben, verlor die Decke, wickelte sie schnell wieder um sich und klaubte eilig seine Kleidung von der improvisierten Wäscheleine. Als er wieder angezogen war und sich so deutlich wohler fühlte, legte er noch sein Kettenhemd an und wühlte in seinem Rucksack herum.

„Ich glaube, ich habe noch eine von diesen leckeren Würsten. Lass sie uns teilen."

Tem stand auf und zog sich an. Als sie fertig war und sich zu Vorkron auf die verschlossene Kiste gesetzt hatte, kam Valeria zurück. Ihre schmalen Schaftstiefel waren mit Schnee bedeckt, aber ihre Schultern und ihr Haar waren trocken.

„Wenn wir Glück haben, beginnt es erst in einigen Stunden zu schneien. Der Sturm hat sich gelegt, aber von Norden kommen neue Wolken. Wir werden sehen. Nun lasst uns aufbrechen. Es ist schon spät am Morgen."

Tem und Vorkron saßen auf der Kiste und sahen sie – je mit einer Hälfte der Wurst in der Hand – an. Valeria ließ die Schultern sinken, verdrehte die Augen gen Baumhausdecke und schüttelte den Kopf.

„Na gut. Dann frühstückt erst einmal gemächlich, lasst die Wolken ruhig herankommen, aber beschwert euch nicht, wenn wir wieder erst im nächtlichen Sturm unser nächstes Ziel erreichen."

„Welches ist denn unser nächstes Ziel?" fragte Tem und biss in die Wurst und hernach noch in ein Stück Brot, so dass beide Wangen sich aufblähten und ein wohliges

Schmatzen von sich gaben, das von der Seite ein Echo bekam, als Vorkron sich die Hälfte der Wurst ganz in den Mund stopfte und einen Schluck aus seinem Wasserschlauch nahm.

„Etwa dreißig Meilen von hier gibt es ein altes Lager. Auf dem Weg nach Freisaat wurden damals mehrere Punkte entlang der Wels festgelegt, an denen Hütten gebaut wurden. Die meisten waren mit Bauholz oder Steinen gefüllt, andere wurden von wenigen Soldaten bewohnt, die die Materialien bewachten. Ich kann nur hoffen, dass die Hütten nicht dem Wetter zum Opfer gefallen sind."

„Ich verstehe wirklich nicht, warum die Menschen keine weiteren Dörfer entlang der Wels gebaut haben", brachte Vorkron sich ein, nachdem er den Wurstbrei hinuntergewürgt und aufgestoßen hatte.

„Weil es nicht genug Siedler für mehrere Dörfer gab."

„Aber warum hat man Freisaat dann soweit von Grenzwacht entfernt erbaut und nicht etwa hier, wo sich der Hochsitz befindet? Wenn Freisaat sicher gewesen wäre, hätten sich vielleicht noch Siedler gefunden, die weiter ins Innere von Walbucht vorgedrungen wären."

„Ich glaube, es hatte auch einen strategischen Hintergrund. Man wollte einfach möglichst nah am Donner- und Gewittergebirge eine menschliche Siedlung bauen, um die beiden Orkarmeen im Auge zu haben."

„Das ist doch Wahnwitz!" brüllte Vorkron und Tem musste sich an der Kiste festhalten, um nicht hinunterzufallen, als der Zwerg die Arme in die Luft riss und sie dabei gefährlich streifte.

„Mag sein. Aber es gibt genug Dörfer entlang der Grenzen. Freisaat war ein Experiment."

„Und es ist anscheinend ziemlich schiefgegangen."

Vorkron sprang von der Kiste und strich sich mit dem Handrücken über die Lippen, die unter seinem dichten

Bart verborgen lagen. Er wirkte so unzufrieden wie am Abend zuvor.

„Doch so sind Menschen. Anstatt einen Schritt vor den anderen zu setzen, springen sie lieber drei Schritte weiter. Ich habe den Bau dieser Dörfer nicht geplant. Ich halte es immer noch für falsch, den Grauhäuten nicht einen Teil der Lande der Alten zuzugestehen. Es ist besser, als wenn sie sich in allen Ländern ausbreiten. So hat man einen Punkt, den man im Auge behalten und eine Partie, mit der man verhandeln muss."

„Jetzt fängt sie wieder mit diesen Verhandlungen an! Als ob man mit Grauhäuten verhandeln könnte!"

„Wahrscheinlich vermögen sie einem die Verhandlungen so zu verleiden wie ein Dobal."

Vorkron richtete seinen Blick auf Valeria, deren Gesichtsausdruck erkennen ließ, dass sie sich selbst einen Narren schalt, weil sie dieses Wort ausgesprochen hatte. Tem ahnte, was kommen würde, sprang deshalb von der Kiste, packte ihre Sachen zusammen und verkündete:

„Ich gehe dann mal. Wenn ihr soweit seid, wisst ihr ja, wo ihr mich findet."

Sie schob die Klappe noch ein Stück weiter zur Seite und kletterte die Leiter wieder hinunter. Der Tag begann kalt, aber der Himmel war klar. Weit im Norden erkannte Tem die Wolkenfront, auf die Valeria hingewiesen hatte, aber bis diese heran war, würde es einige Stunden dauern, so der Wind nicht in eine andere Richtung schwenkte. Vor ihr lag die weiße Ebene. Sie erkannte nur kleine Spuren von Vögeln, aber keine anderen Tiere schienen sich in der Nacht zum Baumhaus verirrt zu haben. Im Süd- und Nordwesten lagen nun deutlich erkennbar die beiden Gebirgszüge des Donner- und des Gewittergebirges und ganz im Westen meinte sie eine schwarze Säule in den Himmel aufragen zu sehen, aber vielleicht war es auch nur ein Baum einige Meilen voraus.

„Na schön, dann wollen wir mal. Ich hoffe nur, sie folgen mir, bevor ich von der Orkarmee überrascht werde."

Tem setzte sich in Bewegung und beobachtete ihre Umgebung genau. Doch weit und breit war nichts Lebendiges auszumachen, außer ein paar kleinen Vögeln am Himmel. Während ihrer Reise von Kohlhausen nach Grenzwacht hatte sie sehr viele Füchse, Hasen und Rehe gesehen, doch Walbucht schien lebensleer zu sein.

„Kein Wunder, dass sich kein Siedler gefunden hat, der nach Freisaat wollte."

Es dauerte ein paar Minuten, dann endlich hörte sie Geräusche hinter sich und als sie sich umdrehte, waren da zwar Valeria und Vorkron zu sehen, aber der alte Hochsitz war bereits zu einem kleinen Punkt am Horizont angewachsen. Tem wurde zuversichtlich. Wenn das Wetter so blieb, konnten sie heute viele Meilen zurücklegen und je mehr Meilen sie am Tag zurücklegten, umso eher konnte sie nach Kohlhausen zurückkehren. Die Frage war wohl nur, ob sie wollte.

„Bei Colosyn Bergwall, das Wasser ist eiskalt!"

„Und wunderbar klar, Herr Zwerg. Du solltest dich darüber nicht beschweren."

„Ich beschwere mich nicht, ich habe nur gesagt, dass es kalt ist."

„Aber die Art, wie du es gesagt hast, hat eindeutig impliziert, dass du dich beschwerst, dass es kalt ist."

Vorkron stutzte. Tem hatte das Wort Implizieren auch noch nie gehört, ahnte aber, was es bedeuten könnte. Sie ging jedoch nicht näher auf die Streitigkeiten der beiden ein, die schon den ganzen Tag währten. Sie waren viele Stunden gewandert. Die Sonne war im Begriff unter den Horizont zu gleiten und die Wolken aus Norden waren am frühen Nachmittag schnell herangeeilt. Dennoch war es noch windstill und schneefrei.

„Was meinst du, Valeria, schaffen wir es heute noch zu dem alten Lager?" fragte sie und füllte ihren Wasserschlauch im kalten Wasser der Wels wieder auf.

„Nein. Wir sind jetzt gute acht Stunden unterwegs, aber der Schnee liegt hoch und auch wenn wir heute besser vorankommen als gestern, so können wir nicht mehr hoffen, das Lager zu erreichen. Es sind mindestens noch zehn Meilen und ich will nicht wieder im Schneetreiben und in tiefster Nacht durch das Land ziehen. Das ist zu gefährlich. Wir werden uns einen Unterschlupf suchen müssen."

„Einen Unterschlupf. Sieh dich doch mal um! Ich dachte, ihr Elfen hättet so unglaublich gute Augen. Wo, meinst du denn, sollen wir hier einen Unterschlupf finden? Wir sind mitten auf einer Ebene!"

„Wie wäre es, wenn du einfach ein Loch gräbst?"

„Wie bitte?"

Tem war es leid und entfernte sich ein paar Schritte von den Streitenden. Es wurde rasch dunkler und durch die Wolken waren weder die Säule, die sie bereits am Morgen gesichtet und die den ganzen Tag im Westen gestanden hatte, noch die beiden Gebirgszüge zu erkennen. Dafür entdeckte Tem etwas anderes. Eine halbe Meile die Wels entlang gen Westen lag etwas am Ufer des Flusses. Es war flach und schmal und im ersten Augenblick hielt Tem es für eine Gestalt, womöglich einen Menschen. Doch es rührte sich nicht und die Proportionen stimmten nicht.

„Valeria, schau mal! Dort vorn liegt etwas am Ufer!"

Die Elfe ließ den brüllenden Zwerg stehen und eilte an Tems Seite. Der Luftzug, den sie mit sich trug, war kalt, aber der angenehme Duft Valerias suchte sich seinen heimlichen Weg in Tems Unterbewusstsein und löste dort die bedrückenden Gedanken, die sich mit Einsetzen der Nacht wieder ausbreiteten, auf.

„Das sind Boote. Kommt, wir sehen uns das an!"

Ohne auf Proteste zu warten, sprintete die Elfe los. Vorkron stieß Tem leicht von hinten an.

„Was hat uns nur geritten, diese Frau zu begleiten?"

„Ich mag sie."

„Ja, das habe ich schon gemerkt."

Vorkron setzte grinsend an ihr vorbei und folgte mit kurzen, aber schnellen Schritten der Elfe, die so zügig rannte, dass es aussah, als wäre sie schon bei den Booten angekommen.

„Was meinst du damit?"

Tem hüpfte von einer Fußspur Valerias in die nächste und sparte sich so viel Kraft. Vorkron wartete, bis sie ihn eingeholt hatte und kratzte sich am behaarten Kinn. Es hörte sich an, als raschelte ein Eichhörnchen durchs Unterholz.

„Ich meine damit, dass deutlich zu sehen ist, dass du sie magst."

„Wieso? Nur weil ich mich nicht ständig mit ihr streite?"

„Wir sind Angehörige sehr verschieden lebender Völker. Es wäre geradezu ein Wunder, wenn wir nicht ständig aneinander geraten würden, Kind. Wir Zwerge und ihr Menschen, wir haben noch etwas gemeinsam. Aber Elfen und Zwerge sind so verschieden wie ein Diamant und ein Steinklotz."

Tem wollte schon fragen, ob die Elfen die Diamanten seien, hielt jedoch lieber den Mund, um Vorkron nicht zu beleidigen. Dieser schien aber Valerias seltsame Gabe des Gedankenlesens übernommen zu haben.

„Und ja, wir Zwerge sind eindeutig die Steinklötze. Aber aus Stein kannst du noch viele Dinge machen. Du kannst damit Wände, Mauern, Decken oder Böden bauen, du kannst ihn zu wunderschönen Skulpturen formen. Doch was kannst du mit einem Diamanten? Natürlich kannst du ihm einen letzten Schliff geben, aber er kommt zu selten vor, er ist hartherzig und alles, was er darstellt, ist Schönheit, nicht wahr?"

„So betrachtet muss ich dir zustimmen."

„Natürlich musst du das. Aber ich kann schon verstehen, warum ihr Menschen eher der Schönheit als dem Nützlichen zugewandt seid und Valerias Schönheit fasziniert dich wohl sehr."

„Ja. Nein, was? Unsinn! Sie ist schön, aber sie ist doch sehr kühl."

„Das ist sie, aber nicht zu dir. Ich glaube, sie mag dich sehr gern."

„Ach, das kann man so doch gar nicht sagen."

„Und wie würdest du es dann sagen?"

„Ich", setzte Tem an, als Vorkron stehen blieb und seinen Blick nach vorn richtete. Valeria hatte die Boote inzwischen erreicht und winkte ihnen aufgebracht.

„Eine halbe Meile in nur ein paar Minuten. Wenn wir gerannt wären, wäre Valeria jetzt schon in Freisaat. Komm schon, Tem. Keine Zeit zum Nachdenken, wir wollen der Elfe doch in nichts nachstehen, oder?"

Da sprintete Vorkron klappernd los und Tem folgte ihm, ihre Laterne festhaltend, die hin und her schaukelte. Doch Vorkrons Worte ließen sie nicht los, bis sie die Boote und Valeria, völlig ausser Atem, erreicht hatten.

„Ich hatte Recht. Boote. Sie sind alt, aber ich könnte sie notdürftig reparieren. Damit können wir dem Lauf der Wels folgen und könnten viel schneller in Freisaat sein."

„Was? Niemals! Ich setze mich ganz sicher nicht in ein Boot!" protestierte Vorkron energisch.

„Dir wird schon nichts passieren. Es sind zwei Boote. Tem wird mit dir fahren und dich im Notfall rausfischen."

Tem nickte heftig mit rot angelaufenem Gesicht, als Valeria sie ansah. Doch es war nicht der schöne Blick der

Elfe, der die Scham in ihre Wangen trieb, sondern vielmehr das unterdrückte Geständnis, das auch sie panische Angst vor Wasser hatte und nicht schwimmen konnte.

„Und heute Nacht bieten uns die Boote Schutz. Helft mir, sie vom Schnee zu befreien und von der Erde, die bereits von ihnen Besitz ergriffen hat. Die müssen hier schon viele Jahre liegen. Ein Beweis dafür, dass hier nie ein Ork vorbei gekommen ist. Ich bin sicher, sie hätten sie zerstört."

„Oder irgendeine tückische Falle", murmelte Vorkron, bückte sich aber, um eines der beiden langen schmalen Boote hinauf zu hieven. Doch die Ränder des Bootes waren mit der Erde verwachsen und sie mussten alle Drei Hand anlegen, bis es sich endlich aus dem harten Boden lösen ließ. Unter dem Boot lag kein Schnee und wenige grüne Halme hatten sich trotz der Kälte herausgewagt. Während Vorkron und Tem das zweite Boot befreiten, begann Valeria schon damit, kleine Ausbesserungsarbeiten vorzunehmen. Tem beobachtete sie dabei, nachdem das zweite Boot auf dem Bauch lag. Sie nahm aus dem Lederbeutel an ihrer Hüfte eine kleine Dose, in die eine grüne Paste gefüllt war, die stark nach Harz roch.

„Was ist das?" fragte Tem und streckte ihren Kopf vor, um besser hineinsehen zu können, denn die Dunkelheit nahm zu und Valeria konnte nur noch etwas erkennen, weil Vorkron vorsorglich seine Laterne entzündet hatte. Als Tem sich über die Dose beugte, hob Valeria sie an und stupste Tems Nase geradewegs in die Paste. Sie lachte wie ein Kind auf, als Tem sie verwundert darüber ansah.

„Das ist Harzleim. Wir verwenden ihn für Reparaturen an unseren Gerätschaften und Booten. Er wird von Wasser nicht aufgelöst und hält viele Jahre."

„Soll das heißen, der klebt jetzt ewig auf meiner Nase?" schrie Tem und wischte sich den Leim weg.

„Nein, Tem Harznase, es sei denn, du bestehst aus Holzfasern, mit denen er sich verbinden kann."

Tem atmete auf, wischte sich aber noch an der Nase herum, bis Valeria mit der Ausbesserung beider Boote fertig war. Inzwischen hatte Vorkron ihnen aus dem Trockenfleisch, dem Brot und dem Käse ein gutes Abendessen vorbereitet. Jeder bekam sogar ein kleines Stück Asren, das Vorkron hatte mitgehen lassen und das Tems Lebensgeister sofort beflügelte. Sie selbst teilte jedem in seinen Holzbecher einige Schlucke Wein aus, der dafür sorgte, dass ihre verkrampften Glieder nicht nur entspannter, sondern auch müder wurden.

„Da wir keinen Unterschlupf haben, bleibt uns nichts, als unter den Booten Schutz zu suchen. Vorkron, da dein breiter Körperbau es geradezu unmöglich macht, das jemand von uns sich ein Boot mit dir teilt, schlage ich vor, Tem schläft mit mir unter einem Boot."

„Ja, natürlich, mein Körperbau ist Schuld daran, dass Tem und du unter einem Boot schlafen müssen", grummelte der Zwerg. „Und wenn ich ein Zweig wäre, würde dir auch noch was einfallen, damit du nicht ein Boot mit mir, sondern mit Tem teilen musst."

Valeria antwortete nicht, was Tem noch mehr verunsicherte. Normalerweise war die Elfe schlagfertig genug, um solche Kommentare als Basis für eine neue Streiterei zu nutzen, doch dieses Mal schien ihr nichts einzufallen. Stattdessen entschuldigte sie sich kurz und verschwand in der Dunkelheit. Sie kam erst ein paar Minuten später zurück, wirkte heiter und gänzlich unbekümmert und verkündete, sie würde nun ins Boot gehen.

„Gute Idee. Ich bin auch müde", meinte Vorkron, breitete seine Decke über einem der schneelosen Plätze aus, legte sich hin und stülpte das auf der Seite liegende Boot über sich.

„Gute Nacht!" brüllte er unter dem Holz hervor

„Gute Nacht, Vorkron!" erwiderte Tem. „Ach, ich glaube, ich bin auch müde. Aber bevor ich schlafen gehe, muss ich noch mal wohin. Wartest du auf mich?"

Das Asren und der Wein machten Tem schläfrig und in ihrer Schläfrigkeit wurde sie anhänglich und das Kind in ihr kam hervor. Valerias Gesicht wurde von dem Licht der Laterne beleuchtet. Sie lächelte und nickte nur. Tem entfernte sich ein paar Meter und atmete die kalte Nachtluft ein. Der wenige Schnee, der fiel, kühlte ihr heißes Gesicht.

Als sie zurückkehrte, blickte Valeria gedankenverloren in das Licht und bemerkte sie nicht einmal, als sie sich neben sie stellte. Erst als Tem ihren kleinen Finger in ihrem verhakte, kam sie zu sich.

„Es tut mir Leid, Tem, dass ich dich und Vorkron in solche Gefahr bringe. Es ist ein aussichtsloses Unterfangen und wir werden wohl keine Überlebenden finden. Aber ich denke, dass diese Menschen, die mit soviel Hoffnung und Zuversicht nach Freisaat gegangen sind, das Recht haben, dass wir herausfinden, was mit ihnen geschehen ist."

„Ist schon gut. Bei mir musst du dich nicht entschuldigen und Vorkron ist nur so zu dir, weil er dich für einen Diamanten hält und dich insgeheim schrecklich bewundert. Außerdem haben wir uns beide dafür entschieden, mit dir zu gehen. Gut, wahrscheinlich hast du deine Elfenmagie irgendwie eingesetzt, um uns zu beeinflussen, aber letztendlich sind wir hier bei dir und drehen nicht einfach um und lassen dich im Stich, oder?"

„Das stimmt. Und darüber bin ich sehr froh, Tem Harznase."

„Oh, nenn mich nicht so!"

„Tem Harznase? Wie kommst du eigentlich auf den Namen Blattleicht?"

„Meine Ziehmutter nannte mich so. Ich war sehr klein und schmal, als ich auf die Welt kam, und habe kaum drei Kilogramm gewogen. Es war ein Wunder, dass ich überlebt habe, auch wenn meine Ziehmutter steif und fest behauptet, ich sei ein Dämon, der nicht nur seiner Mutter, sondern auch ihr das Leben ausgesogen und nur so überlebt habe."

„Das klingt nicht, als habe sie sich gerne um dich gekümmert."

„Ich denke, ich war ihr oft eine Last, aber am Ende hat auch sie sich freiwillig dafür entschieden, mich aufzuziehen und sie hat mir viel beigebracht, auch wenn sie dabei recht grob und herzlos war. Dennoch verdanke ich ihr mein Leben und du verdankst es ihr, dass ich jetzt hier bei dir bin."

„Ja, vielleicht bekomme ich auch irgendwann die Gelegenheit, es ihr persönlich zu sagen."

Valeria streckte sich vor und legte ihre Lippen auf Tems. Es dauerte nur Sekunden, aber als ihre Lippen wieder der Kälte überlassen wurden, hatte Tem das Gefühl, dass sie kurz geträumt hatte und eingeschlafen war.

„Bis dahin werde ich mich auf andere Weise bedanken, dass du hier bist."

„Solange du dich so nicht auch bei Vorkron bedankst, bin ich mehr als nur einverstanden damit."

Valeria lachte und zog sie mit sich zu der freien Stelle, über die sie bereits ihre Decke gebreitet hatte. Als sie beide lagen, zog sie das Boot über sich und es wurde sofort wärmer. Tem schmiegte sich fest an den schmalen Leib neben ihr und dachte noch eine Weile über das nach, was gerade passiert war. Das letzte Mal war sie viele Jahre zuvor von ihrer Nachbarin geküsst worden und es war kein Vergnügen gewesen, weil diese Frau dreimal so alt war wie sie und sehr stürmisch in ihrem Begehren. Damals hatte Tem geglaubt, es einfach zu tun und so ein paar Kupferne zu verdienen, die ihre Nachbarin ihr angeboten hatte, aber da war ihre Ziehmutter gekommen und hatte sie vor diesem Fehler gerettet, der sie irgendwann an denselben Platz gebracht hätte wie ihre Mutter.

„Gibt es jemanden, dem du dein Herz geschenkt hast?"

Valerias Worte waren sehr leise, beinahe als würde sie es nicht wagen, diese Frage zu stellen.

„Nein, niemanden."

Valeria gab keine Antwort mehr und kurze Zeit später spürte Tem unter ihren Händen den sich gleichmäßig hebenden Körper der Elfe. Sie versuchte sich auf ihren Atem zu konzentrieren, aber es dauerte lange, bis sie eingeschlafen war.

9
1788 nach Entdeckung der Götter, 23. Winterfall, Ebene in Walbucht

Kein Licht. Tem verspürte seit etwa einer Stunde ein drückendes Gefühl im Unterleib, doch sie wusste weder, wie spät es war, noch wie sie es anstellen sollte, Valeria nicht zu wecken, die ihren Arm um ihren Bauch geschlungen hatte und deren Haare ihre Wange kitzelten. Ihr frühlingshafter Geruch vermischte sich mit dem modrigen des Bootes und dem der kalten Erde unter ihr. Die Winterdecke, die unter ihnen ausgebreitet war, vermochte nicht, die Kälte des Winters abzuhalten, auch wenn es allemal wärmer war, als unter freiem Himmel zu schlafen. Sie spürte ihre angespannten Muskeln und den stärker werdenden Druck. Aber da war die Angst in ihr, dass es noch finstere Nacht sein konnte, und sie wollte nicht unter dem Boot hervor direkt in das gefräßige Maul eines Grauhäuters krabbeln.

Sie hielt den Atem an und lauschte in die Stille. Valeria atmete leise in ihr linkes Ohr, aber das rechte befand sich unmittelbar neben der Bootswand. War Vorkron schon auf den Beinen und verhielt sich, wie ein Zwerg sich verhalten musste - laut? Konnte sie das Zwitschern der Vögel hören? Nein, kein Ton war zu vernehmen. Entweder hatte Vorkron verschlafen und es gab ohnehin kaum einen Vogel in Walbucht oder es war erst sehr früh und noch dunkel.

Sie stellte sich die schweren Wolken vor, die über sie hinwegzogen und neuen Schnee brachten, die ihnen den Weg nicht erleichtern würden. Dann fiel ihr ein, dass Valeria die Boote am Vorabend notdürftig geflickt und vorhatte, ihre nächste Etappe auf der Wels zurück zu legen.

Bei dem Gedanken wurde der Druck stärker und ihrem Magen breitete sich ein Gefühl aus, das sie daran erinnerte, wie es war, Hunger zu leiden. Es war ein Stechen und ein Verkrampfen und die Gewissheit, sterben zu müssen. Aber um nichts in der Welt hätte sie Valeria oder Vorkron gestanden, dass sie nicht schwimmen konnte und das Wasser ihr nur in geringen Mengen behagte, ihr in einer großen Masse jedoch den Schweiß auf die Stirn trieb und ihr Herz doppelt so schnell schlagen ließ. Woher diese Angst kam, konnte sie nicht sagen. Es mochte an dem wiederholten Versuch ihres zänkischen Nachbarn liegen, der, als sie noch klein war, sie oft geschnappt und in einen Bottich getunkt hatte, bis sie beinahe ertrunken wäre. Nur durch die Hilfe anderer Nachbarn und ihrer Ziehmutter war sie davon gekommen. Sie erinnerte sich an diesen grauenhaften Blick des Mannes, den alle für verrückt hielten, der aber trotzdem nie weggesperrt wurde.

Das Leben in Kohlhausen war nicht einfach gewesen, trotzdem sehnte sie sich danach, zu ihrer Ziehmutter zurückzukehren und diese Kälte und die Aussicht auf einen schnellen Tod hinter sich zu lassen. Nur die Anwesenheit der Elfe und des Zwerges konnten sie über ihre Angst hinweg trösten und ihr den Mut geben, sich endlich aus der Umarmung Valerias zu befreien und das Boot anzuheben. Sie drückte es Millimeter für Millimeter nach oben und als sie den ersten rötlichen Schimmer sah, rollte sie sich unter dem Boot hervor, bedeckte Valeria wieder und atmete die kühle Morgenluft ein.

In der Nacht hatte es weiter geschneit. Die Boote waren von einer mehrere Zentimeter hohen Schicht des gefrorenen Wassers bedeckt, aber nun fiel keine Flocke mehr und Tem eilte davon, um den Druck in ihrem Leib los zu werden. Als sie zu den Booten zurückkehrte, wurde sie des roten Balles am Horizont gewahr, der dabei war, sich über die Erde zu erheben. Sie blieb stehen und ließ sich von dem Anblick gänzlich gefangen nehmen. In Kohlhausen hatte sie den Sonnenaufgang noch nie gesehen, weil sie am frühen Morgen immer von ihrer Ziehmutter in den Keller geschickt worden war, um die Kohlen und das Holz für den gesamten Tag nach oben zu tragen. Diese Last blieb ihr nun erspart und zum ersten Mal erblickte sie die Schönheit dieser Welt, die auch in Walbucht nicht verloren ging, sogar durch die Wildheit des Landes noch verstärkt wurde.

„Wahnsinn! Mir ist noch nie aufgefallen, wie groß die Sonne ist", sprach sie leise in den Morgen hinein.

„Du solltest sie von Ostheis oder Brandloch aus sehen. In diesen Landen hast du den Eindruck, sie direkt berühren zu können, so heißt es wenigstens in den alten Legenden, die man sich im Schwarzholzwald erzählt."

„Oh, du bist schon wach! Ich habe extra versucht, leise zu sein."

„Ich war schon lange vor dir wach. Aber wie wir wissen, seht ihr Menschen nie mehr, als ihr sehen wollt."

„Schon gut, schon gut, du musst mir nicht wieder alle Unzulänglichkeiten meines Geschlechts vor die Füße werfen."

Valeria fuhr mit der flachen Hand über ihren Rücken und lächelte still. Gemeinsam warteten sie, bis die Sonne sich in aller Rundung über den Horizont geschoben hatte. Wolken waren keine zu sehen.

„Wo hast du gelernt, so zu sprechen? Wenn ich dich richtig verstanden habe, bist du ein Straßenkind und doch drückst du dich oft so gewählt aus, als habest du mit Elfen oder mit weiseren unter euch Menschen verkehrt."

„Das ist auch etwas, was meine Ziehmutter mich gelehrt hat."

„Aber woher kann sie es? Ich dachte, sie sei eine eher einfache Frau."

„Sie ist Schneiderin. Aber das war sie nicht immer. Sie hat mir nie erzählt, woher sie kam, aber ich glaube, sie muss in einem wohlhabenden Haus zur Welt gekommen sein. Doch diese Vergangenheit hat sie hinter sich gelassen, sagte sie immer und lächelte dabei, als sei es eine schöne Erinnerung."

„Ich würde sie nur zu gerne kennen lernen. Schon alleine dafür werde ich nach Grenzwacht zurückkehren."

„Das ist doch mal ein Anreiz, würde ich sagen."

„Nein, ein Anreiz bist du, aber nicht nur fürs Überleben."

Sie spürte die Hand auf ihrem Rücken tiefer wandern, als plötzlich das zweite Boot zur Seite kippte und Vorkron in den Morgen ächzte und brüllte, dass er sich völlig verlegen und nun Rückenschmerzen habe, nur weil ihn diese Elfe dazu nötige, sich auf dem Boden herum zu wälzen wie ein dreckiger Grauhäuter.

„Schade", vermerkte Valeria nur, bevor sie zu Vorkron ging und ihm auf die kurzen Beine half, die ein großes O bildeten und erst nach dem Frühstück wieder so funktionstüchtig waren, dass sie sich in den Boden stemmen konnten, um nicht in eines dieser geflickten und unsicheren Boote zu steigen.

„Niemals! Ein Zwerg braucht festen Boden unter den Füßen und keine Strömung!"

„Dann lauf zu Fuß, Vorkron, doch beschwere dich nicht, wenn du unterwegs von Grauhäuten aufgegriffen wirst."

Valeria saß in ihrem Boot und stieß sich vom Ufer ab. Tem stand noch an selbigem und blickte sich unsicher nach Vorkron um, während das Boot vor ihr aufgeregt in der leichten Strömung der Wels tanzte. Sie wusste noch nicht einmal, wie sie in dieses Boot einsteigen sollte, ohne sofort umzukippen und zu ertrinken. Valerias Boot zog rasch von dannen.

„Komm, Vorkron, sonst verlieren wir sie aus den Augen."

„Niemals! Und nochmals niemals!"

Tem atmete tief durch und streckte das Bein aus, um ins Innere des Bootes zu gelangen, das zur Seite zu kippen drohte. Ihre Hände zitterten, während sie das kurze Stück Seil krampfhaft festhielt, das am Bug des Bootes angebracht war. Schnell zog sie das zweite Bein nach und stand wackelnd in der Mitte des ungewohnten Fortbewegungsmittels. Vorsichtig begab sie sich in die Hocke und setzte sich auf den schmalen Zwischenbalken. Als sie endlich Platz genommen hatte und das Boot sein ewiges Schaukeln beendete, wagte sie es wieder zu atmen. Sie hob den Kopf und entdeckte den am Ufer stehenden Vorkron, der sie mit verschränkten Armen beobachtete.

„Na, du siehst auch nicht aus, als würdest du das schon das hundertste Mal machen."

„Nun ja, es gibt in Kohlhausen nicht gerade sehr viele Boote, weißt du?"

„Das heißt, du bist auch noch nie mit so einem Ding einen Fluss runter geschippert, ja?"

„Kann man so sagen."

„Kannst du denn wenigstens schwimmen?"

„Also es gibt in Kohlhausen auch nicht besonders viele Flüsse." Tem grinste so breit, wie sie sich getraute, ohne sich selbst und das Boot aus dem Gleichgewicht zu bringen. Vorkron wirkte nicht, als fände er das witzig.

„Und wer soll dieses Boot dann steuern? Und wer soll mich retten, wenn ich hinausfalle? Ich steige da nicht ein!"

„Vorkron, wir kommen so viel schneller voran und wenn wir umkippen, sterben wir wenigstens zusammen."

„Wunderbar tröstlich, wirklich."

Doch Tems eigene Unsicherheit und das Gefühl, nicht allein zu sein, bewegten Vorkron dazu, eines seiner kurzen Beine vorzustrecken und es ins Boot zu stellen, das aufgebracht zu wanken begann. Tem spürte das zweite Mal an diesem Tag das Gefühl des nahen Todes in sich aufkommen, doch Vorkron stürzte sich ins Boot und setzte sich sofort hin, so dass es zwar weiterhin heftig schwankte, aber nicht sein Gleichgewicht verlor. Ein paar Tropfen rannen über den Rand ins Innere, aber Valerias Flickarbeiten hielten dem Wasser stand und Tem konnte endlich aufatmen. Sie ergriff die beiden Ruder, die Valeria an den Seiten befestigt hatte, und bewegte sie so, wie es ihr vorgemacht worden war. Sie bewegten sich keinen Zentimeter von der Stelle und Valeria war schon nicht mehr zu sehen.

„Ich glaube wirklich, wir wären zu Fuß schneller, zumindest wir beide, Tem Blattleicht. Lass mich mal. Vielleicht bedarf es nur ein wenig mehr Kraft, um aus diesem Stück Holz ein Fortbewegungsmittel zu machen."

Vorkrons Versuche zeigten mehr Erfolg. Die Bewegungen der Ruder waren koordinierter und die Enden tauchten tiefer ein, verdrängten das Wasser und bewegten das Boot in die Mitte der Wels, bevor es sich in Valerias Richtung begab. Sie waren langsam, aber sie kamen voran und nach vielen Metern - Vorkron keuchte wieder - sahen sie Valeria eine halbe Meile voraus. Sie war ans Ufer gerudert und hielt sich dort, um auf sie zu warten.

„Ich kann ihren Blick förmlich vor mir sehen. Gleich wird sie wieder irgendeinen Scherz auf meine Kosten machen und dann alle Zwerge in Verruf bringen. Ich weiß wirklich nicht, warum du dich so für sie begeisterst, Kind."

Tem unterließ es, Vorkron zu erzählen, was zwischen Valeria und ihr geschehen war. Stattdessen lächelte sie nur schief und zuckte mit den Schultern. Elfische Magie, hätte sie beinahe gesagt, aber sie bezweifelte, dass es nur an Valerias Äußerem und ihrer elfischen Herkunft lag.

Als sie Valeria erreichten, schüttelte diese den Kopf und setzte zu einem Kommentar an, den Vorkron bereits erwartete. Tem konnte sehen, wie sich seine Zunge zu einer Erwiderung in seiner Mundhöhle zusammenrollte, doch sie wechselte einen eiligen Blick mit Valeria, die verstand, was passieren würde, wenn sie den Zwerg kritisierte. Deshalb meinte sie nur:

„Da seid ihr ja endlich. Ich dachte schon, ich müsste umkehren und euch aus dem Fluss ziehen, wobei es dann wohl längst zu spät gewesen wäre, also bleibt gefälligst hinter mir, dann kann ich euch zwei Nichtschwimmer wenigstens retten, wenn euer Boot kentert."

Tem zuckte zusammen. Woher wusste Valeria denn nun schon wieder, dass sie nicht schwimmen konnte? Das war doch nicht möglich. Diese Elfe konnte doch Gedanken lesen. Oder hatte sie in der Nacht geredet? Manchmal passierte ihr das und manchmal plauderte sie dabei Dinge aus, die niemanden etwas angingen. Eines Nacht, nachdem sie einen größeren Raubzug unternommen hatte, hatte sie neben dem Ofen in der Küche zu reden begonnen und ihre Ziehmutter war dadurch erwacht, hatte alles mit angehört und sie am nächsten Morgen so sehr verprügelt, dass sie zwei Wochen nicht imstande gewesen war, vernünftig zu sitzen oder zu laufen geschweige denn zu liegen.

Valeria stieß sich wieder vom Ufer ab und ruderte voran. Vorkron knurrte wenige Worte in der Tem unbekannten Sprache in sich hinein und folgte ihr mit kräftigen Zügen. Tem selbst vergrub sich in ihre Gedanken und sinnierte darüber, ob sie die Nacht wieder geredet hatte oder ob Valeria wirklich in der Lage war, in ihren Kopf einzudringen. Vielleicht hatte sie auch einfach nur gesehen, wie Tem gezögert hatte, ins Boot einzusteigen. Elfen sahen ja bekanntlich mehr als Menschen. Wenigstens behauptete Valeria das ja ständig.

Die nächsten Stunden legten sie nur zwei kurze Pausen ein, ruderten jedoch bis es so dunkel geworden war, dass sie beinahe an dem alten Baulager vorbei gefahren wären, wenn Valeria nicht so gute Augen, selbst in der Dämmerung, gehabt hätte. Vorkron war zu konzentriert auf den Schweiß gewesen, der an seinen Augenbrauen hinunterfloss und ständig in seinen Augen brannte. Tems Versuche, das Rudern zu übernehmen, um Vorkron zu entlasten, waren jedes Mal gescheitert, weil sie ihre zwei Arme nicht gleichmäßig und im Takt bewegen konnte. Vorkron hatte am Ende den Kopf geschüttelt und nur gemeint, dass er froh sei, ein Zwerg und klein zu sein, denn wenn er sich vorstellte, ein großer Mensch mit langen Armen zu sein, so mochte das seine Vorteile haben, aber wenn man nicht in der Lage war, die Länge seiner Arme produktiv zu nutzen, dann hatte er lieber kleine. Noch als sie am Ufer anlegten, schämte sich Tem für ihre Nutzlosigkeit an diesem Tag. Valeria hatte kein Wort mit ihnen gewechselt, das über harsche, kurze Befehle hinausging und von der Schönheit und der Wärme der letzten Nacht und des frühen Sonnenaufgangs war nichts mehr geblieben als eine verblassende Erinnerung.

Als Tem das Boot ans Ufer zog und die drei eingefallenen Hütten betrachtete, in denen sie heute Nacht schlafen sollten, verschwand auch der letzte Rest Geborgenheit, den sie an diesem Tag empfunden hatte, und verwandelte sich in bittere Kälte, die sich mit einem heftiger werdenden Wind vermischte und alsbald in einen Wintersturm überging, der die ganze Nacht um die Hütten wehen sollte.

Valeria wählte die Hütte, die noch den stabilsten Eindruck machte, auch wenn die Bretter im Wind knarrten und die Hütte noch mit grob behauenen Steinen angefüllt war, so dass ihnen kaum ein Platz zum Schlafen blieb. Wozu man Steine überhaupt vor Wind und Wetter schützen musste, verstand sie nicht, auch nicht als sie sich in eine Nische zwischen zwei großen Blöcken presste und versuchte, zu schlafen. Vorkron hatte es sich auf einem Stein gegenüber gemütlich gemacht und schien sehr zufrieden mit seiner Schlafstatt. Er war es wohl gewohnt auf steinernem Boden zu schlafen. Sie aber vermisste Stroh und Heu oder gar das weiche Bett von Valeria in der Kaserne in Grenzwacht. Aus dem Augenwinkel konnte sie Valeria sehen, die sich unmittelbar neben der Tür niedergelassen hatte und im Sitzen zu schlafen schien. Tem drehte sich auf die andere Seite, um den Blick nicht immerfort auf die Elfe richten zu müssen.

„Morgen müssen wir den Schlachtenhügel erreichen", raunte es in die Dunkelheit. Vorkron schnarchte schon und erst glaubte Tem, es sei der Wind oder die raue Kehle des Zwerges, die die Worte hervorgebracht hatten, aber dann nahm sie über sich auf einem Stein eine Bewegung wahr. „Dort ist es gefährlich, weil wir keinen Unterstand wie diesen haben werden, nur unsere Boote als Schutz. Morgen müssen wir gut aufpassen."

Sie hob den Kopf und betrachtete Valeria, die im Schneidersitz auf einem der Blöcke saß und gen Tür sah.

„Glaubst du denn, dass uns die Orks dort überfallen werden? Wir haben noch keinen einzigen von ihnen gesehen, obwohl wir schon einige Tage durch ihr Land reisen."

„Das wird aber nicht auf ewig so bleiben. Etwas hat das Dorf Freisaat angegriffen und die Wachen aus Grenzwacht vermutlich getötet. Es wird auch auf uns lauern und wir nähern uns beständig der Gefahr. Der Schlachtenhügel ist höher gelegen und wir werden einen guten Überblick über die Ebene haben. Aber wir werden auch sehr gut zu sehen sein und die Sterne, die ich heute Nacht sah, bedeuten blutige Tage."

„Du kannst in den Sternen lesen, dass Orks uns morgen angreifen werden?"

„Nein, sei nicht albern, Tem. Aber wir Elfen sind mit der Deutung von Sternenkonstellationen vertraut. Wir wissen um die Stellung der Sterne und um ihre Geschichte. Die Konstellation, die ich heute Nacht sah, war zur selben Zeit zu sehen, als eine Gruppe Halblinge, damals noch gefangen in den Händen eines Königs aus Mysh, versuchte, sich gegen ihren grausamen Herrn zur Wehr zu setzen. Sie wurden niedergemetzelt und nur wenige schafften es, in das Unbewohnte Waldland zu flüchten."

„Aber was hat denn der Aufstand von Sklaven mit unserer Situation zu tun?"

„Diese Halblinge wollten aus Mysh flüchten und waren wie wir von einem sicheren Unterschlupf zum nächsten gehastet, hatten sich verborgen vor ihrem finsteren Herrn. Doch eines Nachts waren sie gezwungen, nördlich des Schwarzholzwaldes auf der Ebene zu nächtigen. Dort fanden die Häscher des Königs sie und töteten sie. Nur die Kleinsten und Wendigsten entkamen und flüchteten sich in das Unbewohnte Waldland, in das ihnen nicht einmal der tapferste Mensch je gefolgt wäre."

„Wohin können wir flüchten, wenn wir morgen angegriffen werden? Und wieso fahren wir mit den Booten nicht einfach weiter und bleiben in der Nacht auf dem Wasser? Dann sind wir ein schwierigeres Ziel."

„Keineswegs, Tem. Wir sind nicht schnell genug mit den Booten, um den Pfeilen der Orks zu entkommen, und sie sind gute Schützen und können des Nachts wesentlich besser sehen als du und ich. Allenfalls Vorkrons Augen sind noch an die Finsternis gewöhnt, doch was bringt uns ein Hammerschwinger auf einem Boot? Er schafft es eher, ins Wasser zu fallen, als dass er etwas ausrichten kann. Ich weiß, dass es ein großes Risiko ist. Vielleicht werden wir auch nicht angegriffen. Unsere Deutungen entsprechen nicht der Zukunft, sie sind nur eine mögliche Zukunft, eine wahrscheinliche Zukunft. Flucht aber bringt uns auf dieser Ebene wirklich wenig, Tem. Uns bleibt nur der offene Kampf und die Hoffnung, dass wir es mit wenigen und ungeübten Kämpfern zu tun haben."

„Wir könnten doch noch eine Nacht länger hier bleiben und warten, bis die Sterne die Konstellation annehmen, die König Hasgar aus Weitbrück gesehen haben muss, als er die glorreiche Schlacht gegen die Piraten aus Sonnenweiß gefochten hat, die versucht haben, die südliche Küste Weitbrücks einzunehmen."

„Und woher weißt du, dass sie nicht kommen werden, um uns hier zu überfallen? Man kann seinem Schicksal nicht entfliehen, Tem. Man kann sich ihm nur stellen und darauf hoffen, dass man bereit ist, diese Herausforderung anzunehmen."

„Ich fühle mich nicht bereit, gegen einen Haufen Orks anzutreten. Was ist, wenn es hundert oder gar zweihundert Orks sind? Dann haben wir doch gar keine Chance gegen sie."

„Ich glaube kaum, dass die Orks zu Hunderten durch ihr Land streifen. Das wäre aufgefallen. Ich denke, wenn wir ihnen begegnen, werden es nicht mehr als zehn oder zwanzig Mann sein."

„Zehn oder zwanzig? Wir sind zu dritt, Valeria!"

„Sagte nicht Vorkron, ein Zwerg sei so gut wie fünf Elfen? Nun, ich hoffe, er ist auch so gut wie zehn Orks, dann kommen im schlimmsten Fall nur noch fünf von ihnen auf jeden von uns und ich glaube, dass du das schaffen kannst. Nur Mut, Tem, etwas anderes benötigst du im Kampf nicht."

Tem ließ sich auf ihren harten Platz zwischen den Blöcken zurückfallen. Ohne es zu merken, hatte sie sich immer weiter aufgerichtet, als Valeria sprach. Nun drückte sie die Last um das Wissen über die nächste Nacht förmlich zu Boden und sie wünschte sich, der Himmel wäre verhangen gewesen und Valeria hätte nicht herausgefunden, dass ihnen ihr sicheres Ende bevorstand. Sie wollte nicht sterben wie die armen Halblingssklaven. Sie wollte einfach nur Freisaat finden, die Toten dort begraben, falls es welche zu begraben gab, und dann schnellstmöglich zurück nach Hause, nach Kohlhausen oder vielleicht auch nach Grenzwacht. Nur irgendwohin, wo es sicher war.

„Mach dir keine Sorgen. Wir sind doch bei dir und ich werde nicht zulassen, dass dir ein Leid zugefügt wird, Tem Blattleicht. Du hast meinem Bruder versprochen, auf mich Acht zu geben. Selbiges Versprechen gab ich im Geiste deiner Ziehmutter. Ich bringe dich sicher nach Kohlhausen zurück, komme, was da wolle."

„Und du? Wohin gehst du dann? Zurück in den Schwarzholzwald oder wieder nach Grenzwacht, um noch einmal nach Walbucht zu ziehen? Du bist eine Elfe und ich bin ein Mensch."

„Was macht das schon, Tem? Und meinen Weg kann ich nicht vorhersagen. Das kann niemand von uns."

Tem blieb still liegen und dachte über das Gespräch noch lange nach. Sie wusste, dass Valeria über ihr thronte auf einem der Felsblöcke, sie beobachtete und in dieser Nacht still über sie wachte, die Augen kaum schließend. Aber es fiel ihr schwer, Schlaf zu finden bei der Aussicht, womöglich bald für immer zu schlafen. Wie war es zu sterben? Wie fühlte es sich an, den Weg zu den Ahnen zu finden oder in ihrem Fall, die Abzweigung zu verpassen und im Reich der Weißhaarigen zu landen, wo sie auf ewig geknechtet werden würde? Würde Kael Flügelfeder nach Ewigkeiten in dieser weißglühenden Hölle Erbarmen haben und sie zu sich holen? Würde sie ihre Mutter wieder sehen oder gar ihren Vater kennen lernen, der gar keine Ahnung von ihr hatte? Was war, wenn es da noch Geschwister gab? Und würde dort auch ihre Ziehmutter sein? Und Valeria? Und Vorkron? Beide vertrauten auf andere Götter, beide lebten in anderen Hallen oder in Gärten, Wäldern, auf Wiesen, in tiefen Höhlen, wenn sie starben. Der Tod bedeutete nicht das Ende, aber das Ende dieser gerade erst erwachsenen Freundschaft zwischen ihnen Dreien und das Ende ihrer Zuneigung für Valeria. Sie würde sich auf alle Ewigkeit daran erinnern, ja, aber das war doch auch nur eine jener verblassenden Erinnerungen, die sie so verabscheute, weil sie nicht greifbar waren, weil sie sich verloren, weil sie diesen einmaligen Moment, auf dem sie basierten, nie wieder hervorbringen, zurückholen, aufleben lassen konnten. Sie wünschte sich, während sie einschlief, nur einen einzigen Gedanken, ein einziges schönes Gefühl, auf immer behalten zu können, selbst wenn sie in die Hölle der Weißhaarigen geschleift wurde, um wenigstens dieses Eine nie zu vergessen.

10
1788 nach Entdeckung der Götter, 24. Winterfall, Ebene in Walbucht

Tem starrte auf das unruhige Wasser der Wels. Die starke Strömung begünstigte ihr Vorankommen, doch der kalte Wind blies ihnen unaufhörlich ins Gesicht, begleitet noch von Schneeflocken, die in ihre Augen peitschten und sich dort mit ihren Tränen vermengten. Es war so kalt, dass sie ihre Hände nicht mehr spürte, obwohl sie ihren Mantel eng um sich geschlungen hatte. In ihren Haaren bildeten sich Eiskristalle, die bei jeder Bewegung knisterten. Ihre Füße waren taub und ihre Knie, die noch am Morgen zitternd gegeneinander gestoßen waren, standen nun wie festgewachsen nebeneinander. Obwohl sie durch die Strömung in Richtung Meer getrieben wurden, ruderte Vorkron unaufhörlich weiter. Seine Hände waren rot und mussten vor Kälte schmerzen. Sein Gesicht war vom Schnee weiß gefärbt und seine Augen beharrlich geschlossen. Vor ihnen kämpfte selbst Valeria mit der Kälte und dem Schnee und Tem schöpfte eine kleine, geradezu winzige Hoffnung, dass sie den Schlachtenhügel entweder nicht erreichen würden, weil Valeria vorschlug, an Land unter den Booten Schutz zu suchen, oder an ihm vorbei ziehen würden, ohne ihn auch nur zu sehen. Sie mussten viele Meilen weit gekommen sein, seit ihrem zeitigen Aufbruch vom Baulager am frühen und bereits eisigen Morgen. Valeria hatte den Sturm vorausgesagt und dennoch darauf bestanden, dass sie sich auf den Weg machten. Ob sie es inzwischen bereute? Tem hätte ihr gerne zugerufen, sie sollten doch eine Rast einlegen, aber ihre Lippen waren so fest aufeinander gepresst, dass sie fürchtete, sie würde kein vernünftiges Wort zustandebringen.

Ihre Glieder waren völlig versteift und es gelang ihr noch nicht einmal, sich weiter zusammen zu rollen, um das Gesicht zwischen den Knien vor dem Schneesturm zu schützen. Es schien ihr, als warteten sie einfach nur auf den Tod, der mit Beginn der Dämmerung immer näher rückte.

„Dort ist er!" Die Worte waren leise und gingen beinahe im Sturm unter, doch sie trugen den Klang von Valerias Stimme zu ihnen hinüber und Vorkron hielt in seiner Bewegung inne und blickte gen Süden, wo sich ein gewaltiger Hügel erhob. „Der Schlachtenhügel!"

„Das hätten wir uns jetzt auch denken können", murrte der Zwerg und steuerte das Boot zum Ufer, wo sie anlegten. Tem kam kaum auf die Beine und wäre fast ins eiskalte Wasser gefallen, hätte da nicht eine warme Hand nach ihr gegriffen und sie hinaufgezogen. Valeria war es in kürzester Zeit gelungen, anzulegen und zu den beiden zu eilen. Sie half sogar dem steif gefrorenen Vorkron aus dem Boot und zerrte dieses gemeinsam mit ihm an Land. Tem fiel auf, dass dies der erste Tag war, an dem sie noch nicht miteinander gestritten hatten. Natürlich lag dies nur an den fehlenden Möglichkeiten des Gesprächs, aber es war erstaunlich, wie sie zusammenarbeiten konnten, wenn sie einen gemeinsamen Feind bezwingen wollten - in diesem Fall den unermüdlichen Wintersturm.

„Wir müssen die Boote dort hinauf bekommen! Schaffst du eines der Boote allein, Vorkron?" schrie Valeria gegen den Wind an und der Zwerg nickte so heftig mit dem Kopf, dass Tem fürchtete, er werde ihm abfallen. Sie schlich quälend langsam zu dem anderen Boot und half Valeria das gegen Kälte unempfindliche Stück Holz den Hügel hinauf zu tragen.

Als sie oben waren, wurde es plötzlich ruhiger. Der Wind hörte ganz und gar auf, als sie die Spitze erreichten und ihre Boote ablegten. Ungläubig zwinkerte Tem mit den in Eiskristalle gehüllten Lidern und blickte über ein im Schnee versinkendes Land.

„Wie ist das möglich? Um uns herum tobt der Sturm, aber hier oben ist es ruhig."

„Das ist der Schlachtenhügel von Walbucht, Tem. Hast du noch nie etwas über seine Geschichte gehört?" Valeria setzte sich auf eines der umgedrehten Boote und atmete durch. Es mochte nicht so wirken, aber der anstrengende Tag ging auch an ihr nicht spurlos vorbei. Elfen konnten ja dem Wetter besser trotzen als andere Kreaturen der Lande der Alten, aber sie waren immer noch Bestandteil einer unbarmherzigen Natur und manchmal litten selbst sie unter deren Auswirkungen.

„Nein, noch nie. Aber ich muss zugeben, dass ich mich bisher auch nicht sonderlich mit der Geschichte Walbuchts beschäftigt habe und angesichts dessen, dass wir hier sitzen, fast erfroren und wahrscheinlich dem Tode nahe, würde ich es gerne dabei belassen. Doch nun bleibt mir wohl keine andere Wahl, als zuzuhören."

„Hm, du klingst heute so anders, Kind. Schon seit heute Morgen bist du schweigsam und in deinen Augen sehe ich Angst, die sich in Wut wandelt. Was ist mit dir? Hat dich die Elfe etwa enttäuscht?" Vorkron versuchte zu grinsen und seine Worte als einen Scherz darzustellen, aber er meinte es wohl ernst und Tem bemerkte, dass er Recht hatte. Sie hatte Angst und je größer diese Angst wurde, umso mehr spannte sich jeder Muskel in ihr und wollte den innerlichen Druck, den sie verspürte, los werden. Inzwischen glaubte sie sogar, sie wäre froh, endlich ein paar Orks zu sehen und ihnen zu zeigen, dass eine Tem Blattleicht nicht so einfach zu töten war.

„Nein", antwortete sie und setzte sich auf das andere Boot, den Blick auf ihre weißen Stiefel gerichtet.

„Was ist denn dann mit dir?" wollte Vorkron wissen und ließ sich neben ihr nieder. Aber sie reagierte nicht auf seine Frage und bis auf das Heulen des Sturmes, das dennoch zu ihnen durchdrang, war eine Weile nichts mehr zu hören.

„Es heißt, dass dieser Hügel ein Grab ist. Das Grab tausender Soldaten, die im Kampf gegen die Orks umkamen. Sie sollen von dem Orkenmagier getötet worden sein. Man schichtete sie auf und die Magie des Orks verwandelte sie in blutigen Schlamm, der erst nach und nach zu Erde und von Gras bedeckt wurde. Die Grausamkeit und Boshaftigkeit dieser Tat soll selbst den Wind von diesem Ort fernhalten." Valeria nahm ein Stück Brot und kaute darauf herum, als sei es nichts weiter als eine nach altem Leder schmeckende Schuhsohle.

„Vielen Dank, Frau von Aschtal, dass du unsere Kleine so aufheiterst. Es ist bestimmt ein Trost für sie, auf einem Hügel aus Toten zu schlafen, den sogar der Wind meidet, weil er Angst vor der starken Magie hat, die den Hügel schuf. Ihr Elfen versteht es wirklich, einem die Laune dermaßen zu verhageln, dass man lieber in einen solchen Sturm hinausziehen würde, als weiter einen Quadratmeter Erde mit euch zu teilen."

„Wäre es dir lieber, ich erzählte euch eine fabelhafte Geschichte, in der dieser Hügel einen glorreichen Sieg tapferer Recken markiert und der daher ein Zufluchtsort für all jene ist, die nach Hoffnung suchen? Die Vertreter meines Volkes ziehen diesen albernen Träumen die Realität vor, wenn sie auch grausamer scheint."

„Nicht nur grausamer. Eure Geschichten sind düsterer als unsere Hallen und die haben ihren Lebtag noch keine Sonne gesehen!" begehrte Vorkron auf und klopfte mit beiden Fäusten auf seine Knie.

„Vermutlich seid ihr darum so gut darin, die Realität zu ignorieren und sehnt euch lieber nach großen Heldengeschichten. In der trübsinnigen Dunkelheit eurer Höhlen muss man sich solche Geschichten ja ausdenken, um nicht wahnsinnig zu werden, wobei euch das schlecht zu gelingen scheint, denn der Wahnsinn ist in euren Bergen, wie ich hörte, ja weit verbreitet."

„Wie bitte? Ich höre wohl auf meine älter werdenden Tage nicht mehr richtig, was? Wir und Wahnsinn? Nur weil mein Urgroßvater Borgron mal aus Versehen einen ganzen Tunnelkomplex zum Einsturz gebracht hat, weil er glaubte, in den Mauern lauere das Böse, heißt das noch lange nicht, dass wir wahnsinnig sind!"

„Ach und was ist dann mit König Schorfkinn? Oder diesem Zwerg, wegen dem es jetzt nur noch acht statt vormals neun Berge der Strahlen gibt? Und wir wollen doch auch nicht verschweigen, was dieser verrückte Runenweber Nolpwok vor zweihundert Jahren an der Ostküste eures Landes angestellt hat, in der Absicht die große See zu spalten und so zu weiteren Kontinenten jenseits des Meeres vorzudringen."

„Das waren doch alles Ausnahmen. In unserer langen Geschichte sind das doch nur wenige Zwerge von tausenden."

„Es sind mehr verrückte Zwerge als verrückte Elfen."

„Das liegt aber nur daran, weil ihr Elfen doch alle wahnsinnig seid und es deswegen bei euch gar nicht mehr auffällt, wenn einer mal völlig austickt."

„Ach ja? Dann nenne mir doch mal bitte einen verrückten Elfen."

„Also, da wäre zum Beispiel", meinte Vorkron und musste einen Moment nachdenken. „Nun ja, ich könnte dir da hunderte von Namen aufzählen, aber was würde das bringen? Es geht doch hier überhaupt nicht um Wahnsinnige und Verrückte, sondern um die Kaltherzigkeit der Elfen!"

Tem verfolgte den Disput der beiden Streitenden. In diesem Augenblick schien es außer ihnen Dreien nichts mehr auf der Welt zu geben. Ein Lächeln schlich sich in ihr Gesicht, als sie sich bewusst wurde, dass der Schlachtenhügel vielleicht durch so grausame Magie geschaffen worden war, dass selbst der Wind einen Bogen um ihn schlug, aber dass dieser Hügel, geschaffen mit den Leibern vieler Toten, ihr Zufluchtsort war, der Ort, den sie um nichts in der Welt eingetauscht hätte. Denn hier waren die zwei Wesen, die es geschafft hatten, innerhalb nur so weniger Tage ihr Herz für sich einzunehmen. Auf dieser Hügelspitze, inmitten eines Sturmes, waren sie es, die die Aussicht auf einen baldigen Tod als ein annehmbares Schicksal wirken ließen. Wer im Leben solche Freunde hatte, der brauchte selbst ein qualvolles Ende und ein jenseitiges Leben in der Hölle der Weißhaarigen nicht zu fürchten.

Sie schlang die Arme um Vorkrons Hals und zog ihn zu sich, ihr Gesicht in seinen feuchten Haaren verbergend. Er wusste nicht, warum sie es tat, aber er ließ es geschehen und seine kalten Glieder tauten unter der Umarmung auf und der sanfte Blick, den Valeria den beiden Freunden schenkte, ließ ihn seinen Streit mit ihr vergessen.

„Ist ja gut, Kind, ist ja gut." Er klopfte auf Tems Schulter, die ihn los ließ und ihm ihr nasses Gesicht zeigte, in dem ein breites Grinsen zu finden war. In ihren Augen spiegelte sich noch Unsicherheit, aber auch Zuversicht und Liebe für ihre beiden Begleiter. „Also, ich weiß ja nicht, wie es euch geht, aber ich habe jetzt doch ganz schön Hunger. Und wo der Sturm aufgehört hat, finde ich, können wir es uns leisten, mal eine Laterne anzuzünden und ein kleines Abendmahl zu uns zu nehmen."

Tem bemerkte, wie Valeria kurz zögerte, dann jedoch nachgab. Sie entzündeten Vorkrons Laterne, deren Öl sich langsam dem Ende entgegenneigte, und Tem und Vorkron holten aus ihren Taschen, was an Verpflegung noch übrig war. Der Himmel über ihnen war mit weißen

116

Wolken bedeckt, so dass die Nacht ungewöhnlich hell blieb. Außerhalb ihrer sicheren Hügelkuppe tobte noch immer der Sturm und sie konnten nicht weit sehen. Tem aber hoffte insgeheim, dass der Sturm jeden möglichen Angreifer vom Schlachtenhügel fernhielt und Valerias Sternendeutung sie dieses eine Mal wenigstens täuschte und aus einer wahrscheinlichen Zukunft eine unmögliche machte.

„Ah, das war gut!" grunzte Vorkron, nachdem er den letzten Rest Wurst vertilgt hatte. Er kratzte sich durch den Bart und tätschelte sich schließlich den prallen Bauch, der aber wegen der abnehmenden Vorräte nicht bis obenhin gefüllt war. „Ich weiß nicht, wie ihr die Sache seht, aber ich begebe mich mal unter mein Boot. Ich wünsche den Damen eine angenehme Nachtruhe und lasst euch nicht von den Toten in den Hintern beißen!"

Vorkron lachte und verschwand unter seinem Boot, wobei er Tem noch kurz zuzwinkerte. Sie wusste nicht, was er damit sagen wollte, aber als Valeria das andere Boot anhob und mit einer Hand darunter deutete, wurde ihr klar, dass der Zwerg dachte, dass sie und die Elfe - sie schüttelte den Kopf. Ein abwegiger Gedanke mitten in einem Schneesturm, auf dem Rücken von Toten und gleich daneben ein Zwerg unter einem Boot. Trotzdem krabbelte sie unter die schützende, hölzerne Hülle und breitete ihre Winterdecke unter sich aus, auf der sie beide Platz hatten. Valeria legte sich zu ihr und ließ das Boot zur Seite kippen. Es wurde schlagartig dunkel und Tems Herzschlag setzte einen Moment aus, doch dann hörte sie Valeria neben sich Worte flüstern. Sie waren elfischer Natur und doch anders, älter, noch wendiger, noch schöner, noch kälter. Mitten in der Dunkelheit zeigte sich ein Licht. Kaum größer als ein Stern am Nachthimmel. Dann ein zweites, das sich dazu gesellte, und ein drittes, ein viertes. Vor Tems Augen erschien unter dem Bootsmantel ein zweiter Sternenhimmel. Die leuchtenden Punkte verbanden sich zu Figuren, tanzten über das Schwarz wie Glühwürmchen im Sommer um den Mond.

„Das ist - unglaublich!"

„Gefällt es dir? Es ist nicht perfekt und ich bekomme nie mehr als zwanzig oder dreißig Sterne auf einmal zustande, aber -"

„Es gefällt mir. Es ist unglaublich schön." Tem hob die Hand und stieß mit den Fingern gegen die Bootswand. Die kleinen Sterne flohen aufgeregt von ihr, als wollten sie nicht gefangen werden, und Tem ließ die Hand wieder sinken. Sie fühlte Valerias warme Hand neben ihr, ergriff sie und schloss die Augen, in der Gewissheit, dass die gewobenen Sterne weiterhin über ihr waren und ihren Tanz aufführten und dass Valeria und Vorkron bei ihr bleiben würden, bis die Sterne alles waren, was sie je wieder sehen würde.

Zuerst glaubte Tem, es sei nur ein Traum. Donnerschläge grollten über sie hinweg und der Boden zitterte unter ihrem Körper. Es war dunkel und sie konnte nichts erkennen. War sie in der Hölle der Weißhaarigen, gefangen in der Finsternis und umgeben von unsichtbaren Feinden? Sie wollte schreien und hoffte, dass dieser Schrei sie aus ihrem eigenen Traum reißen würde, so es denn einer war. Aber als sie dabei war, die stickige Luft um sich herum in ihre Lunge zu saugen, legte ihr jemand die Hand auf den Mund und ein sanfter Frühlingsgeruch stieg ihr in die Nase. Das war kein Traum. Sie lag mit Valeria noch immer unter dem Boot und außerhalb dieser schützenden Hülle war die Weißhaarige über sie gekommen.

„Orks", flüsterte Valeria. „Wie ich es vorher gesehen habe. Aber im Moment scheinen sie noch nicht auf die Idee gekommen zu sein, unter den Booten nachzusehen. Sie haben sich gerade auf uns niedergelassen."

Tems Körper erstarrte, obwohl jeder Muskel zitterte und zuckte. Die Vorstellung, dass gerade eine Horde Orks auf ihr saß, ohne es zu wissen, löste eine unbeschreibliche Furcht in ihr aus, die sie lähmte. Gleichzeitig verspürte sie den unbedingten Drang, unter dem Boot hervor zu krabbeln, Luft zu schnappen und sich zu bewegen. Diese so unterschiedlichen Gefühle prallten aufeinander und nährten den Boden der Panik, die langsam aus ihrem Bauch heraufkroch.

„Beruhige dich. Sie werden uns nicht entdecken, wenn wir uns leise verhalten." Valerias Worte klangen erstickt und ganz nah an ihrem Ohr. Ihr Atem streifte Tems Wange und die Panik floss zurück in ihren Magen, bildete dort jedoch einen harten Ball, der ihr Übelkeit verursachte. Die Luft unter dem Boot schien dichter zu werden, kaum mehr atembar. Sie würde ersticken, bevor diese Bestien sich wieder entfernten, und wer wusste schon, warum sie hier waren? War es noch Nacht? Suchten auch sie Zuflucht vor dem Sturm? Hatten sie sie entdeckt und trieben jetzt ihre Spielchen mit ihnen? Aber warum drehten sie die Boote nicht um? Wollten sie ihre Opfer in Sicherheit wiegen? Tem wollte all diese Fragen stellen, aber Valerias Hand bedeckte wohlweislich ihren Mund.

„Was für`n Scheißwetter! Verdammter Drecksssturm!"

Tem hielt die Luft an. Das war das erste Mal, dass sie einen richtigen Ork - keines dieser Mischwesen - sprechen hörte. Seine Stimme war kehlig, aber er sprach in der Gemeinsprache der Lande und nicht nur einige Brocken, sondern ganze Sätze, die sie verstehen konnte. Er war vielleicht nicht gebildet, aber er war einer Sprache und nicht nur einer Lautäußerung mächtig. Sie wusste nicht, was sie erwartet hatte, aber in den Geschichten, die ihr ihre Ziehmutter erzählt hatte, waren Orks nichts weiter als dumme, gewalttätige Monster, die mit Vergnügen mordeten.

„Ich hasse diese Patrouillen. Als ob sich auch nur einer dieser Wichte von den Grenzen bis hierher trauen würde. Ich glaube, der alte Haslov leidet langsam an Verkalkung."

Sie unterhielten sich. Sie unterhielten sich in der Gemeinsprache und in ganzen Sätzen. Tem verstand die Welt nicht mehr. Bisher hatte sie gehofft, dass sie diese Monster mit List und Wendigkeit besiegen konnte, wenn sie schon nicht annähernd an deren Kräfte heranreichte, aber nun schwanden ihre Aussichten auf einen Sieg immer mehr.

„Haslov ist der Anführer der Gruppe aus dem Donnergebirge", flüsterte Valeria, weil sie Tems Blick in ihre Richtung völlig falsch deutete. Anscheinend konnte sie doch nicht so gut Gedanken lesen, wie Tem vermutet hatte.

„Nee, nee, ich glaub', der weiß schon, was er macht. Guck mal, diese komischen Soldaten von vor paar Wochen. Die sind doch auch aus dieser Stadt da gekommen, an der Grenze. Wie heißt die doch gleich?"

Das war die dritte Stimme. Sie klang müde oder stumpfsinnig und Tem begann sich wieder zu beruhigen. Es gab unter den Orks wohl ebenso kluge wie dumme Kreaturen. Aber die intelligenten unter ihnen machten ihr weiterhin Angst.

„Grenzwacht."

„Ja, Grenzwacht, richtig. Diese Mauerstadt. Die haben doch auch Leute los geschickt."

„Stimmt. Die wollten nach Freisaat. Hat eine der Frauen behauptet, die wir danach mitgenommen haben."

Zwei weitere Stimmen. Tem zählte mit und kam inzwischen auf fünf Orks. Sie hoffte, dass es nicht noch mehr wurden. Mit fünf Orks konnten sie unter Aufbietung allen Glücks und des Segens der Flügelfeder innerhalb einer winzigen Wahrscheinlichkeit noch gewinnen.

„Oh, die eine war lecker."

„Du hast doch nur an ihr rum geleckt. Wolltest wohl mal wieder eine stechen, was?"

Das daraufhin einsetzende Gelächter brachte selbst Valerias Hand zum Zittern. Das Holz über ihnen knarrte und neben ihnen wurden Füße in den Boden gestampft, die dem Geräusch nach dreimal so groß sein mussten wie ihre.

„Ich hab' sie auch gestochen, unten in den Kerkern. Und als ich damit fertig war, hab' ich ihr auch noch meinen Säbel in den Nabel gerammt. Ah, ich liebe das Geschrei von gestochenen Weibern!"

Die geballte Panik in ihrem Magen kämpfte sich zusammen mit dem Abendbrot ihre Kehle hinauf und Tem schluckte so heftig, um zu verhindern, dass sie sich übergeben musste, dass ihr Luftröhre sich mit ihrer Speiseröhre zu verkeilen schien und sie Valerias Hand weg schlagen musste, um durch den Mund Luft einzusaugen.

„Ich frag' mich nur, was die in Freisaat wollten. Vor zwei Jahren haben wir doch alles dort ausgelöscht."

„Nee, nee, nicht ganz. Vergiss nicht, was wir zurückgelassen haben."

„Aber deswegen werden die doch nich' aus Grenzwacht kommen, oder? Die wissen das doch gar nich'."

„Keinen Schimmer."

Schweigen trat ein. Tem versuchte das Gehörte in einen Zusammenhang zu bringen. Freisaat war also schon vor zwei Jahren überfallen worden. Die Orks, die die Späher aus Freisaat gesehen hatten, waren letztlich doch über das Dorf hergefallen und so wie es klang, waren ausnahmslos alle Bewohner getötet worden. Doch was hatten die Orks dort zurück gelassen?

„Mann, das war `ne ganz schöne Sauerei. Ich glaub', von meiner Mannschaft sind so sechs oder sieben mit draufgegangen. Dieses Ding - Haslov muss sie echt nich‘ mehr alle haben.“

„Da konnte er doch nix für, dass da so was bei rum kommt. War doch die Idee von den Priestern, dieses Ding zu erschaffen. Hat ja keiner ahnen können, was da raus kommt, was?“

„Haust das da eigentlich immer noch?“

„Keinen Schimmer.“

Wieder trat Stille ein und Tem musste sich zusammen-reißen, um das Zittern in ihren Gliedern in den Griff zu bekommen. Was auch immer die Orks zurückgelassen hatten, es musste ein schreckliches Wesen sein. Ein von Priestern geschaffenes Wesen. Sie wandte leicht den Kopf, um Valeria anzusehen, aber die Dunkelheit war so undurchdringlich, dass sie nichts erkennen konnte, ausser den Umrissen ihres Schädels.

„Ach kommt, seien wir einfach froh, dass wir den Schlachtenhügel heute noch erreicht haben. Da haben wir wenigstens ein bisschen Ruhe vor dem Sturm.“

„Stimmt auch wieder. Aber ich frage mich echt, woher die Boote kommen. Die waren doch letztens noch nicht da.“

„Wir waren aber auch das letzte Mal vor drei Jahren hier. Vielleicht hat eine andere Truppe von Misk die Din-ger hier rauf geschleppt, weil sie sich zu fein waren, sich auf den Boden zu setzen.“

Ein kehliges Lachen ließ Tem erschauderte. Sie griff nach Valerias Hand, die ungewöhnlich kalt war.

„Ja ja, neulich hab‘ ich mal mit einem von denen so paar Karten gespielt und als er verloren hat, ist er total ausgerastet. Hat den Tisch umgeworfen und mich einen Betrüger genannt. Aber als ich meinen Säbel gezogen hab‘, da hat er gleich kehrtgemacht und ist wie ein Balg davongerannt.“ Wieder lachte der Ork.

„Und, hast du betrogen?“

„Aber klar doch!" Nun stimmten alle anderen Orks - Tem zählte noch immer nicht mehr als fünf - in das Lachen mit ein und über ihnen grollte es wieder.

„Na los, hauen wir uns hin. Die Sonne geht gleich auf und ich ertrage dieses Licht nicht!"

„Bah, das hasse ich am meisten an den Patrouillen! Licht! Bah!"

Die Orks schienen aufzustehen und kurz darauf vernahmen sie das Geräusch von wuchtigen Leibern neben ihrem Boot. Einer von ihnen musste sich gegen das Holz lehnen. Es glitt ein Stück zur Seite und Tem glaubte schon, es werde wegrutschen und sie offenbaren. Aber das tat es nicht. Nach kurzer Zeit war ein einvernehmliches Schnarchen zu hören und nur wenige Minuten später drang durch einen Spalt an der Bootskante Licht. Es schimmerte rot und Tem glaubte, Blut würde in ihren sicheren Unterschlupf sickern. Doch als sie erkannte, was es wirklich war, atmete sie erleichtert auf. Licht brachte Hoffnung und die Orks mochten es nicht. Wenn sie jetzt angriffen, hatten sie vielleicht eine Chance.

„Noch nicht. Wir warten bis die Sonne sich ganz über den Horizont erhoben hat. Sie wird sie blenden."

Ihre Hände lagen ineinander und erwärmten sich mit dem Aufgang der Sonne, ohne dass deren wärmende Strahlen notwendig waren. Tem legte ihre andere Hand auf den Griff ihres Schwertes und betete zu Kael Flügelfeder, dass er ihr die Gewandtheit und die Stärke, vor allem aber den Mut geben würde, diesen Kampf lebend zu überstehen.

Als Valeria das Zeichen gab, befand sich Tem in einem Zustand, der zwischen Wachen und Träumen lag. Das Schwert glitt aus seiner Scheide und das Heft lag so fest in ihrer Hand, als gäbe es keinen anderen Ort, an den es gehörte. Gemeinsam stemmten sie sich gegen das Holz. Der daran gelehnte Ork rutschte zur Seite, erwachte und wurde unter dem Bauch des Bootes begraben, so dass er nicht schnell genug reagieren konnte, bevor Tem ihm ihr Kurzschwert in die Kehle rammte. Er gurgelte, als das Blut durch seine Luftröhre strömte und sein Leben beendete. Sie blieb stehen, die Klinge ihres Schwertes in dem Ungetüm, das sie zum ersten Mal von Angesicht zu Angesicht betrachten konnte. Die Haut war derb und grau, als sei alles Leben längst aus ihr gewichen. An vielen Stellen sprossen dunkle Haare, einem Fell gleich, und zwischen seinen Lippen ragten zwei spitze Hauer hervor. Das Wesen zu ihren Füßen hatte eher Ähnlichkeit mit einem der widerlichen Schweine aus der Zucht des Metzgers Bodelmark als mit einem Menschen, einem Zwerg oder einem Elfen. Aber als ihre Augen in die sterbenden des Orks blickten, spiegelte sich ihr Antlitz in ihnen und sie verstand, was Valeria damit gemeint hatte, dass jedes Wesen eine Existenzberechtigung hatte. Diese Orks hier hatten ihnen nichts getan, sie waren nur ihrer Art wegen Feinde. Mitleid erweichte ihre hart geführte Schwerthand. Sie zog das Schwert zurück und der Ork schloss die Augen.

„Schlafe einen ruhigen Schlaf. Mögest du auf den Schwingen des Geflügelten hinfort getragen werden."

„Tem, pass auf!" Vorkron kämpfte sich unter dem zweiten Boot hervor und warf seinen Hammer gegen den Schädel eines zweiten Orks, der seinen Säbel über Tems Nacken erhoben hatte. Der Hammer traf ihn an der Schläfe und warf ihn zu Boden. Tem wusste nicht, was sie tun sollte. Das Mitleid, das sie eben für ihren Feind empfunden hatte, hinderte sie daran, ihr Kurzschwert ein zweites Mal zu erheben. Vorkron setzte mit zwei großen Schritten zu ihr, hob seinen Hammer auf und zerschmetterte dem Ork das Gesicht. Röchelnd blieb dieser am Boden liegen.

„Sie haben uns nichts getan", wisperte Tem gegen den Schlachtenlärm an, aber Vorkron packte sie an der Schulter.

„Mag sein, dass sie uns nicht zuerst angegriffen haben, aber sie hätten es ohne Zweifel getan, Tem. Jetzt bleibt keine Zeit, um darüber zu philosophieren, wie viel das Leben eines Grauhäuters wert ist, verstehst du das? Nimm dein Schwert und sorge dafür, dass du überlebst!"

Er raffte ihren Arm nach oben und stieß ihn mit der Klinge voran in den Leib des Orks, der daraufhin nicht mal mehr ein Röcheln von sich gab. Zwei aus der Gruppe waren tot, einer am Boden. Valeria stand zwei Feinden allein gegenüber.

„Wäre es möglich, dass mir einer von euch Gesellschaft leistet? Unzweifelhaft wäre ich in der Lage dazu, die Drei allein zu besiegen, aber ich will euch den Ruhm einer erfolgreichen Schlacht nicht nehmen."

„Ich komme schon!" Vorkrons Worte klangen beinahe vergnügt. Die Orks ihnen gegenüber waren noch so verstört von dem plötzlichen Angriff, dass sie kaum in der Lage waren, ihren Säbel zur Abwehr zu halten, als der Zwerg mit seinem erhobenen Hammer auf sie zu stürmte. Valeria sprach drei Worte in die morgendliche Kälte und das Licht. Die Erde zu ihren Füßen verwandelte sich in Schlamm, der sich durch Vorkrons Beine hindurch einen Weg zu seinen Feinden suchte. Der Ork, vor dem der Schlamm innehielt, sah nach unten und schrie auf, als die Brühe wie brodelndes Wasser nach oben spritzte und sein Gesicht verätzte. Tem erstarrte bei den Schreien des grauhäutigen Wesens.

Einer der Orks schien sich jedoch durch das Gebrüll gefangen zu haben, stieß ein tiefes Grollen aus und streckte seinen Säbel in Vorkrons Richtung, als dieser mit dem Hammer auf ihn los gehen wollte. Die Klinge wurde vom Kettenhemd abgelenkt, traf jedoch auf Vorkrons linken Arm und schnitt tief in das Fleisch. Nur am Gesicht des Zwerges ließ sich ablesen, dass der Treffer sehr schmerzhaft sein musste. Seine Arme aber verloren nicht an Kraft, sondern schwangen den Hammer und trafen den Ork vor die Brust, der rücklings zu Boden fiel und nicht mehr in der Lage war, sich zu erheben.

„Wartet! Wartet!" flehte der verbliebene Ork und warf seinen Säbel von sich. Tem fiel auf, wie jung er war. Seine Stimme war noch nicht so rau wie die seiner Gefährten und seine Muskeln waren kaum ausgeprägter als die ihren. Er war zudem klein gewachsen und der Säbel, der vor ihm auf dem Boden lag, mochte so lang sein wie seine Beine.

„Nichts da!" brüllte Vorkron und wollte auf ihn los gehen, aber Valeria hielt an in seinem Kettenhemd zurück.

„Wir warten", meinte sie und wandte sich damit sowohl an den Zwerg als auch an den Ork, der in die Knie sank.

„Bitte, bitte", flehte der Ork wieder und wusste wohl nicht recht, worum er flehen sollte, denn solch eine Geste machte nur Sinn, wenn man in der Lage war, etwas anzubieten. Aber er hatte keine Ahnung, warum er und seine Gefährten niedergestreckt worden waren. Er wusste nur, dass sie auf Patrouille unterwegs waren. Die erste in seinem noch jungen Leben. Wahrscheinlich war er sogar noch jünger als Tem. Sie drängte sich zwischen Valeria und Vorkron hindurch und stellte sich vor den Ork.

„Du kannst gehen."

„Was? Tem, bist du verrückt geworden? Du kannst ihn nicht einfach gehen lassen!"

„Warum nicht?" schrie Tem zurück und Vorkron zuckte zusammen. „Sieh ihn dir doch an. Er weiß noch nicht einmal, wie er den Säbel zu seinen Füßen halten soll. Er hat wahrscheinlich noch keine sechzehn Winter auf dieser trostlosen Ebene erlebt und nur weil er als Ork geboren wurde, bringe ich ihn nicht um!"

126

„Kind, was redest du denn da bloß? Er ist ein Ork. Wenn er nicht in dieser Position wäre, würde er dich sofort töten."

„Das mag sein. Aber ich bin nicht so. Wir lassen ihn gehen." Ihre Stimme war wieder ruhiger geworden und der letzte Satz schien eher eine Frage denn eine Aussage zu sein.

„Das tun wir. Doch zuerst will ich erfahren, was in Freisaat geschehen ist. Kannst du uns dies sagen?"

Der junge Ork blickte zwischen ihnen hin und her. Er wusste nicht, was vor sich ging, und konnte nicht glauben, dass der Zwerg mit dem Hammer ihn nicht umbringen würde.

„Wir haben gehört, dass ihr Freisaat vor zwei Jahren überfallen und ausgelöscht habt. Doch ihr sagtet, dass ihr etwas dort gelassen habt. Was war es?" Valeria ging vor ihm in die Hocke. Der Ork war kein besonders hübscher Anblick mit der vorgewölbten Stirn, der platten Nase und den Hauern im Unterkiefer, aber seine Augen leuchteten blau.

„Das...das...das Kind", brachte der Ork hervor. „Es...es hat alle umgebracht."

„Alle. Auch einige von euch, nicht wahr?"

„Ja. Ja, meinen Vater." Der Ork senkte den Blick, seine Finger gruben sich tief in die Erde, als würde er über den Verlust Schmerz empfinden. „Es hat alle umgebracht."

„Ein Kind? Willst du mich auf den Arm nehmen?" brüllte Vorkron und der Ork zuckte zusammen.

„Nein, nein. Es war ein Kind. Ein Kind. Die Priester haben den Geist beschworen und als das Kind geboren wurde, haben sie ihn in seinen Körper gesperrt."

„Heilige Darish, ein Ritual. Welchen Geist haben sie beschworen, Junge?"

„Den...den Geist des Zauberers."

„Welches Zauberers?" fragte Valeria weiter, obwohl Tem ihren Augen den Schrecken ansah, den sie auch empfand, denn sie kannte in der Geschichte Walbuchts nur einen Zauberer, nur musste der schon viele hundert Jahre tot sein.

„Nash Var'du, der Magier, der den Orks Walbucht schenkte."

„Unmöglich! Nash Var'du muss schon vor über eintausend Jahren gestorben sein. Wie sollte es möglich sein, einen so alten Geist zu beschwören? Lügst du uns an?" schrie Vorkron und der Ork fiel mit dem Hintern auf den Boden.

„Nein! Nein! Nash Var'du ist viele hundert Jahre alt geworden! Als er gestorben ist, haben die Hohen seinen Geist verborgen und von Generation zu Generation weitergegeben. Dann wurde das Kind geboren."

„Was für ein Kind?"

Dass die Priester der Orks solange gezögert hatten, den Geist einfach irgendeinem Kind einzupflanzen, sprach dafür, dass Valerias Frage berechtigt war. Es konnte sich nicht einfach um ein normales Orkkind handeln.

„Sie sagen, dass es viele Jahrhunderte dauerte, doch dann ist es ihnen gelungen."

„Was gelungen? Von was sprichst du?"

„Sie haben eine Elfe geschwängert."

Vorkrons Hammer fiel dumpf zu Boden. Valerias Augen, ihre Pupillen, waren so groß geworden, dass sie vollkommen schwarz wirkten. Tem wurde klar, dass - auch wenn allgemein angenommen wurde, dass die Orks von den Elfen abstammten - dies ein Frevel an den Göttern selbst war. Eine so reine Art wie die Elfen vermischt mit dem Blut der Grauhäute.

„Das ist nicht möglich", flüsterte Valeria.

„Das dachten sie auch. Aber sie konnten den Geist nicht in das Gefäß eines normalen Kindes bannen. Die

Kinder starben sofort, doch das vermischte Blut - die Seele von Nash Var'du verband sich sofort mit ihm. Nur wurde es unberechenbar und so stark, dass niemand es aufhalten konnte."

„Dieses Kind", fragte Valeria weiter, doch sie konnte dem Ork nicht ins Gesicht sehen. „War diese Elfe freiwillig dazu bereit, es zur Welt zu bringen?"

Der Ork wusste nicht, was er antworten sollte. Er fürchtete sich davor, die Wahrheit auszusprechen, aber Tem konnte sie an seinem Gesicht ablesen. Angeblich war es unmöglich, dass Elfen mit der Rasse der Orks Kinder zeugen konnten, anders als etwa mit Menschen, die den Elfen um einiges näher standen als diese wilden Kreaturen. Doch war diese Überzeugung anscheinend Irrglaube. Es war möglich, wenn auch alle Grausamkeiten dieser Welt notwendig gewesen waren, um die Elfe zu schwängern.

„Sie wurde gezwungen und dann überwacht. Sie durfte das Kind nicht töten. Als es geboren wurde, verfluchte sie es und ich glaube, dass dieser Fluch Schuld an dem ist, was danach geschah."

„Starb sie?"

„Ja, sie ist verblutet."

„Weißt du ihren Namen?"

„Nein."

Valeria und der Ork sahen sich an. Grüne und blaue Augen trafen aufeinander. Seine Worte waren ehrlich und Tem glaubte sogar, in seinem Gesicht Mitgefühl für die Elfe zu lesen. Sie war sicher, dass auch die Orks des Donnergebirges mit dieser Zucht nicht einverstanden gewesen waren, galt die Vereinigung mit einem Elfen doch als besondere Widerwärtigkeit, selbst wenn man die Elfe hernach verspeiste und kein elender Wurm zur Welt kam, der ein noch härteres Los zu tragen hatte als alle Mischwesen dieser Lande zusammen.

„In Freisaat habt ihr seine Stärke getestet, nicht wahr?"

„Ja. Die Priester wollten sehen, ob es schon seine vollen Fähigkeiten entwickelt hatte. Es war rasend schnell gewachsen, viel schneller als ein normaler Ork und wir wachsen schon sehr schnell. Innerhalb weniger Monate war es so groß wie ein sechsjähriges Menschenkind. Es konnte sprechen und allein mit seinen Gedanken Dinge bewegen."

„Nun ja, es war zur Hälfte ein Elf. Wir werden so geboren. Wie sah es aus?"

„Es war ungewöhnlich schön. Beinahe noch schöner als Ihr."

„Moment mal!" Vorkron stellte sich zwischen Valeria und den Ork. „Du bist gar kein Ork! Du bist eines dieser Mischwesen! Kein Ork dieser Welt findet eine Elfe schön!"

Der Ork antwortete nicht, sondern sah nur weiter zu Boden. Deshalb war er so schmächtig und klein geraten.

„Meine Mutter war eine Menschenfrau aus den Kerkern im Donnergebirge."

„Wie ist dein Name?"

Valeria und Vorkron sahen Tem entsetzt an. Sie konnte nicht anders als zu grinsen, als sie es bemerkte.

„Ich...ich heiße Obrook." Der Ork blickte sie an. Seine blauen Augen. Noch ein Zeichen für seine Herkunft.

„Sie haben dich unter sich aufgezogen, Obrook, aber du bist nicht wie sie. Du hast Mitleid und weißt, was Schönheit bedeutet. Wieso kommst du nicht mit uns und lässt deine Herkunft hinter dir?"

„Was?" Vorkrons Kinnlade klappte nach unten. „Bist du denn verrückt geworden?"

„Wieso? Sieh ihn dir doch an. Er ist ein schmächtiger Bursche und wahrscheinlich stirbt er im nächsten Turnier gegen einen seiner Vettern sowieso. Lass ihn doch mit uns kommen. Er ist kein richtiger Ork."

Vorkron fuchtelte mit den Händen in der Luft herum, weil er nicht mehr wusste, was er sagen sollte. Tem stemmte die Hände in die Hüfte. Es war eine verrückte Idee, das wusste sie. Immerhin war Obrook ein Feind und er hatte den Willen, sie zu begleiten, nicht geäußert. Aber sie hatte das Gefühl, dass sie dadurch den Tod an den anderen vier Orks wieder gut machen konnte und wenn auch nur ein Viertel Orkenblut in ihren Adern geflossen wäre, hätte sie dann nicht ausgesehen wie er?

„Wenn Obrook will, kann er mit uns kommen. Doch zuerst muss ich noch eines wissen." Valeria packte den Halb-Ork an der Schulter und zog ihn nach oben. Er war so groß wie sie und sie konnten sich direkt in die Augen sehen.

„Du sagtest, alle im Dorf wurden ausgelöscht, sogar einige der euren. Aber wir erhielten bis vor kurzem Nachrichten aus Freisaat, unterschrieben vom Priester des Dorfes. Wie ist das möglich?"

„Das weiß ich nicht. Ehrlich nicht."

„Gut und was ist mit dem Trupp Soldaten, der aus Grenzwacht hier lang kam?"

„Sie wurden alle getötet. Aber ich war nicht dabei, ich schwöre es! Ich habe es nur von den anderen gehört! Ich bin das erste Mal mit auf Patrouille gewesen! Ich schwöre es!"

„Pah, was soll ich denn auf den Schwur eines Orks geben?" raunzte Vorkron und stieß seine Faust in den Magen des schmächtigen Jungen. Dieser fiel zu Boden und begann zu röcheln. „Ach du lieber Herr Bergwall! Wie hast du es denn überhaupt unter deinen Vettern ausgehalten? Haben die dich nicht gleich verspeist, so schwächlich wie du bist?"

„Nein, aber sie haben mich oft genug verprügelt."

„Das Gleiche würde ich mit dir auch machen, wenn diese zwei Damen nicht der Ansicht wären, dass wir dich mitnehmen sollen, Junge! Willst du denn überhaupt mitkommen?"

Obrook antwortete nicht. Er hockte zusammengekrümmt auf seinen Knien. Tem trat zu ihm und klopfte ihm auf den Rücken.

„Wir wissen doch alle Vier, was dich erwartet, wenn du ins Donnergebirge zurückkehrst. Weißt du, manchmal muss man die Vergangenheit einfach hinter sich lassen und wenn man an eine Wegkreuzung kommt, dann muss man sich für einen Pfad entscheiden und einfach hoffen, dass es der Richtige ist. Wichtig ist nur, dass man nach vorne sieht. Und mit uns kann es dir auch nicht schlechter ergehen als mit den Grauhäuten unter Haslov. So oder so erwartet dich der sichere Tod, da ist es doch viel ehrenwerter, wenn du durch die Hand eines unmöglichen Mischwesens zwischen Ork und Elf stirbst als durch die dreckigen Pfoten der Kerkerwächter im Donnergebirge, oder? Und glaub mir, ich weiß, wovon ich rede. Noch vor kurzem hatte ich die Wahl an zwei abgeschlagenen Händen oder der Kälte zu sterben. Durch die Beiden da habe ich jetzt auch noch die Wahl, in einem ehrenwerten Kampf mein Leben zu lassen. Also, was hältst du davon?"

Obrook hob den Blick, sah Tem lange an und dann Valeria und Vorkron und in seinem Gesicht zeigte sich ein Lächeln, das durch die zwei Hauer ein wenig grotesk, aber doch freundlich wirkte. In seinen Augen schimmerten Tränen.

„Ich finde, das klingt gut. Ihr wollt also nach Freisaat gehen?"

„Na, eigentlich haben wir ja rausgefunden, was im Dorf passiert ist, aber ich vermute, die Elfe will unbedingt dieses Kind aufstöbern, oder?" Vorkron hatte die Arme verschränkt und sah zu Valeria auf.

„Zum einen das und zum anderen will ich herausfinden, warum wir weiterhin Nachricht erhielten. Nicht alle können damals umgekommen sein. Vielleicht hat der Priester ja überlebt."

„Lasst es uns raus finden. Aber erst nach einem ordentlichen Frühstück, ich habe Hunger!"

Vorkron drehte sich um und sah das Schlachtfeld hinter ihm.

„Na ja, aber vielleicht lassen wir es uns heute lieber auf der Wels schmecken. Der Schlachtenhügel ist mir zu blutig. Ich hoffe nur, dass du Boot fahren kannst, Junge. Wir haben nämlich noch einen weiten Weg vor uns."

11
1788 nach Entdeckung der Götter, 26. Winterfall, Totes Dorf Freisaat in Walbucht

Zwei Tage waren sie dem Flusslauf gefolgt. Die Sonne war im Begriff, ein zweites Mal nach ihrer ersten Schlacht gegen eine Horde Orks unterzugehen. Vor ihrem leuchtenden Licht zeichnete sich weit in der Ferne eine schwarze Säule ab, die bis in den Himmel ragte. Westpunkt war bei klarem Wetter deutlicher zu sehen als noch vor einigen Tagen, obwohl die Westküste Walbuchts noch immer viele Meilen entfernt war. Mit den Booten und der günstigen Strömung der Wels könnten sie innerhalb von zehn Tagen das Meer erreichen, doch stattdessen gab Valeria das Zeichen, die Boote ans Ufer zu steuern und Vorkron kam diesem Befehl ohne ein Murren nach. Tems Schultern senkten sich und sie wagte es nicht, den Blick gen Süden zu richten, wo sich ohne Mühe die wenigen Hütten und Häuser des toten Dorfes Freisaat ausmachen ließen.

„Ausgerechnet mitten in der Nacht müssen wir hier ankommen. Können wir nicht bis morgen warten?"

„Da sieh einer an! Erst versenkt sie ihr Kurzschwert todesmutig in der Kehle eines Orks, stellt sich gegen ihre Begleiter, um einen Feind zu retten, und nun schlottern ihr die Knie wegen eines verlassenen Dorfes?" Vorkron klopfte ihr auf den Rücken und sie tat ein paar Sprünge nach vorn, um die gewaltige Kraft auszugleichen.

„Vergiss nicht, in dem Dorf lauert etwas Böses."

„Ein Kind, höchstens. Mag ja sein, dass es noch dazu in der Magie bewandert ist, aber bei Colosyn, ich will selbst verflucht sein, wenn es vor dem erhobenen Hammer eines Zwerges nicht eiligst davon läuft."

„Und was ist, wenn es dort auch noch Geister gibt? Die müssen deinen Hammer nicht mehr fürchten."

„Geister? Tem Blattleicht, ich hoffe, dass du gerade einen Scherz gemacht hast. Es gibt nur eine Sorte Geister und das sind unsere Ahnen, die über uns wachen. Sie leben in den Hallen und Gärten der Götter und nicht in einem verlassenen Dorf. Wer erzählt dir nur solche Ammenmärchen?"

„Aber es gibt doch auch Geister, die keine Ruhe finden. Was ist mit denen?"

„Na, die nimmt sich die Weißhaarige vor. Und diejenigen, die grausam aus dem Leben gerissen wurden, werden umso herzlicher in den Hallen ihrer Väter erwartet. Sie wandern nicht über die Erde und erschrecken Menschenkinder."

Noch einmal klopfte er ihr auf den Rücken, aber dieses Mal blieb Tem wie angewurzelt stehen und betrachtete das Bild, das sich ihr bot. Der rote Schein der untergehenden Sonne beleuchtete die Häuser und Hütten des Dorfes und einen Moment war sie versucht zu glauben, dass es in Blut gehüllt war.

„Ach, jetzt komm schon! Ein bisschen Mut und Zuversicht, Tem. Wir sind an unserem Ziel angekommen und können jetzt nicht einfach kehrtmachen. Uns erwartet womöglich ein schwerer Kampf gegen einen Magier, aber doch keine Geister oder lebenden Toten. Und wenn wir hier fertig sind, fahren wir mit den Booten zurück und sind schon in ein paar Tagen sicher wieder in Grenzwacht. Dort wird man unsere Ankunft feiern und wir werden jeden Tag auf dem Exerzierplatz stehen und schwitzend und blutend mit unseren Freunden ringen, um einst unsere Feinde zu besiegen."

Sie mochte Vorkron ja, aber seine ewigen Tiraden vom Kampf ließen sie eher ratlos zurück, denn sie konnte sich damit nicht identifizieren. Sie wusste nicht, was sie tun würde, wenn sie nach Grenzwacht zurückkehrte, falls es ihr lebend möglich war. Sie verspürte den Drang, in die schützenden Mauern von Kohlhausen zurückzukehren, aber andererseits waren da Valeria und Vorkron und Obrook und vor allem Valeria.

„Ja, so wird es wohl sein", murmelte sie und schlich hinter ihm her. Valeria und Obrook hatten bereits angelegt und waren schon einige Meter voraus. Sie hatten sich ein Boot geteilt, weil sich der Halb-Ork als ebenso unfähig der Steuerung eines Bootes entpuppt hatte wie Tem. Die beiden schienen sich gut zu verstehen und in der letzten Nacht waren sie lange wach geblieben, um zu reden. Soweit Tem verstanden hatte, war es nur um das Donnergebirge und Haslov gegangen, aber es widerstrebte ihr, dass Valeria Obrook soviel Aufmerksamkeit schenkte. Nur hätte sie das nie zugegeben. Valeria konnte tun und lassen, was sie wollte. Sie war eben eine Elfe und bei so vielen Lebensjahren fiel es sicher schwer, sich zu binden. Obrook, der exotische Halb-Ork, bot mehr Abwechslung und war interessanter als eine junge Diebin menschlicher Natur, die doch nicht mehr konnte, als den Reichtum in Kohlhausen neu zu verteilen und selbst dabei war sie mehrfach gescheitert. Mit ihren Feinden hatte sie Mitleid und sie hatte Angst vor einem Ort, an dem nur ein Kind lebte.

„Sag mal, Tem, deine Worte neulich zu Obrook", setzte Vorkron an und blieb stehen. „Als du ihm das von der Wegkreuzung erzählt hast. Da sprachst du über zwei abgetrennte Hände. Was meintest du damit?"

Sie hatte sich schon gefragt, ob er es einfach übergehen würde, aber so sehr Vorkron auch herum polterte und über Kriege und Schlachten debattierte, so gut hörte er auch zu. Ihm entgingen weder ihre Stimmung noch ihre Worte.

„Vorkron, ich", antwortete Tem und wurde je unterbrochen, als Valeria nach ihnen rief.

„Diese Elfe! Wenn jemand meiner Sippe wüsste, wie ich mich hier von einer Elfe herum kommandieren lassen muss, die würden mich doch auslachen!" Vorkron lief wieder los, aber Tem konnte ihm ansehen, dass er seine Frage nicht vergessen hatte, dass er sie wieder stellen würde. Sie hoffte nur, sie würde dann eine Antwort für ihn haben, denn immerhin hatte sie ihn die ganze Zeit angelogen, was ihre Vergangenheit betraf, und nun, da er ihr Freund geworden war, war es umso schwerer, ihm die Wahrheit zu sagen, denn nie zuvor in ihrem Leben hatte sie Freunde gehabt.

„Was ist denn?" fragte Vorkron harsch, als sie Valeria und Obrook erreichten. Der Halb-Ork ging gebeugt und war so noch kleiner als Valeria. Tem überragte ihn, aber fühlte sich im Vergleich zu ihm doch winzig.

„Ich nahm gerade eine Bewegung auf dem Platz dort wahr."

Valeria deutete nach vorn auf einen großen, runden Platz der von mehreren Häusern aus Stein umgeben war. Es waren die einzigen stabileren Gebäude im Dorf. Um die Steinhäuser herum war ein kreisrunder Wall aus Hütten gebaut und dahinter konnte Tem auf der Ebene Kreuze erkennen. Ein Friedhof. Sie schluckte. So viele Tote, die in der Lage waren, sich wieder zu erheben und über sie herzufallen.

„Wahrscheinlich das Kind, oder? Lasst uns nachsehen."

Ohne zu zögern, schritt Vorkron voran und ließ Valeria kopfschüttelnd stehen. Die Elfe folgte ihm und sah erst zurück, als sie bei den Hütten angekommen waren. Tem hatte sich nicht von der Stelle gerührt. Ihre Knie zitterten und sie fürchtete, sie werde hinfallen, wenn sie versuchte, jetzt zu laufen. Obrook stand ebenfalls wie festgewachsen da. Seine Hände waren zu Fäusten geballt und seine

Muskeln angespannt. Seine blauen Augen leuchteten vor Angst.

„Komm schon, Obrook. Oder hast du etwa Angst vor Geistern?" Tem lachte gezwungen und wollte sich mit diesen Worten selbst Mut machen. Der Halb-Ork rührte sich nicht, nur seine Hauer zogen sich weiter in den leicht geöffneten Mund zurück. Er sah aus, als würde er gleich anfangen zu winseln.

„Ich auch", wisperte Tem und Obrook sah sie überrascht an. „Ich habe echt Angst. Weißt du, ich bin keine große Kämpferin und ich bin auch nicht sonderlich mutig. Das hier war ganz sicher nicht meine Idee und was sich Kael Flügelfeder dabei gedacht hat, mich hierher zu führen, weiß ich wirklich nicht, aber jetzt sind wir hier und umkehren können wir nicht, weil wir beide nämlich nicht in der Lage sind, ein Bootsruder zu bedienen und zu Fuß ist der Weg sehr weit und wir würden vermutlich einer neuen Patrouille in die Arme laufen und kläglich verrecken und danach von deinesgleichen gefressen werden, weil wir uns vor Angst in die Hosen machen, wenn uns ein Feind gegenübersteht. Also lass uns einfach gehen. Ein Fuß vor den anderen und immer den Blick geradeaus. Im schlimmsten Fall werden wir selbst zu Geistern oder laufen als lebende Tote durch die Nacht."

Sie atmete tief ein und holte sich die Luft zurück, die sie ohne Pause gerade ausgeströmt hatte. Obrook starrte sie an und lachte plötzlich aus voller Kehle los. Seine Muskeln entspannten, die Fäuste öffneten sich und er wirkte befreit von einer schweren Last. Gemeinsam feige zu sein, war auch Tem in diesem Moment ein Trost und ihre Eifersucht auf Obrook wich schlagartig einem anderen, zärtlicheren Gefühl für den Halb-Ork, der ihr ähnlich war.

„Aber sag mal, du bist doch nicht an Valeria interessiert, oder? Du musst nämlich wissen, dass ich, auch wenn ich wirklich Angst vor Orks habe und um einen Kampf lieber einen großen Bogen schlage, nicht zögern würde, dir die Kehle aufzuschlitzen, falls du auf den Gedanken kommen solltest, ihr näher zu kommen."

„Ne-Nein! Ich mag Valeria, aber sie ist eine Elfe und sie ist schön, aber ich habe eher Angst vor ihr."

„Na, Kael sei Dank! Geht mir übrigens auch so. Aber nur ein bisschen, denn eigentlich ist sie wirklich toll. Sie kann Sterne an den Himmel zaubern, wo gar kein Himmel ist, und sie kann Schlamm in brodelndes Wasser verwandeln und sie hat total warme Hände und sie riecht nach Frühling und wenn sie dir ins Ohr flüstert, dann -"

Obrook starrte sie mit offenem Mund an und ihr fiel auf, dass seine Hauer wesentlich kürzer waren als die seiner orkischen Verwandtschaft. Mit diesen Hauern konnte er allenfalls noch weiches Fleisch zerfetzen, aber keine Knochen brechen und ganz bestimmt fand Valeria, dass sie zum Küssen sehr hinderlich waren.

„Ich meine ja nur, dass du keine Angst haben musst."

„Seid ihr Zwei ein Paar?"

„Also, so kann man das nicht sagen. Es ist eher, dass wir einander mögen und so was in der Art."

Obrook schien nicht zu verstehen, was sie meinte, aber sie konnte es auch nicht anders beschreiben.

„Na, jedenfalls kommen wir hier schon wieder lebend raus. Vorkron ist bei uns und Valerias Magie und spätestens in einer Woche sind wir in Grenzwacht und dort kannst du dich der Wache anschließen. Oder wir gehen beide nach Kohlhausen und du lernst meine Ziehmutter kennen. Sie hat eine Schwäche für arme Würmer wie uns."

„Arme Würmer?"

„Na ja, du weißt schon." Sie lachte, aber Obrook verstand den Witz wohl nicht und wenn sie ehrlich war, war er auch ziemlich schlecht. Glücklicherweise erreichten sie endlich Vorkron und Valeria und ein kalter Schauer ließ Tems Nackenhaare die Schwerkraft ignorieren. Vor ihnen breitete sich das Dorf und ein süßlicher Geruch aus, der Tem an die Epidemie vor zehn Jahren in Kohlhausen erinnerte, als Dutzende von Leichen auf der Straße gestapelt und anschließend verbrannt wurden. Aber eine Seuche konnte in Freisaat nicht der Grund für den Geruch sein.

„Wir sollten jetzt beieinander bleiben. Zieht eure Waffen."

Valeria ging voran und Vorkron bedeutete Tem und Obrook, ihr zu folgen. Er bildete die Nachhut, den Hammer auf Augenhöhe erhoben und bereit, zuzuschlagen. Tems Augen wanderten unruhig umher. Die Hütten sahen mitgenommen aus. Die Fensterläden waren abgerissen und die Türen hingen schief in den Angeln. Manche hölzernen Wände waren zerstört und eingestürzt. Als sie den Ring aus Steinhäusern betraten, bot sich ihr derselbe Anblick. Nur ein einziges Gebäude ihnen gegenüber wirkte unversehrt. Es war mit einem runden Dach versehen worden, einer Kuppel gleich. Zwischen diesem Gebäude und ihnen lag der Marktplatz mit einem alten Brunnen, dessen Umrandung eingerissen und bräunlich verfärbt war. Die Kurbel, mit der einst Eimer voll Wasser aus dem Brunnen geschöpft worden waren, war abgerissen und der Eimer lag, im Wind schaukelnd, neben dem Brunnen und taugte längst nicht mehr für seine Arbeit.

Valeria war stehen geblieben und drehte sich einmal um sich selbst, um die ganze Umgebung zu erfassen, aber da war niemand. Ob das Kind überhaupt noch hier war? Es musste ihm doch lästig geworden sein, hier zu verbleiben, wo alle anderen tot waren. Und Kinder waren neugierig. Vielleicht war es auf die Ebene hinausgezogen und jämmerlich erfroren. Auch ein magisch begabtes Kind konnte doch sicher sterben, selbst wenn es elfisches Blut in den Adern hatte. Tem wagte es nicht einmal zu schlucken, so dass sich die Flüssigkeit in ihrem Mund ansammelte und sie darauf hoffte, dass Valeria endlich weiterging.

„Es ist so ruhig hier. Ich habe noch nicht einmal die Stimme eines Vogels vernommen", flüsterte sie und Tem erschauderte, denn in den Worten der Elfe klang Angst mit und das sah ihr gar nicht ähnlich. „Es ist wie mit dem Wind auf der Kuppe des Schlachtenhügels. Niemand wagt sich hierher."

„Liegt vielleicht an diesem elenden Gestank", mutmaßte Vorkron und zerstörte die Stille um sie herum. Tem atmete auf und schluckte die angesammelte Flüssigkeit hinunter. Sie war Vorkron für sein polterndes und lautes Verhalten dankbar. „Hier riecht es, als wären die Toten nicht vor zwei Jahren, sondern vor zwei Tagen gemetzelt worden und als hätten wir Hochsommer."

„Sei still, Vorkron!" herrschte Valeria. Vorkron wollte protestieren, aber Tem legte ihm die Hand auf den Mund. Sie hatte es auch vernommen. Da war ein leises Lachen, ganz zart und - war es lieblich zu nennen? Hätten sie nicht in einem ausgestorbenen und verwahrlosten Dorf gestanden, auf der Suche nach einem todbringenden Kind hätte Tem es lieblich genannt, so aber versetzte es sie in Panik. Das Lachen kam aus dem Gebäude mit dem runden Dach.

„Die Kirche des Herrn Treulieb", murmelte Valeria und schritt über den Marktplatz, vorbei an dem Brunnen. Obrook und Tem folgten ihr dicht auf, nur Vorkron blieb einen Moment zurück und blickte in südwestliche Richtung. Tem sah sich nach ihm um, aber da war er schon auf dem Weg zu ihnen.

„Hast du was gesehen?" fragte sie, als er wieder aufgeschlossen hatte.

„Nur einen schwarzen Schatten. Wahrscheinlich war es nur ein Vogel."

Aber hier fliegen doch gar keine Vögel, wollte Tem erwidern, doch da hielten sie vor der Kirchentür und Tem vergaß ihren Gedanken. Valeria öffnete die Tür, die quietschend aufschwang. Auch wenn die Kirche noch nicht eingestürzt war, so wurde sie doch auch nicht gepflegt. Die Scharniere waren eingerostet und auf halbem Weg blieb die verzogene Tür hängen, schabte kurz über den steinernen Boden der Kirche und rührte sich kein Stück mehr.

„Großartig. Das hat man sicher bis zum Donnergebirge gehört", regte sich Valeria flüsternd auf, quetschte sich dann jedoch an der Tür vorbei in das Innere und verschwand im Dunkel der Kirche. Die Sonne verabschiedete sich endgültig für den Tag und Tems Mut sank erneut. Mitten in der Nacht, in einem toten Dorf, musste sie in eine unheimliche Kirche, wo womöglich ein noch unheimlicheres Kind hauste. Ihr Selbstmitleid erblühte farbenfroh.

„Geh schon", drängelte Vorkron von hinten und konnte es anscheinend gar nicht mehr abwarten, dem Kind oder anderen Toten gegenüberzustehen. Obrook hatte sich schon hineingeschoben und sie folgte ihm. Nur der Schimmer der hellen, wolkenverhangenen Schneenacht drang durch die aufwändig gestalteten Glasfenster. Tem kam nicht umhin, zu staunen. In Kohlhausen waren zwei Tempel gebaut worden, einer für Nuim Seelenmark, der dreimal so groß war wie diese Kirche, mit Staturen von doppelter Orkhöhe und einem einzigen hellen Fenster aus weißem Glas, durch das Licht in den riesigen Gebetsraum floss, und einen für Manorai Tränenreich. Dieser war nur sehr klein, groß genug für eine Gemeinschaft von etwa zehn Schwestern, die darin lebten und beteten und sich um die Totenpflege im angrenzenden Gottesacker kümmerten. Dieser Tempel war sehr schlicht gestaltet, düster, aber beständig mit einem Meer aus Kerzen erleuchtet. In diesem fühlte sie sich weitaus wohler als im Tempel des Herrn Seelenmark, auch wenn sie von dem asketischen Leben der Schwestern wenig hielt. Aber an die Schönheit dieser Buntglasfenster reichten beide Tempel nicht heran. Die Fenster zeigten die Attribute, die man im Allgemeinen mit dem Herrn Treulieb verband - Freundschaft, Liebe, Verbundenheit, Gerechtigkeit und Aufopferung.

„Unglaublich. Das hat sicher ein Vermögen gekostet!" meinte Tem und blieb vor dem kleinsten Fenster stehen.

„Du kannst den Wert all dieser Tugenden nicht mit Gold aufwiegen, Tem." Valeria trat neben sie und legte ihr eine Hand auf den Rücken, die sich sanft auf- und abwärts bewegte und Tems Panik milderte.

„Das stimmt!"

Sie fuhren herum, als die glockenhelle Stimme erklang. Die hölzernen Bänke der Kirche waren vor langer Zeit zur Seite geschoben worden, so dass sie einen freien Blick auf den Altar des Herrn Treulieb hatten, der aus sich selbst heraus zu strahlen begann und vor dem nun aber - anders als bei ihrem Eintritt - ein kleines Kind stand. Es war ein Junge von ungewöhnlicher Schönheit. Sein Gesicht war schmal, aber weich um das Kinn. Die Ohren waren ungewöhnlich lang und spitz, einem elfischen Ohr ähnlich, aber doch nicht gleich. Seine Haut war makellos und der Körper wohlproportioniert, keineswegs wie bei einem Kind. Vielmehr wirkte es wie ein Halbling. Tem reckte den Hals nach vorn, um mehr sehen zu können. Der Junge war in ein schäbiges Gewand gehüllt, aber das verlieh ihm nur einen zusätzlichen Reiz. War es Mitleid, was Tem empfand?

„Wer bist du?" fragte Valeria und hielt Vorkron zurück, der schon seinen Hammer schwingen wollte.

„Das ist eine seltsame Frage", antwortete der Junge. „Möchtet Ihr wissen, was ich bin? Wer ich bin? Welchen Namen ich trage?"

„Deinen Namen."

„Der Priester nannte mich Kelter."

Tems Poren verschlossen sich vor der Kälte, die über sie alle hinwegzog, als der Junge diesen Frevel aussprach. Es war bei Todesstrafe verboten, ein Kind nach einem der Götter zu benennen. Niemand, weder Mensch, Elf noch Zwerg, war so vermessen, sich mit den Göttern gleichzusetzen.

„Das hätte er nicht getan. Es ist verboten und der Priester hätte es als Schändung seiner Religion betrachtet."

„Nicht, wenn er mich für eine Wiedergeburt seines Gottes hält."

„Und warum sollte er das tun?"

Valerias Stimme klang gereizt, die des Jungen war ruhig. Es schwang kein Ton von Überheblichkeit in seinen Worten mit, es war vielmehr eine gänzlich neutrale Feststellung. Sein Gesicht war ausdruckslos. Tem fielen die braunen Augen auf. In all den Erzählungen von schrecklichen Monstren oder ungewöhnlichen Menschen war stets eine blaue oder rote Augenfarbe ein Zeichen für eine Besonderheit, doch dieser Junge hatte schlichte, normale, braune Augen.

„Das weiß ich nicht. Es liegt möglicherweise an meinen Fähigkeiten, die Menschen für ungewöhnlich halten könnten. Der Priester war ein einfacher Mann."

„Wo ist er? Was ist mit ihm geschehen?"

„Er ist gestorben. Er war sehr alt."

„Wann ist er gestorben?"

„Vor einigen Monden."

„Nicht vor zwei Jahren, als die Orks dich hier ins Dorf brachten und du alle ermordet hast?"

„Nein. Er starb vor einigen Monden."

Der Junge leugnete seine Tat nicht, nahm es selbstverständlich hin. Tem runzelte die Stirn. Auf den ersten Blick mochte er, abgesehen von seiner Schönheit, unschuldig und normal wirken, aber die Verbindung zwischen einem Elf, einem Ork und dem Geist eines Magiers schien Spuren hinterlassen zu haben. Zum ersten Mal, seitdem sie in der Lage war zu realisieren, was sie war, war sie froh, nur ein Menschenkind zu sein.

„Was geschah mit den anderen Menschen hier?"

Valeria beruhigte sich, wählte ihre Fragen nun behutsamer aus. Tem konnte nicht einschätzen, ob wirklich Gefahr bestand, denn bisher zeigte der Junge keine Anzeichen, dass er sie angreifen oder umbringen wollte.

„Sie starben. Kreaturen aus seinem Schlag haben sie getötet."

Er deutete mit erhobenem Zeigefinger auf Obrook, der sich hinter Valeria versteckt gehalten hatte.

„Und was ist mit dir? Du bist wohl ganz unschuldig daran gewesen, was?" brüllte Vorkron quer durch den Raum. Der Junge zuckte nicht einmal zusammen, aber auf seinem Gesicht zeichnete sich Verwirrung ab.

„Ich kann mich nicht daran erinnern. Der Priester erzählte mir nur, dass die Orks gekommen seien, das Dorf zu vernichten. Ich war noch sehr klein. Er hat mich bei sich aufgenommen und wir haben lange hier gemeinsam gelebt. Aber er ist sehr alt gewesen und vor einem Jahr ist er krank geworden."

„Der lügt doch wie gedruckt", flüsterte Vorkron. „Nehmen wir uns den Bengel vor."

„Warte, Vorkron. Was ist, wenn es stimmt, was er sagt? Wenn er sich nicht daran erinnern kann, was geschah. Er kann nichts für seine Herkunft, wahrscheinlich weiß er nicht einmal, dass seine Existenz eine Verleumdung der Götter ist. Wollte er uns töten, hätte er es längst tun können."

„Willst du warten, bis er Lust dazu bekommt?" raunzte der Zwerg und packte seinen Hammer fester.

„Lass uns doch erst mit ihm reden, lass uns erfahren, wie viel er von der Welt weiß."

„Das kann doch nicht wahr sein. Erst verhandeln wir mit stinkenden Orks - nimm's mir nicht übel, Kleiner - und dann auch noch mit mordsgefährlichen Mischwesen mit magischen Seelen in sich, die ganze Dörfer auslöschen. Ich glaube, ich hätte doch besser in den Bergen der Strahlen die Ausbildung der Frischlinge übernommen." Vorkron ließ den Hammer wieder sinken und lehnte sich gegen eine der zur Seite geschobenen Bänke.

„Also gut, Kelter" - Valeria erzitterte bei dem Gebrauch dieses Namens - „Mein Name ist Valeria und das sind meine Gefährten Vorkron und Obrook und meine Gefährtin Tem."

Tem sah sie an, diese besondere Heraushebung, diese besondere Betonung. Ihre Gefährtin. Das klang ungewöhnlich gut. Sie musste einfach lächeln, obwohl es der Augenblick wahrlich nicht bot.

„Wir sind nach Freisaat gekommen, um herauszufinden, was mit dem Dorf geschehen ist. Ich weiß nicht, wie viel der Priester dir erzählt hat, aber Freisaat ist die erste menschliche Siedlung, die inmitten von Walbucht erbaut wurde. In regelmäßigen Abständen sollte der Priester einen Bericht nach Grenzwacht schicken, einer Stadt an der Grenze zu Walbucht, um zu beschreiben, wie es hier voranging. Bis vor kurzem sind diese Berichte auch angekommen."

Tem fragte sich plötzlich, wie das überhaupt möglich war. Wer hatte diese Berichte nach Grenzwacht gebracht?

„Ja, der Priester sandte nach jedem vollen Mond einen Vogel nach Grenzwacht."

„Richtig. Weißt du denn, was das für ein Vogel war?" Valeria schien Gefallen daran gefunden zu haben, mit dem Jungen zu reden, besonders da der Kleine sich bereitwillig und gesprächig zeigte und sich inzwischen wahre Neugier auf seinem Gesicht abzeichnete.

„Der Priester nannte ihn einen Milan."

„Ganz genau. Er wurde in Grenzwacht ausgebildet, er und fünf weitere, die aber in Grenzwacht leben. Sie waren dazu da, die Berichte zu überbringen. Aber die letzten Schreiben des Priesters waren blutverschmiert. Kannst du mir sagen, warum?"

„Der Priester ist krank geworden. Er hat oft gehustet und dann ist Blut über seine Lippen geflossen."

War er wirklich an einer ganz normalen Lungenentzündung gestorben, während seine Gemeinde zwei Jahre zuvor niedergemetzelt worden war?

„Warum hat der Priester nie geschrieben, dass das Dorf überfallen wurde?"

„Weil sie doch eines Tages alle zurückkommen werden. Sie werden wieder durch die Gassen laufen und sie werden schreien und lachen und sich Liebesschwüre ins Ohr wispern. Das hat er immer gesagt. Die Dorfbewohner sind gestorben, aber es werden neue kommen, Kelter. Das hat er immer gesagt."

„Der Alte ist verrückt geworden. Kann ich verstehen. Wenn ich sehen würde, wie meine ganze Gemeinde geschlachtet wird, wäre ich auch durchgedreht." Vorkron nuschelte weitere Worte in seinen Bart, aber Tem war so auf den Jungen konzentriert, dass sie sich nicht verstand.

„Aber wer sollte denn kommen, wenn alle glaubten, in Freisaat sei alles in bester Ordnung?"

„Das weiß ich nicht."

Valeria tauschte einen kurzen Blick mit Tem und trat dann auf den Jungen zu, der sie weiterhin neugierig betrachtete.

„Kelter, ich hörte, dass du in der Lage bist, ungewöhnliche Dinge zu tun."

„Was für Dinge?"

„Kannst du vielleicht diese Bänke verrücken, ohne sie anzufassen?"

„Kannst du das?"

„Ich bin eine Weberin, eine Sch'aan, wie es in meiner Sprache heißt, aber meine Fähigkeiten sind sehr beschränkt."

„Du kannst also auch zaubern?"

„Ja, das kann ich. Und weißt du auch, was ich bin? Von meiner Natur her?"

„Du bist eine Elfe, nicht wahr? Der Priester hat mir Bilder von euch gezeigt. Ihr seid sehr schön."

„Hat der Priester dir auch gesagt, was du bist?"

„Ja, ich bin ein Kind und die Wiedergeburt Kelters."

„Aber welcher Art gehörst du an? Bist du ein Mensch oder ein Elf oder vielleicht ein Ork?"

Valeria hockte sich vor ihm nieder und die braunen Augen des Jungen fixierten sie. Er schien ihre Frage nicht ganz zu verstehen, versuchte Worte zu finden und Tem erkannte, wie es hinter seiner Stirn arbeitete. Sie musste lächeln. Als sie so alt gewesen war wie er, hatte sie so über ihren ersten Grundrissplänen gesessen und darüber nachgedacht, wie sie in das Haus von Gerber Machtelbach eindringen konnte, ohne von seinem Wachhund gebissen zu werden.

„Ich bin ein Gott", meinte der Junge nur und Tem wurde je in die Realität zurückgerissen.

„Nein, das bist du nicht, Kelter. Manche würden dich auch eher als Dämon bezeichnen. Du kannst nichts dafür. Du wurdest so geboren und man hat dich zu dem gemacht, was du jetzt bist. Aber ein Gott bist du nicht. Die Orks aus dem Donnergebirge, die dieses Dorf zerstört haben, haben dich in den Tiefen ihrer Kerker gezüchtet. Auf grauenhafte Art gezüchtet. Deine Mutter war eine Elfe, dein Vater ein Ork, vermutlich der Anführer der

Orks, den man Haslov nennt. Solch eine Verbindung gilt in unserer Welt nicht als göttlich, sondern als dämonisch und jedes so gezeugte Kind wäre normalerweise von seiner Mutter oder seinem Vater getötet worden, so es denn solch eine Verbindung je zuvor gegeben hätte. Doch deine Mutter hatte keine Gelegenheit dazu. Sie starb vorher. Dich nahmen die Priester der Weißhaarigen und pflanzten dir die Seele eines mächtigen Webers ein, eines mächtigen Sch'aans der Orks, dem es einst gelungen war, eine ganze Armee aus Menschen und Elfen aus Walbucht zu verbannen und den Orks dieses Land als ihres zu übergeben. Auch das war keine göttliche Tat und sie taten dir damals Schreckliches an."

Valeria legte ihre Hände auf Kelters Schultern und wollte ihn an sich ziehen, doch der Junge versteifte sich.

„Ich bin ein Gott."

Valeria schüttelte den Kopf. Tem bemerkte plötzlich die Veränderung im Gesicht des Jungen. Es war ein schmerzhafter und gleichzeitig bösartiger Zug, der seine Mundwinkel zu einem entsetzlichen Grinsen emporzog. Seine braunen Augen verdunkelten sich zu einem undurchdringlichen Schwarz, in dem sich Valerias Ebenbild spiegelte.

„Komm da weg!" schrie Tem. „Valeria, komm sofort da weg!"

Sie rannte los, ohne dass sie darüber nachgedacht hatte. Der Junge riss seinen Mund auf, in dem sich spitze Zähne zeigten, eine lange Zunge schlängelte sich dazwischen hervor und seine Hände bäumten sich auf, stießen gegen ihre Schultern und ließen Valeria jeden Halt verlieren. Sie flog nach hinten, prallte gegen Tem und beide schlugen der Länge nach auf den steinernen Boden. Tems Kopf prallte hart auf und einen Moment verlor sie das Bewusstsein, kam wieder zu sich und verlor es erneut.

Das Erste, was Tem spürte, als sie ihr Bewusstsein in einer der hinteren Ecken ihres Hirns wieder fand, war ein Schmerz, der sich von ihrem Schädel durch ihr Rückgrat bis zu ihren Beinen zog. Es fiel ihr schwer, die Augenlider zu heben. Es schien ihr auch nicht gelungen zu sein, obwohl sie meinte, die Lider geöffnet zu haben. Vorsichtig erhob sie eine Hand und führte sie zu ihren Augen. Sie waren offen. Warum konnte sie dennoch nichts erkennen? Sie blinzelte mehrfach, aber es blieb stockfinster um sie herum. Kein Geräusch außer ihrem eigenen hektischen Atem und dem in ihrem Ohr wiederklingenden Puls.

„Verdammt!" Ihr Schrei drang unvermittelt aus ihrer Kehle und hallte so laut wider, dass ein neuer Schmerz durch Tems Hirn zog und sie sich die Ohren zuhalten musste, um nicht noch einmal zu schreien. Sie war nicht mehr in der Kirche. Dort mochte ein solcher Schrei ebenfalls widerhallen, aber nicht auf diese Art. Hier waren die Wände viel näher und es war deutlich kälter als in der Kirche.

„Wo bin ich bloß?"

Neben ihr war ein leises Stöhnen zu hören. Sie tastete mit der Hand an ihre rechte Seite und spürte unter ihren Fingerkuppen einen dünnen Ast oder Stock. Ihre Hoffnung, dass einer ihrer Gefährten neben ihr lag, zerschlug sich. Stattdessen erstarrte sie zu einer Säule, ähnlich derjenigen, die Westpunkt markierte.

„Oh nein", murmelte sie und rückte ein Stück weiter nach links, weg von dem Stock, der kein Stock war, sondern sich klappernd an der Wand entlangtastete, ihr hinterher, als verfolgte er sie. Sie war für einen kurzen Augenblick dankbar, nichts sehen zu können. Andererseits befand sie sich in einer ausweglosen Situation, solange ihr Angreifer besser sehen konnte als sie. Doch handelte es sich um einen Angreifer und war ein Skelett in der Lage, zu sehen?

„Valeria, Vorkron, Obrook, wo seid ihr?" schrie sie flüsternd in den Raum hinein, der sofort ein Echo von sich gab. Da wurde ihr bewusst, wo sie sich befand. Sie war in einem dunklen Gefängnis, aus dem es kein Entrinnen gab. Sie wusste nicht, wie sie hineingelangt war, in den Brunnen, aber sie wusste, sie würde nicht entfliehen können. Trotzdem tastete sie sich mechanisch weiter, nur weg von dem Skelett. Ihr Überlebenswille ließ es nicht zu, dass sie sich in ihr Schicksal ergab und starb. Sie hörte das Skelett, das ihr folgte, immer an der gerundeten Steinwand entlang. Sie würden sich bis in alle Ewigkeit gemeinsam im Kreis drehen. Wie sollte die Flügelfeder sie hier unten finden?

„Valeria!" Tem brüllte dieses eine Wort, dieses Wort, an dem ihre letzte Hoffnung hing, in den Brunnenschacht hinein, an dessen falschem Ende sie sich befand. Das Echo war so laut, dass sie innehalten und sich die Ohren wieder zuhalten musste. „Valeria!"

Dünne, kalte, knochige Finger berührten ihren Arm. Die andere Hand schob sich über ihren Mund. Ein Klappern neben ihr, als ob Zähne aufeinanderschlügen. Die Hände bewegten sich nicht weiter, drückten nicht zu oder versuchten sich um ihre Kehle zu legen. Nur dieses Zähneknirschen und -klappern. Ob das Skelett versuchte, mit ihr zu sprechen? Wurde sie langsam wahnsinnig? Hatte die Angst ihr Hirn schon so sehr zerfressen, dass sie nicht mehr klar denken konnte? Träumte sie das nur? War sie in einen Zustand zwischen Wachen und Träumen gefallen, als ihr Schädel auf dem Kirchenboden aufgeschlagen war?

Da erhoben sich über ihr Stimmen und einen flüchtigen Augenblick glaubte sie, es wären Valeria, Vorkron oder Obrook, doch keiner ihrer Gefährten besaß eine solch kehlige Stimme, die bis hinunter auf den Brunnengrund dröhnte.

„Hast du das nich' auch gehört? Da war doch wer!"

„Red keinen Quatsch! Das war der Wind. Komm schon! Wir müssen die hier wegbringen!"

„Kaum zu glauben, dass diese Elfe das Kind wirklich besiegt hat. Jetzt ist Nash Var'du wieder in seinem gläsernen Gefängnis. Meinst du, Haslov versucht es mit einer neuen Elfe?"

„Schon denkbar. Lass uns gehen, bevor der Alte noch ausflippt. Mann, den ganzen Weg mit diesem verrückten Zwerg bis ins Donnergebirge. Das kann echt was werden."

„Lebt Gropf eigentlich noch oder hat der Zwerg ihm den Schädel eingeschlagen?"

„Ist vorhin verreckt. Schadet ihm aber gar nichts. Die Weißhaarige freut sich, wenn sie so einen kriegt. Speichellecker und nix in der Birne. Konnte doch auch nur seinen Morgenstern durch die Gegend schwingen genauso wie seine großen Reden. Na los, gehen wir!"

Die Stimmen wurden leiser. Tem verstand gar nichts. Was war während ihrer Bewusstlosigkeit passiert? War es Valeria wirklich gelungen, den Jungen zu besiegen und anscheinend sogar zu töten, so dass der Geist von Nash Var'du wieder in sein Gefäß gesperrt werden konnte? Waren Vorkron und Valeria wirklich Gefangene der Orks geworden? Und woher kamen diese plötzlich? Und dann war da dieser eine Satz, der sie vorhin noch beschäftigt hatte. Der Satz, den sie unvorsichtig wie sie war, vergessen hatte. *Wahrscheinlich war es nur ein Vogel.* Aber es gibt doch hier gar keine Vögel, dachte sie bei sich und Tränen suchten sich ihren Weg aus ihren Augenwinkeln. Der schwarze Schatten war eine Mannschaft Orks gewesen, die sich vom Donnergebirge dem Dorf genähert hatte. Aber woher wussten die, wo sie waren? Wieso trauten sie sich in das Dorf? Nichts davon ergab für Tem einen erkennbaren Sinn. Nur eines war Wirklichkeit, ihre Freunde waren von den Orks gefangengenommen worden und auf dem Weg ins Donnergebirge, während sie am Grund des Brunnens mit einem Skelett festsaß und vermutlich sterben würde. Nein, nicht vermutlich. Sie würde sterben. Sie würde Valeria, Vorkron und auch Obrook nie wieder sehen. Entweder das Skelett tötete sie oder sie starb an Hunger und Durst oder der unerbittlichen Kälte, die ihre Glieder hinaufzog und sie erzittern ließ.

Die Finger um ihren Arm und die Hand auf ihrem Mund lösten sich, als die warmen Tränen Tems auf sie trafen. Wieder war ein Klappern und Knirschen zu vernehmen und dann ein schmerzlicher Klang, ein Wehklagen. Es kam nicht von Tem, sondern von dem Gerippe, das neben ihr saß.

„Ech chut gnir leich."

Tem erschrak, als das Skelett zu sprechen begann. Sie konnte nicht verstehen, was es sagte. Es klang jedoch wie der Auftakt eines Zaubers, der sie sogleich umbringen würde. Wenigstens würde sie dann schnell sterben und müsste nicht elendig krepieren.

„Ezzzz dud nir leidch."

Tem zwinkerte. Die Worte. Diese Worte. Das Skelett wiederholte sie und je öfter es sie wiederholte, umso besser gelang es ihm, sie zu artikulieren und desto sicherer verstand Tem die eigentliche Bedeutung. Dies war kein Zauberspruch, keine Formel, um ihr Leben zu beenden. Es war eine Entschuldigung.

„Es tut dir leid?" fragte sie ungläubig in die Dunkelheit hinein, in der sich, nun da sie sich daran gewöhnte, Schattierungen ausmachen ließen. Das Skelett mochte einen guten Kopf größer als sie sein, doch der Rücken war gebeugt. „Was-was tut dir leid?"

„Da...da...dazzz ich nich tie Rahchei gehakt chage."

„Was?" Tem wagte es, sich dem Skelett um einige Zentimeter zu nähern. Es hatte die Knie angezogen und die Arme darum geschlungen wie ein Kind, das bei sich selbst Trost suchte, weil niemand anderes da war, um ihm Trost zu spenden. Wenn Tem nicht ob der Intention des Skeletts skeptisch gewesen wäre, hätte sie Mitleid empfunden.

„Ez chut nir leid, dazz ich nich kie...kie...die Charcheit gesakt chage."

„Es tut dir Leid, dass du nicht die Wahrheit gesagt hast?"

Das Skelett bewegte seinen Kopf hoch und runter. Auf dem Schädel schwangen noch vereinzelt Haare mit und dem Geruch nach mussten auch noch Fleischreste an den Knochen hängen. Der Mann war zwar schon einige Zeit tot, aber seine Zunge war noch nicht gänzlich verwest.

„Bist du der Priester des Herrn Treulieb?" Ihr fiel niemand anderes ein. Alle Dorfbewohner waren vermutlich vor zwei Jahren von dem Priester auf dem Gottesacker hinter dem Dorf begraben worden. Es musste der Priester sein. Wie erhofft nickte er noch einmal. Tem wurde klar, was er meinte. Er hatte den Soldaten in Grenzwacht nicht die Wahrheit geschrieben. Wenn er es getan hätte, wäre eine kleine Armee ausgerückt, um das Kind zu finden und den Priester zu retten. Nun aber war Valeria die Bezwingerin des Kindes geworden und gleichzeitig eine Gefangene.

„Woher wussten sie nur, dass wir kommen würden? Wir töteten doch die Patrouille."

„Dazz Kindch. Ezz chuzzte, dazz ihr kommcht."

„Es wusste, dass wir kommen?"

„Ja. Ezzz...er hacht ezz gezechen. Er hacht chie geruchen."

„Aber wie konnte er das wissen? Und warum hat er die Orks gerufen? Das verstehe ich nicht! Er wurde von ihnen geschaffen, aber dann im Stich gelassen."

„Nein, ezz char nich Kelter. Ezz char Nach Char'du. Er chat chie geruchen. Er chollchte nich in Chreichaat leichen."

„Er wollte nicht in Freisaat leichen?"

„Lei...lei...nir chehlen neine Likken."

„Dir fehlen deine Likken? Ah, du meinst Lippen! Ach so. Leichen, leichen. Er wollte nicht in Freisaat..."

Da schnappte das Skelett mit seinen knochigen Fingern nach ihren Lippen und presste sie aufeinander.

„Bü. Bü. Ah!" machte Tem und das Skelett ließ sie los. „Bleiben! Nash Var'du wollte nicht in Freisaat bleiben, stimmt's? Aber wieso ist er dann nicht gegangen? Er hätte Kelter doch benutzen können."

„Nein, dazz chonnchte er nich, cheil Kelter nei nir leichen chollte. Er chat nich danit gerechnecht, dazz daz Kincht sich nach einen Chater sehnen könnte. Er dachte, er könnte Kelter genutzen, chie er chill, ager Kelter chat ihn nich chugechörcht."

Ihre Ziehmutter hatte sich stets über ihre Ausdrucksweise beklagt und sie darauf aufmerksam gemacht, vernünftig zu sprechen, notfalls indem sie ihre Zunge gepackt und sie zu seltsamen Wortspielen gezwungen hatte. Es waren schmerzhafte Lektionen gewesen. Tem fragte sich, wie sie wohl auf den alten Priester reagiert hätte. Ihn konnte sie nicht mehr bei der Zunge packen.

„Moment. Ich fasse noch mal zusammen. Nash Var'du wurde von den Orks in den Körper dieses unheiligen Kindes gebannt. Er glaubte, er könnte Kelter kontrollieren, aber das ist ihm nicht gelungen, weil er nicht damit gerechnet hat, dass Kelter sich nach einem Vater sehnen würde und hier in Freisaat bleiben wollte. Bei dir?"

„Ja. Gei nir."

„Aber warte mal! Das heißt ja, dass Nash Var'du absichtlich gegen Valeria verloren hat. Er wollte, dass das Kind stirbt und seine Seele wieder frei wird. Aber vorher hat er noch schön seine Orkfreunde her beordert, zusammen mit den Priestern und jetzt ist er auf dem Weg ins Donnergebirge, zusammen mit meinen Freunden und Valeria soll wahrscheinlich die Mutter seines nächsten Gefäßes werden?"

„Chönnte chein. Ich cheizz ez ager nich cho genau. Ezz izt cher chrierig, zich Dinge chu nerken, chenn nan kein Gechirn nehr chat. Ezz dud nir cheid."

„Schon gut. Die Vergangenheit kann man jetzt sowieso nicht mehr ändern, aber die Zukunft schon. Ich muss das verhindern. Aber dazu muss ich aus diesem Brunnen raus und zwar so schnell wie möglich. Kannst du mir helfen?"

„Ich chann ezz chersuchen." Das Skelett erhob sich und es stieß ein paar Wörter aus, die für Tem aber nicht zu verstehen waren. Sie spürte nur, wie sich der Boden unter ihren Füßen löste und sie nach oben schwebte.

„Wahnsinn! Du kannst ja auch zaubern!"

„Chu nir einen Gechallen. Chenn chu ügerlegst, chann konn churück und gegrage nich. Gitte."

„Das verspreche ich dir. Bei Kael Flügelfeder und Kelter Treulieb! Ich werde dafür sorgen, dass du deine Ruhe findest, Priester."

Es wurde heller und sie erkannte, wie der Priester oder das, was noch von ihm übrig war, seine rechte Hand auf seine Schulter legte und ihr den Segen des Herrn Treulieb mit auf den Weg gab.

Als sie den Rand des Brunnens erreicht hatte und über die Mauer geklettert war, blickte sie zurück. Doch auf dem Grund des Brunnens war nur Schwärze zu erkennen. Sie seufzte, aber sie durfte jetzt nicht aufgeben. Sie musste Valeria, Vorkron und Obrook retten. Zum Glück trug sie noch ihr Kurzschwert bei sich. Wie war sie überhaupt in den Brunnen gekommen? Danach hätte sie den Priester noch fragen können, aber jetzt war es zu spät, wenn sie nicht herumschreien und die gerade abziehenden Orks auf sich aufmerksam machen wollte. In einem langen Fackelzug entfernte sich die hundert Mann starke Truppe gen Südwesten. Tem wollte nach den Riemen ihres Rucksacks greifen, aber der war nicht mehr da. Sollte sie in die Kirche zurückeilen und nachsehen, ob er sich noch dort befand? Sie hatte ihn bei einer der Bänke abgelegt, soviel wusste sie noch. Aber sie traute sich nicht in die Kirche zurück. Das Kind mochte tot sein, aber wenn sie Pech hatte - und davon hatte sie in letzter Zeit reichlich -, würde es vielleicht als Skelett wieder auferstehen, wie der Priester unten im Brunnen. Andererseits würde sie ohne ihren Rucksack nicht weit kommen.

„Verdammt! Wenn meine Ziehmutter wüsste, was ich hier gerade durchstehe!" Sie nahm allen Mut zusammen und schnaufte, bevor sie sich in Bewegung setzte. „Würde sie sagen, dass ich all das aufgrund meiner Schandtaten verdient habe und dass ich mich nicht so haben soll und dass ein wahrer Held der ist, der sich seiner Angst stellt. Aber Helden können wir in Kohlhausen nicht gebrauchen, wir brauchen Hände, die mit anpacken, ein Schwert halten können, und Menschen, die die Arschbacken zusammenkneifen, wenn was schief läuft. Jawohl!"

Tem lächelte, als sie durch den Türbogen in die Kirche trat. Die Tür war aus den Angeln gerissen worden und lag nun auf dem Marktplatz. Das waren Kampfspuren und sie rührten nicht von den Orks. In der Kirche selbst war es ruhig. Der Boden hatte an einigen Stellen Risse bekommen und da, wo sie mit dem Schädel aufgeschlagen war, zeigte sich ein dunkler Fleck. Einige Bänke wiesen Löcher auf, als hätten sie den Kampf mit einem mächtigen Hammerkopf verloren.

„Ich scheine wirklich etwas verpasst zu haben und Vorkron ist nicht da, um mir von seiner Heldentat zu erzählen. Na schön, schauen wir mal, ob mein Rucksack überlebt hat."

Tem beugte sich vor, um unter die umgeworfenen und zerstörten Bänke zu sehen, als eine kleine Hand zum Vorschein kam, deren Finger sich bewegten. Tem fiel schreiend zu Boden und rutschte auf ihrem Hinterteil mehrere Fuß zur Tür. Sie könnte es schaffen, wenn sie nur schnell genug war.

„Bitte", flehte eine leise Stimme. Der Junge war unter einer Bank begraben. Seine kleine Hand war von Blut verunstaltet. Der Priester. Der Priester hatte gesagt, dass Nash Var'du wieder in seinem Gefäß war, weil das Kind tot sei. Aber das Kind war nicht tot. „Bitte."

Am liebsten wäre sie einfach umgekehrt und davon gelaufen, aber sie konnte den Jungen nicht unter der Bank liegen lassen. Bis zu der Stelle, an der er versucht hatte, Valeria zu töten, war er doch eigentlich ganz nett gewesen. Und wer wusste schon, wie er sich ohne bösen magischen Seelenteil verhielt? Sie stand auf, atmete tief durch und hievte die schwere Holzbank von dem Jungen hinunter. In seinem Arm steckte ein längliches Holzstück und an seiner Stirn zeigte sich eine klaffende Wunde, aber auf den ersten Blick wirkte er nicht lebensgefährlich verletzt. Nash Var'du musste diese Schwäche jedoch ausgenutzt und seinem unnützen Gefängnis entflohen sein. Tem beugte sich hinunter und hob den Jungen auf, der ungewöhnlich leicht war. Sie setzte sich mit ihm auf eine Bank und betrachtete das Gesicht, das jedes Alter verloren hatte, außer jenes der Kindheit.

„Der Priester hat dir wohl nicht viel zu essen gegeben, was? Du wiegst ja kaum vierzig Pfund. Kannst du dich daran erinnern, was passiert ist? Wie du verletzt wurdest?"

Tem wartete ab, bis der Junge zu sprechen begann. Seine Augen waren auf ihr Gesicht gerichtet. Vorsichtig legte sie die Hand um das Holzstück.

„Da waren eine Elfe und ein Zwerg und viele Orks. Mehr weiß ich...‟

Die Augen des Jungen wurden riesig und ein langgezogener Schrei hallte durch die Kirche. Tem erstickte ihn sofort mit ihrer Hand, um die Orks nicht doch noch zurückzurufen. Das blutige Holzstück warf sie zu Boden.

„Tut mir Leid. Ich musste dich ein bisschen ablenken. Ich werde dich versorgen und dann muss ich sehen, was ich mit dir mache, denn ich kann dich nicht mit ins Donnergebirge...‟

Ein Scharren. Tem schrak auf, schnappte den Jungen und versteckte sich hinter der Bank, auf der sie eben noch gesessen hatten. In der Tür tauchte ein Schatten auf. Tem bedeutete dem Kind, den Mund zu halten. Es sah sie mit großen Augen an und seine kleine Hand, die auf ihrer lag, war kalt und zitterte. Tem griff zu ihrem Kurzschwert und wartete, bis der Schatten direkt vor der Bank zum Stehen kam. Mit einem Sprung und einem Schrei, der die Stille zerfetzte, war sie auf der Bank und ihr Kurzschwert schnellte nach vorn. Der Schatten prallte zurück und stürzte zu Boden.

„Warte! Bitte warte! Töte mich nicht, bitte!‟

„Obrook?‟

„Tem?‟

Erst jetzt erkannten sie einander und Obrook fiel Tem in die Arme und weinte. Ihr Herz raste noch immer, aber es tat gut, wenigstens einen ihrer Freunde zu sehen. Einen ihrer Freunde, der ihr erklären konnte, was in der letzten Stunde oder den letzten Stunden hier geschehen war.

„Du warst bewusstlos, aber dein Körper hat Valeria vor demselben Schicksal bewahrt. Sie ist aufgesprungen und hat mich angeschrieen, dass ich dich wegbringen sollte, und dann ist sie gemeinsam mit Vorkron auf den Jungen zugestürmt und sie haben ihn attackiert. Aber der Junge hatte ein Schutzschild um sich herum geschaffen. Nicht einmal Vorkrons Hammer konnte hindurchdringen. Valeria sprach einen Zauber, aber er prallte an der Magie des Jungen ab und traf sie selbst. Sie stürzte gegen die Bänke und verletzte sich dabei. Allerdings nicht so schwer, dass sie mich nicht noch einmal anschreien konnte, dich fortzubringen. Ich packte deine Arme und schleifte dich zu der Tür, als ein heftiger Wind aufkam. Er war so stürmisch, dass er mich von den Beinen hob und wir krachten beide gegen die Tür, so dass sie aus ihren Angeln gerissen wurde. Ich konnte mich noch an der Mauer festhalten, aber du wurdest weiter in die Luft gewirbelt und bist in der Dunkelheit verschwunden. Und da habe ich die Orks gesehen! Es waren so viele! Ich habe nach Valeria und Vorkron geschrieen, aber die Zwei waren so beschäftigt mit dem Jungen, dass sie mich nicht gehört haben. Valerias neuer Zauber drang durch den Schild des Jungen, der Sturm hörte auf und der Junge prallte gegen den Altar. Ich fiel zu Boden und kroch zu den Bänken, versteckte mich unter einer und blieb dort liegen. Ich blieb einfach liegen und habe ihnen nicht geholfen. Der Junge lag am Boden, aber Valeria war sicher, dass er nicht tot war. Sie wirkte einen weiteren Zauber, der aber wirkungslos blieb. Vorkron stürmte mit seinem Hammer auf den Jungen zu, aber da hob dieser die Hand und riss ihm seine Waffe aus der Pranke, die ein Loch in die Bank schlug, unter der ich mich versteckt hatte. Sie brach zusammen und ich lag darunter. Da hörte ich die Orks. Sie waren auf dem Marktplatz, sie standen direkt vor der Kirche und in diesem Augenblick schrie der Junge auf. Er verrenkte alle seine Knochen, als sei er wahnsinnig geworden. Er wurde durch die Luft geschleudert und gegen die

Bänke geworfen, unter denen er schließlich begraben wurde. Seiner Leiche entstieg ein schwarzes Monster. Es war ein Schatten, aber auf dem, was wohl das Gesicht war, zeichnete sich eine grässliche Fratze ab. Ich legte mir beide Hände auf den Mund, um nicht zu schreien. In diesem Moment stürmten die Orks in die Kirche. Zwei schwarz gewandete Orks, deren Gesichter von Kapuzen überdeckt waren, fingen den Schatten in einem gläsernen Gefäß wieder ein. Die anderen schnappten sich Valeria und Vorkron, der jedoch energisch seinen Hammer schwang und einen von ihnen erwischte. Es war ein schreckliches Geräusch. Dann packten zwei andere Orks Vorkron an den Schultern, entrissen ihm seinen Hammer und schleppten ihn, wie zuvor Valeria, aus der Kirche. Ich wartete, bis sie weg waren und ich keinen Laut mehr von draußen hören konnte, dann kroch ich unter der Bank hervor und schlich mich auf den Marktplatz. Ich bin ihnen bis zum äußeren Rand des Dorfes gefolgt. Aber ich wusste nicht, was ich tun sollte. Ich" - Obrook zögerte, doch dann senkte er den Kopf - „Ich bin ein Feigling. Als ich sah, wie etwas aus dem Brunnen kroch, da dachte ich, ich müsste sterben vor Angst und habe mich in einer dunklen Gasse neben der Kirche verkrochen, aber dann habe ich eine Stimme von hier gehört und dachte, ich gehe nachsehen und jetzt bist wenigstens du noch da. Wenigstens dich haben sie nicht bekommen. Was sollen wir denn jetzt bloß tun, Tem?"

Tem wusste nun, was während ihrer Bewusstlosigkeit geschehen war. Valeria und Vorkron waren noch am Leben, aber Sklaven der Orks. Mit ihnen reiste ein unberechenbarer Geist, der in der Lage dazu gewesen war, den Jungen von sich aus zu töten. Warum hatte er das nicht zuvor schon getan? Warum hatte er sich des unnützen Jungen nicht bereits vor zwei Jahren entledigt? Ihr fielen die Worte des Priesters ein. *Er hat ihm nicht zugehört.* War es das? Hatte der Junge diese zwei Jahre der Zuneigung zum Priester nicht auf den Geist gehört und war erst jetzt, da er sich durch ihre Ankunft bedroht sah, seinem Ruf gefolgt, ihm alle Türen zu öffnen?

„Es ist meine Schuld, nicht wahr?"

Der Junge kam hinter der Bank hervor. Sein Arm hing schlaff herunter und über das rechte Auge rann ein einzelner Blutstropfen. Obrook schrie auf und wich mehrere Schritte zurück.

„Oh meine Göttin, es lebt! Es lebt noch! Aber das kann nicht sein!"

„Doch, Obrook beruhige dich. Er ist noch am Leben. Aber er ist nicht mehr das Monster, für das wir ihn gehalten haben. Nash Var'du ist aus ihm gewichen, als die Gelegenheit günstig, als der Junge geschwächt war. Er ist jetzt mit Valeria und Vorkron auf dem Weg ins Donnergebirge und ich muss die beiden retten. Du musst hier bei ihm bleiben und dich um ihn kümmern. Und wenn es möglich ist, holt den Priester aus dem Brunnen. Er ist nur noch Haut und Knochen, er schafft es nicht alleine nach oben."

„Was? Nein, du kannst uns nicht alleine lassen, Tem, bitte!"

Der Halb-Ork kniete vor ihr, bemitleidete sich selbst und hoffte auf Hilfe, wo es keine Hilfe geben würde. Tem wurde bewusst, dass sie ihr Leben lang darauf spekuliert hatte, dass jemand kommen und ihr Leben besser machen, es erleichtern würde. Sie hatte gedacht, dass ihre Raubzüge dann ein Ende haben würden und den Rest ihrer Tage würde die Sonne scheinen. Aber so war es nicht. Ganz gleich wie viel Unglück geschehen mochte, sie allein war dafür verantwortlich und nur sie allein konnte ihren Weg ändern. Valeria hatte Recht. Sie straffte ihre Schultern. Es mochte sein, dass sie nur das Kind einer Gefälligen war, geboren in einem Lusthaus, aufgewachsen unter den Armen, aber immerhin hatte die Flügelfeder ihr in Gestalt ihrer Ziehmutter eine zweite Chance gegeben, ihr den Weg zu einem anderen Leben geöffnet und sie nutzte diesen Weg nicht.

„Das hat jetzt ein Ende", murmelte sie in sich hinein und lauter sprach sie: „Ich werde Valeria und Vorkron retten und wenn ich das ganze Donnergebirge nach ihnen absuchen muss. Ihr könnt euch entscheiden, ob ihr hierbleiben oder mit mir kommen wollt. Aber ich werde nicht länger zögern."

Sie trat an Obrook vorbei und suchte zwischen den Bänken nach ihrem Rucksack, den sie unter einem Teilstück einer Bank wieder fand. Aber nicht nur ihn, sondern auch Vorkrons Rucksack, den sie ebenfalls aufhob und mit sich nehmen wollte. Da tauchte der Junge neben ihr auf.

„Ich komme mit dir. Ich weiß nicht, was ich sonst tun soll."

„Gut. Aber bevor wir gehen, brauchst du einen neuen Namen, denn du bist kein Gott und bist nie einer gewesen und obwohl ich glaube, dass der Herr Treulieb es dir verzeihen würde, so wollen wir dir doch lieber einen angemessenen Namen geben."

„Meine Mutter nannte mich Eldrin."

„Was? Wie kommst du denn darauf? Du wurdest deiner Mutter entrissen, kurz nach deiner Geburt, und sie hat dich verflucht."

„Das hat sie nicht. Ich weiß nicht, wieso ich mich erinnere, aber wenn ich die Augen schließe, ist sie bei mir. Ihre Hände und ihre sanfte Stimme und die Worte, die sie jenen hinterherrief, die mich ihr wegnahmen. Sie nannte meinen Namen und er war Eldrin."

„Dann hat sie dich gar nicht verflucht?"

„Nein, das hat sie nicht. Sie hat mich mit einem Zauber bedacht. Er sollte jeden Schaden von mir fern halten. Ich glaube, deshalb konnte der Magier mich nicht bezwingen und deshalb bin ich nicht gestorben."

Tem dachte an die geflüsterten Worte Valerias im Hochstand, an ihre Träume, an das Gefühl von Geborgenheit.

„Dann nenne ich dich fortan Eldrin. Aber eines muss ich dir sagen. Es wird kein einfacher Weg für uns werden. Das Donnergebirge ist weit und insofern wir die Gruppe nicht alsbald einholen, haben wir keine andere Möglichkeit, als viele Tage durch Schnee und Kälte zu wandern. Ich kann keine Rücksicht darauf nehmen, dass du ein Kind bist."

„Keine Sorge. Ich bin älter als ihr beiden zusammen und ich werde es durchstehen und nicht jammern."

„Wie alt bist du denn?" fragte Tem verblüfft.

„Einundsechzig Jahre."

Tem hob langsam den Kopf und ließ ihn ebenso langsam wieder sinken. Einundsechzig Jahre und sah aus, als sei er kaum acht Jahre über die Welt gekrochen. Das war wohl der Verdienst seines elfischen Erbes. Tems Blick schweifte zu Obrook hinüber, der nicht glauben konnte, was ihm widerfuhr. Er sah genauso aus, wie sie sich gefühlt hatte, als sie von Kohlhausen geflohen und hernach in Grenzwacht wieder eingesperrt worden war.

„Hör mal, Obrook. Niemand nimmt es dir übel, wenn du lieber hier bleiben willst, aber angesichts der Tatsache, dass wir nur zu zweit sind und uns einer ganzen Armee stellen wollen, wäre es schon sehr von Vorteil, wenn du uns begleiten würdest. Am Ende sterben wir doch alle, nicht wahr?"

12
1788 nach Entdeckung der Götter, 4. Wintertod, Am Fuß des Donnergebirges, Walbucht

Die Wunde an seinem Auge war verkrustet und schließlich war auch die Kruste abgefallen. Eine rot schimmernde Narbe war verblieben und würde ihn bis zum Ende seines Lebens zeichnen. Aber sie würde ihm nicht im Weg stehen bei der Aufgabe, die nun deutlich vor ihnen lag, sich vor ihnen in den Himmel erhob und sich über viele Meilen ins Land erstreckte. Anders verhielt es sich mit seinem Arm. Notdürftig hatte sich Obrook um den gebrochenen Knochen bemüht, aber der Junge konnte den Arm immer noch nicht bewegen. Das bereitete Tem Sorgen. Um ein Schwert oder eine andere Waffe zu halten, würde Eldrin zwei gesunde Arme benötigen. Er war zu klein, um dies mit einer Hand zu bewerkstelligen. Doch noch hatten sie keine Waffe für ihn. Darum schob sie dieses Problem zurück und widmete sich dem großen, dem schwer zu lösenden.

Vor ihnen erhob sich eine Steilwand Meile um Meile in den Himmel. Bisher war Tem davon ausgegangen, dass sie es mit einem zerklüfteten Bergmassiv zu tun haben würden, in das die Orks Pfade und Wege geschlagen hatten, um es passierbar zu machen. Zerklüftet war es wohl, für einen geübten Bergsteiger möglicherweise zu bezwingen, aber das waren sie nicht. Sie waren drei Krieger auf dem Weg in eine aussichtslose Schlacht, die schon hier ihr Ende gefunden zu haben schien. Dabei waren sie zehn Tage lang durch die eisige Kälte der winterlichen Ebene von Walbucht gestapft, hatten zwei gewaltige Schneestürme bezwungen, waren beinahe erfroren und ihre Mägen waren auf die Hälfte ihrer ursprünglichen Größe geschrumpft. Sie waren am Ende ihrer Kräfte, aber sie hatten das Donnergebirge, ihr Ziel, erreicht. Doch jetzt schien das Ende ihres Rettungsversuches gekommen zu sein und sie fragte sich, ob es nicht klüger gewesen wäre, nach Grenzwacht zurückzukehren, um Reven davon zu informieren, was geschehen war. Auch entgegen des Befehles des Oberst wäre es ihm vielleicht gelungen, eine kleine Armee aufzustellen, um seine Schwester aus den Fängen der Orks zu befreien. Wieder einmal kam der Gedanke in ihr auf, dass es womöglich nichts mehr zu befreien gab. Dass Vorkron und Valeria längst getötet und verspeist worden waren. Aber daran zu denken, es für möglich zu halten, erschien ihr als Frevel an der Freundschaft mit diesen zwei Wesen, die sie unter allen Umständen retten wollte.

„Na schön. Ich weiß nicht, wie ihr das seht, aber ich vermute nicht, dass eine ganze Armee Orks hier einfach so den Berg runter und wieder hoch kraxelt. Es muss einen anderen Weg geben oder einen Zugang in ihr Reich. Orks sind wie Ratten, hat Vorkron gesagt. Sie verbergen sich in jedem Winkel des Gebirges, also müssen sie Höhlen gegraben oder vorhandene Komplexe genutzt haben. Und wenn es einen Tunnel gibt, gibt es auch einen Eingang. Wir müssen ihn nur finden. Kommt schon. Es ist Mittag. Es wird noch ein paar Stunden hell bleiben, wir haben noch Zeit."

Sie wusste, dass es nur Verzweiflung war, die sie antrieb, aber sie wollte nicht aufgeben. Sie musste die Zwei finden und wenn sie dafür noch ein paar Kehlen aufschlitzen musste.

„Tem?"

Es war Obrooks Stimme, die sie aus ihrem Versuch riss, die Lage mit freundlichen Augen zu sehen.

„Was ist denn? Wir haben jetzt für lange Gespräche keine Zeit, Obrook."

„Aber Tem! Hast du vergessen, wo ich herkomme?"

Tem blieb stehen und drehte sich langsam zu ihrem Gefährten um. Hätte sie nicht die Erkenntnis schon unvermittelt getroffen, sie hätte sich die flache Hand gegen die Stirn geschlagen und aufgeschrieen. Wie konnte sie nur so dumm sein und vergessen, dass Obrook doch wissen musste, wo es lang ging?

„Irgendwie schon. In meinen Augen bist du wohl kein richtiger Ork."

Obrook grinste über das Kompliment und war froh, sich endlich einmal nützlich machen zu können.

„Es gibt einen Eingang, wie du gesagt hast, aber einige Meilen weiter nach Süden. Doch der Eingang ist bewacht und wir werden kaum an den Wachen vorüber kommen. Aber ich war oft gezwungen, mich vor den anderen zu verstecken und dadurch kenne ich viele Gänge im Gebirge, die nur sehr wenige kennen, und manche kennt niemand außer mir. Einer der Gänge führt zu einem Zugang weiter oben im Gebirge. Wenn ich richtig liege, müsste er sich knapp hundert Fuß über uns befinden. Ich weiß, dass das ein weiter Weg erscheint, aber es gibt weitaus schwierigere Stellen im Gebirge, um einen Aufstieg zu wagen. Ich kann Eldrin auch auf den Rücken nehmen, denn mit einer Hand wird er kaum weit kommen."

Tem bedachte Obrook mit einem gütigen Lächeln und wurde sich darüber bewusst, dass er ihr wie ein kleiner Bruder vorkam, der dabei war, seinen eigenen Weg zu finden, seine Talente und seine Stärken zu entdecken. Sie war froh, dass sie ihn bei dem Kampf am Schlachtenhügel verschont und ihn mit sich genommen hatten. Es war kein Fehler gewesen, ihm zu vertrauen.

„Ich nehme ihn. Du siehst aus, als würdest du nicht einmal mehr einen Wurm tragen können. Die letzten Tage waren sehr anstrengend. Außerdem musst du vorausgehen, denn ich kenne den Weg nicht, und es ist besser, du tust dies ohne Last."

„Gut", meinte Obrook nur und blickte ins Land, als wolle er sich davon verabschieden. „Ich war glücklich, als ich das erste Mal mit auf Patrouille gehen durfte, denn es war das erste Mal, dass ich dem Gebirge entfliehen konnte. Nun kehre ich freiwillig hierher zurück und werde das Licht nicht wiedersehen. Aber das ist es wert."

Damit drehte er sich um, legte die Hand an und zog sich an einem Vorsprung nach oben, den Fuß in eine Rille setzend, und war schon einige Sekunden später mehrere Fuß hoch geklettert. Tem schluckte. Sie war es gewöhnt, an Mauern oder auf Dächern herum zu klettern, eine Felswand war etwas ganz Neues. Aber sie würde jetzt nicht zögern.

„Komm, Eldrin, bevor Obrook noch aus unserem Blick verschwindet!"

Der Junge legte seinen gesunden Arm um Tems Hals, schnürte ihr kurzzeitig die Luft ab, bis seine Beine um ihre Hüfte geschlungen waren und presste sein Gesicht an ihre Haare, wobei sein Atem ihren Nacken streifte. Ein Bruder und ein Kind, dachte Tem bei sich, wenn ich jetzt sterbe, sterbe ich wenigstens glücklich. Und auch wenn es dieser Moment nicht bot, aber sie fühlte Freude und Glück in sich aufsteigen. Und das ist doch kein übles Gefühl, so kurz vor dem sicheren Tod, ergänzte sie ihre Gedanken.

Zehn Fuß weiter oben revidierte sie ihre Meinung und betete zur Flügelfeder, dass diese sie nicht fallen lassen würde und falls doch, dass ihr Tod schon käme, bevor sie unten aufschlug. Eldrin klammerte sich an sie und sein Griff war stark und fest, als habe es die letzten entbehrungsreichen zehn Tage gar nicht gegeben.

„Verflucht! Wir hätten den Priester mitnehmen sollen, er hätte uns hinaufschweben lassen können."

„Papa?"

„Wenn du ihn so nennst. Ja, der Priester des Herrn Treulieb."

„Papa lebt?"

„So kann man das wahrscheinlich nicht sagen. Er ist nicht tot, das trifft es besser."

„Aber wo ist er? Ich habe ihn solange nicht gesehen. Er war eines Tages nicht mehr in seinem Zimmer. Ich dachte, er ist in die Nacht hinausgegangen und gestorben."

„Das ist er auch. Aber er ist nicht weit gekommen. Du hast gesagt, er hat sehr viel gehustet und war krank. Ich schätze, er ist in der Nacht raus gegangen, um sich frisches Wasser aus dem Brunnen zu holen und dabei ist er wohl hineingefallen. Seither liegt er da unten und hat sich ein bisschen verändert. Aber ich muss sagen, er ist sehr nett."

Eldrin schmiegte sich fester an sie. Er war älter als sie, aber immer noch ein Kind und als solches war er traurig über den Tod seines Vaters, eines Vaters, der sich immerhin zwei Jahre liebevoll um ihn gekümmert haben musste.

„Ich habe ihm oft weh getan. Manchmal war da diese Stimme in meinem Kopf und dann konnte ich mich nicht beherrschen. Aber er war nie böse auf ihm. Er hat immer gesagt, ich kann nichts dafür. Ich sei eben ein Gott und noch sehr jung. Und dass der Herr Treulieb wohl auch in seiner Jugend so gewesen sei."

„Was bei vielen Göttern der Fall war. Es gibt ja auch Götter, die zuvor Menschen, Elfen oder Zwerge waren."

„Gab es auch einen Gott, der vorher einmal ein Elf und ein Ork war, so wie ich?"

„Nein, Eldrin, so etwas hat es noch nie gegeben. Ein Wesen wie dich hat es noch nie gegeben."

„Ich bin ein Dämon, oder?"

Tem erinnerte sich an Valerias Worte, als sie versucht hatte, mit dem Jungen zu sprechen.

„Das bist du nicht, aber du bist das Ergebnis einer Verbindung, das in allen Landen der Alten verschmäht, ja als Abschaum betrachtet wird. Elfen und Orks, so heißt es, seien die verschiedensten Wesen der Welt. Elfen von Reinheit, Orks von Bosheit durchdrungen. Eine Verbindung zwischen ihnen ist unmöglich. Auch wenn es Menschen und Zwerge gibt, die die Ansicht vertreten, dass Orks von Elfen abstammen."

„Orks stammen von Elfen ab?"

„Vielleicht. Wenn wir Vorkron finden, kann er dir die Geschichte erzählen, die zu diesen Mutmaßungen geführt hat."

„Aber sind denn wirklich alle Orks böse? Obrook ist doch sehr lieb."

„Das stimmt, weil Obrook ein Mischwesen ist wie du. Er ist ein Geschöpf gezeugt von einem Ork und einer Menschenfrau. So etwas passiert sehr häufig, da es viele böse Menschen auf der Welt gibt, die sich mit Orks zusammen tun. Aber auch viele Orks, die einfach über Menschensiedlungen herfallen und sich an den Menschenfrauen vergehen."

„Dann sind Obrook und ich beinahe von derselben Art."

„Zur Hälfte, ja."

„Meinst du, die Menschen werden mich hassen?"

Tem schwieg. Sie überlegte, ob sie Eldrin sagen sollte, dass es da draußen nie einen Ort für ihn geben, dass es nie ein weiteres Wesen wie ihn geben würde. Aber sie brachte es nicht über sich und dann fiel ihr etwas ein.

„Hasse ich dich, Eldrin? Ich bin ein Mensch. Ich werde dich nie hassen. Du kannst nichts dafür, dass du so geboren wurdest. Abgesehen davon sieht man dir nicht an, dass du ein Wesen von elfischem und orkischem Blut bist. Du wirst vermutlich nie unter Elfen leben, weil sie dich als das erkennen werden, was du bist. Aber die Menschen werden dich nicht hassen. Sie werden sich fürchten, wie sie sich vor allen Elfen fürchten, aber du wirst eine Heimat finden. Du hast sie schon gefunden. Du hast Freunde."

Tem spürte etwas Feuchtes über ihren Nacken in ihren Kragen rinnen und lächelte den kahlen Fels vor ihr an, als plötzlich eine Hand ihre ergriff und sie nach oben zog. Ohne es zu bemerken, waren sie die hundert Fuß hinaufgeklettert und befanden sich mitten in einer Wolke, die es ihnen unmöglich machte, das Land unter ihnen zu sehen. Tem war froh darum, denn den Boden zu sehen, hätte ihr klar gemacht, welche Gefahr sie gerade überwunden hatten.

„Ich kann niemanden hören, aber wir sollten leise sein", flüsterte Obrook.

„In Ordnung. Leise sein beherrsche ich besser als Klettern." Tem klopfte ihm auf die Schulter. „Gut gemacht. Geh jetzt voran. Wir müssen den Weg in die Kerker finden, denn, wenn sie noch leben, haben sie Valeria und Vorkron mit Sicherheit dorthin gebracht."

„Sie leben noch." Obrook senkte den Blick. „Sie leben bestimmt noch und wir werden sie retten."

„Natürlich werden wir das und vorher schlagen wir noch ein paar verwanzten Ratten die Köpfe ein!" grollte Tem leise und mit einem Lächeln auf den Lippen, das Obrooks Kopf wieder anhob. „Noch einmal entkommen die uns nicht, da kannst du sicher sein."

Obrook schien froh darüber, dass sie von ihnen gemeinsam sprach, obwohl Tem nicht in der Lage gewesen war, den beiden zur Hilfe zu eilen. Er gab sich noch immer die Schuld daran, dass sie überhaupt entführt worden waren. Tem sah diese Schuld nicht. Ein einzelner Halb-Ork war nicht fähig eine ganze Truppe in Schach zu halten. Sie hoffte, er werde einsehen, dass er nichts bewirken konnte und dass er nun hier und jetzt nützlicher war, als er in

Freisaat je hätte sein können, wenn sie Vorkron und Valeria fanden und sie befreiten.

Während er durch die mal enger, mal breiter werdenden Gänge schlich und sie ab und an den Kopf einziehen musste, weil einige Tunnel so niedrig waren, dass ein großer Mensch wie sie kaum hindurchpasste, versuchte sie, sich jede einzelne Windung zu merken, um den Rückweg notfalls allein zu finden, falls sie getrennt wurden. Sie würde nicht ohne ihre Freunde gehen, aber vielleicht war es nötig. Sie hielt sich gerne jede Möglichkeit offen, um am Ende nicht ohne eine einzige da zu stehen.

In den Gängen war es kalt und dennoch roch die Luft schlecht. Der Geruch nach Verbranntem, nach Exkrementen und nach verschiedentlich anderen schlechten Gerüchen, die von Kräuterextrakten oder Körperflüssigkeiten herrühren mochten, vermischte sich mit dem der kalten Winterluft und verdrängte ihre Frische, noch bevor sie tiefer in den Komplex der Orkhöhlen vorgedrungen waren.

Die ersten Meter innerhalb des Gewölbes schienen ihr handwerklich exakt gearbeitet zu sein. Die Wände waren glatt und gerade, soweit sie in der zunehmenden Dämmerung des ausbleibenden Lichts etwas sehen konnte. Das wenige Licht der Außenwelt drang auch noch bis zur ersten Höhle vor - vielleicht war das der Grund, warum hier keine Wachen waren -, die mit ähnlichem Geschick gefertigt worden war. An den Wänden erkannte sie feine Linien, die wohl einst hätten ein Muster ergeben sollen, doch dazu war der Herr dieser Höhle wohl nicht mehr gekommen. Die anliegenden Tunnel waren nur noch grob behauen, unterschiedlich in ihrer Form und Höhe und eher notdürftig ins Gestein geschlagen. Tem fragte sich, wer diese Tunnel wohl gefertigt hatte und was sie einmal hätten werden sollen.

„Ab jetzt wird es sehr dunkel werden. Erst in der Haupthöhle hängen Fackeln. Am besten wir binden uns ein Seil um, dann können wir einander nicht verlieren", schlug Obrook vor. Tem nickte und holte aus ihrem Rucksack das Seil. Den Rucksack von Vorkron trug Obrook auf dem Rücken. Sie schlangen das Seil um ihre Leiber, auch um Eldrins, obwohl dieser ohnehin Tems Hand hielt, und begaben sich weiter in den Komplex.

Tem wusste nicht, wie viel Zeit verging, während sie Gang um Gang weiter ins Innere vordrangen und die Dunkelheit kein Ende zu nehmen schien. Vorkron hatte Recht. Die Orks verbargen sich im Gebirge wie die Ratten und es war kein Wunder, dass es nie gelungen war, sie endgültig auszumerzen, denn ein solches System aus Gängen, Tunnel und Höhlen zu durchsuchen und jeden einzelnen Ork auszulöschen, hätte Monate und eine gewaltige Armee mit schier unerschöpflichen Vorräten benötigt.

Dann, als Tem sicher war, dass die Sonne längst untergegangen war und der Abend begonnen hatte, hörte sie zum ersten Mal die Schläge von Hämmern und das wütende Gebrüll von tiefen, grollenden Stimmen, in die sich schrille Schreie mischten. Obrook blieb stehen.

„Gleich erreichen wir die Haupthöhle. Wir müssen sie passieren, um zu einem anderen Tunnel zu gelangen, der uns hinunter zu den Kerkern führt. Ich kenne zwar eine Möglichkeit, durch die Höhle zu kommen, aber in dem Tunnel können wir uns vor den Wachen nicht verstecken. Ich weiß nicht, wie wir weiter kommen sollen."

Sie dachten schweigend eine Weile über das Problem nach, während Tem den Hammerschlägen lauschte, die immer lauter zu werden schienen. Die Orks erwachten, während die Nacht zu altern begann. Sie spürte das Seil um ihre Hüfte und wie es immer tiefer in ihr Fleisch schnitt.

„Moment! Ich glaube, ich habe eine Idee!"

Dass diese Idee sie so schnell in den Kerker bringen würde, hätte Tem zwar nicht vermutet, aber wenigstens war sie dort angekommen, wo sie hingewollt hatte. Vor ihr lag ein Gang, aus dem schreckliche Schreie erklangen. Mehrere Fuß breite Gitter zogen sich bis weit ins Gebirge hinein. Ein bestialischer Gestank raubte ihr den Atem und obwohl sie so tief im Gebirge waren, war es noch kälter als auf der Ebene von Walbucht, mitten in einem Schneesturm. Eldrin packte ihre Hand so fest, dass sie glaubte, sie werde jeden Moment brechen.

„Macht schon, dreckiges Gewürm!" Jemand trat ihr mit der Kraft eines Ochsen mit einem breiten Fuß ins Kreuz, so dass sie vornüber fiel und keuchend liegen blieb. Der Boden unter ihren Händen war feucht und schleimig. Rostbraune Flecken zierten den ganzen Gang. „Ah, steh auf!"

Eine Pranke packte sie ihm Nacken und zerrte sie nach oben. Eldrin schluchzte neben ihr und auch sie war kurz davor, in Tränen auszubrechen, so sehr brannte die Luft in ihren Augen und der Schmerz in ihren Adern.

„Kein Wunder, dass es diesem Krüppel gelungen ist, euch zu fangen! Ihr taugt ja höchstens als Frühstück!" schrie der Ork in ihre Ohren, an den Obrook sie übergeben musste. Der Plan war gewesen, sie als Obrooks Gefangene auszugeben und zu erzählen, wie er als Einziger den Kampf am Schlachtenhügel überstanden hatte. Er sollte sie triumphal in die Kerker führen und dort einsperren. Natürlich war vorgesehen, das nicht zu tun, sondern stattdessen Vorkron und Valeria zu finden und zu verschwinden, aber ein anderer Ork, offensichtlich ein Ork, vor dem Obrook mehr als nur Todesangst hatte, hatte sie entdeckt und sich um den Krüppel und seine Beute gekümmert. Sie waren an den Kerkerwächter weitergereicht und Obrook an einen anderen Ort, den der große Ork Weide nannte, gebracht worden. Obrooks Gesichtszüge waren entglitten, wie Tem noch erkennen konnte, als sie sich ein letztes Mal nach ihm umgedreht hatte. Es schien gar, als wäre er lieber mit in den Kerker gegangen als an diesen Ort.

„Mach schon!" Wieder bekam sie einen schmerzhaften Tritt. Langsam schritt sie voran, sah durch jedes Gitter, in dem Dutzende von Menschen und auch elfische Männer lagen. Ab und an entdeckte sie sogar einen Halbling, der sich in einer Ecke zusammengerollt hatte. Ein paar Zwerge saßen teilnahmslos an den Wänden und summten vor sich hin, als hätten sie den Verstand verloren. Vorkron war nicht unter ihnen und Tem konnte sich nicht entscheiden, ob sie darüber erfreut oder betrübt sein sollte.

„Ihr kommt da rein!" brüllte der Ork, riss ein Gitter zu ihrer Rechten auf und stieß sie hinein. Eldrin und Tem stürzten zu Boden und landeten in einer übel riechenden, warmen Pfütze. Sofort sprangen sie beide wieder auf und trockneten ihre Hände notdürftig an ihren Sachen. Sie waren alles, was ihnen geblieben war. Ihre Zelle war bis auf sie und ein Skelett von Halblingsgröße in einer dunklen Ecke leer.

„So war das zwar nicht geplant gewesen, aber immerhin sind wir hier", flüsterte Tem Eldrin zu, nachdem sich der Ork, gegen die Gitter schlagend und ein für Orks anscheinend fröhlich klingendes Lied anstimmend, entfernt hatte.

„Und wie sollen wir jetzt wieder hier raus kommen? Das Schloss sieht ziemlich groß aus."

„Groß ist prima. Ich brauche nur etwas, um es zu öffnen. Hm."

Tem tastete sich ab und schließlich erschien ein breites Lächeln in ihrem Gesicht, das durch das Licht der wenigen Fackeln grauenhaft aussah, so dass Eldrin ein paar Schritte zurücktrat.

„Entschuldige. Aber ich habe gerade eine wunderbare Entdeckung gemacht. Sie haben mir zwar alle meine Habseligkeiten, meine Lederjacke und die Armlinge abgenommen, aber nicht meine Gürtelschnalle."

Tem grinste und fingerte in der Dämmernis an ihrem Gürtel herum, der ihre Hose hielt. Sie spürte Eldrins skeptischen Blick auf sich, aber sie wusste genau, was sie tat.

„So, da haben wir es." Sie hielt stolz ihre Gürtelschnalle in den Händen, die nicht mehr war als ein zurecht gebogener Draht, der notdürftig die beiden Enden des Ledergürtels zusammenhielt. „Was? Was schaust du so?"

„Das ist bei euch Menschen eine Gürtelschnalle? Ein Draht?"

„Also eigentlich nicht. Aber meine Ziehmutter hatte eben kein Geld für eine richtige Schnalle. Was denkst du denn, wie viele Silberlinge die kosten? Und die Schnallen in den Häusern, in die ich", sie stoppte und lächelte wieder unheimlich. „Jedenfalls muss man sich zu helfen wissen, wenn man grad keine Silberlinge zur Hand hat und manchmal kann das sehr praktisch sein."

Sie bog den Draht mehrfach in verschiedene Richtungen, bis er die gewünschte Form angenommen hatte.

„Und was machst du jetzt damit?" fragte Eldrin und verfolgte sie, während sie zum Gitter ging.

„Uns Tür und Tor öffnen, mein Kleiner."

Sie blickte durch das Gitter, ob der Wärter noch in der Nähe war, und begann dann den Draht im Schloss hin und her zu bewegen. Sie fluchte leise vor sich hin und es dauerte länger, als sie gedacht hatte - aber immerhin waren ihre Finger steif gefroren und schmerzten -, bis sich das Schloss leise klickend öffnete.

„Du hast das Schloss geknackt. Papa sagt, das machen nur gemeine Diebe und Räuber."

Tem lockerte ihren Nacken, der sich während des Öffnens - wie sie es lieber bezeichnete - des Schlosses verhärtet hatte, und schüttelte dann den Kopf, wobei sie Eldrin eine Hand auf seine schmutzig gewordenen schwarzen Haare legte.

„Was das angeht, hat dein Vater nur bedingt recht gehabt. Es gibt auch Menschen, die diese Fähigkeiten beherrschen müssen, um ihren Beruf auszuführen. Hast du schon einmal etwas über Späher und Spione gehört? Sie sind die wichtigsten Bestandteile einer jeden Gruppe oder Armee. Auf ihren Schultern lastet das Schicksal vieler Männer und Frauen. Wenn sie einen Fehler machen, kann das das Ende einer Unternehmung und den Tod vieler Menschen, Elfen oder Zwerge bedeuten. Das ist meine Aufgabe und für diese Aufgabe muss ich die Fähigkeit besitzen, Schlösser zu öffnen. Stell dir doch nur einmal vor, ich könnte dieses Schloss nicht mit diesem einfachen Draht öffnen. Wir säßen hier, bis sie uns holen kämen und verspeisen würden. Wir könnten weder uns noch Vorkron, Valeria oder Obrook retten."

Eldrin ließ ihre Worte eine Weile auf sich wirken, dann nickte er zaghaft. Ganz wollte dem schlauen Jungen nicht einleuchten, wozu ein Späher oder ein Spion diese Fähigkeit besitzen musste, weil es ihm weiterhin falsch vorkam, aber immerhin rettete es sie und im Moment war das die Hauptsache. Tem atmete erleichtert aus und drückte das Gitter einen Spalt breit auf. Sie streckte ihren Kopf hinaus und sah den schlecht beleuchteten Gang entlang bis zu dem Bogen, hinter dem, wie sie wusste, eine Treppe lag. Sie rieb sich die Schulter, auf die sie vorhin gefallen war, als der Ork sie die Stufen hinuntergestoßen hatte.

„Er steht am oberen Ende der Treppe. Hier unten sind wir erst einmal sicher. Lass uns sehen, ob es noch einen anderen Ausweg gibt."

Sie trat auf den Flur hinaus. Hinter den anderen Gittern begannen sich die Gestalten zu bewegen, deren Silhouetten nun näher kamen, sich an den Eisenstäben festhielten und sie aus flehentlichen Augen ansahen.

„Hol uns hier raus", flüsterte leise ein alter Mann mit weißem, langen Bart, der aussah wie der Priester im Brunnen.

Tem zögerte, Eldrin nicht. Mit dem Draht stocherte er im Schloss des gegenüberliegenden Gitters herum und öffnete es schneller, als Tem darüber nachdenken konnte, wie es dem Jungen gelungen war, überhaupt in den Besitz des Drahtes zu kommen, den sie doch eben noch in den Händen gehalten hatte. Das Gitter öffnete sich und sofort kamen zwanzig Gefangene hinausgestürmt, schubsten die Zwei zur Seite und rannten in die verkehrte Richtung. Tem stöhnte.

„War ja klar. Jetzt gibt es gleich richtig Ärger. Gut gemacht, Eldrin."

„Aber die konnten doch nicht eingesperrt bleiben."

„Aber jetzt werden sie die Wachen alarmieren und die werden uns abschlachten oder wieder hier einsperren und ich weiß wirklich nicht, was die bessere Wahl ist!" schimpfte sie leise und ihre Worte gingen in dem Getöse, das sich an der Treppe erhob, beinahe unter.

„Es gibt einen anderen Weg."

Tem blickte auf. Vor ihr stand der alte Mann, der nicht mit den anderen Gefangenen nach oben geflüchtet war. Sie hatte ihn gar nicht mehr gesehen in dem Strom aus glücklichen Männern, die nur noch fliehen wollten.

„Und welchen?" fragte sie unwirsch. „Etwa weiter hinein in den Kerker?"

Sie deutete den Gang in die Richtung entlang, die von der Treppe fortführte. Dort reihten sich nur noch mehr Gitter aneinander und verloren sich schließlich in der Dunkelheit des Kerkers.

„Lasst uns auch raus!" schrieen nun die Gefangenen hinter den anderen Gittern und bevor Tem ihn aufhalten konnte, war Eldrin zu ihnen gerannt und öffnete ihre Schlösser in Sekundenschnelle. Wie hatte der Junge das nur so schnell gelernt? Und warum ging immer dann alles drunter und drüber, wenn sie gerade einen Plan oder zumindest einen neuen Weg gefunden hatten, ihrem düsteren Schicksal zu entkommen?

„Ja, da entlang. Die Orks wissen es nicht, aber dort hinten, ganz am Ende des Kerkers, gibt es einen alten Schacht. Er führt weit in die Tiefe, aber man kommt in der Nähe der Weide heraus."

Weide. Das sagte Tem doch etwas.

„Was ist die Weide eigentlich?"

Gefangener für Gefangener strömte aus den Zellen, sogar die teilnahmslosen Halblinge hatten sich aufgerafft und folgten den ebenso verwirrten Zwergen in die vermeintliche Freiheit. Der Tumult am Ende der Treppe wurde immer lauter. Es würde nicht mehr lange dauern, bis sich die Orks bewusst darüber geworden waren, dass ihr Mittag- und Abendessen dabei war zu fliehen. Sie hatte keine Zeit, weiter über die Richtigkeit der Worte des Alten nachzudenken.

„Die Weide ist der Ort, an dem sie essen."

„Aber was sucht ein Baum denn in einem Gebirge?"

„Nicht so eine Weide. Es handelt sich um eine große Höhle, in der ihr Essen ausgeweidet wird."

„Bei Kael, dahin haben sie Obrook gebracht!"

„Ich weiß zwar nicht, wer das ist. Aber du kannst sicher sein, dass er nicht mehr lange zu leben hat."

„Eldrin!" schrie Tem nun in den Gang hinein, ohne Rücksicht darauf, dass Orks inzwischen die Treppe hinunterkamen und sich die Gefangenen mit brutaler Gewalt und schwingenden Säbeln vornahmen. „Wir müssen gehen!"

Eldrin folgte sofort, als er das letzte Schloss mit seiner gesunden Hand geöffnet hatte, und rannte ihr hinterher. Der Alte folgte ihnen humpelnd und weil er ihnen geholfen hatte, schleifte Tem ihn mit in die Dunkelheit. Sie hoffte, ihr Fehlen würde nicht sofort auffallen und keiner der Orks hätte gesehen, dass sie weiter in den Kerker hineingeflüchtet waren. Als Eldrin sie und den Alten überholte, lag ein zufriedenes Lächeln in seinem Gesicht. Er hatte etwas Gutes getan, glaubte er zumindest. Doch er wusste nichts von dem, was diesen Männern jetzt bevorstand. Viele von ihnen würden heute den Tod finden - keinen gnädigen durch einen Säbel. Trotzdem war sie froh, dass er verstand, was es bedeutete, Mitleid zu haben. Nash Var'dus Einfluss erstreckte sich nicht länger auf seine kindliche Seele.

„Du hast Recht, Tem. Es ist wirklich sinnvoll, so eine Fähigkeit zu haben!" rief er.

„Ja, aber man muss sie mit Bedacht einsetzen und jetzt gib mir den Draht zurück, meine Hose rutscht!" Er reichte ihn ihr im Lauf. „Wie hast du es eigentlich geschafft, so schnell zu lernen?"

„Ich weiß nicht. Ich lerne Dinge immer sehr schnell."

„Dann lerne jetzt am besten, weich zu landen!" rief der Alte.

„Warum?" fragte Eldrin und im nächsten Moment war er im Boden verschwunden, bevor er gegen eine Wand prallen konnte, die Tem im Dämmerlicht erst jetzt entdeckt hatte.

Hinter ihnen hörte sie Stimmen und sie meinte, Worte zu vernehmen, die darauf schließen ließen, dass die Orks ihre Flucht sehr wohl bemerkt hatten. Aber bevor sie sich Gedanken darüber machen konnte, fielen auch sie und der Alte in eine bodenlose Dunkelheit und Tems letzte Hoffnung, diesem Gefängnis zu entfliehen, erstarb.

13
1788 nach Entdeckung der Götter, 5. Wintertod, Donnergebirge in Walbucht

Das Erste, was sie wieder wahrnahm, war ein übler Geruch, der ihr in Verbindung mit einem warmen Atem ins Gesicht geblasen wurde. Stumpfe Haare glitten über ihr Gesicht und ihren Hals und leise Stimmen vermischten sich mit dem unaufhaltsamen Lärm einer Schmiede. Sie wusste nicht, wo sie war, aber da, wo sie war, war auch Schmerz, der sich durch ihren ganzen Körper zog.

„Ich glaube, sie lebt noch", hörte sie eine Stimme sagen und die Erinnerung an ein altes, bärtiges Skelett kam in ihr auf. War das der Priester? Der Priester des Herrn Treulieb aus dem Brunnen von Freisaat? Aber wie war der denn in die Küche ihrer Ziehmutter gelangt? Und wieso war der Ofen schon wieder aus?

„Tem? Tem!" rief eine Kinderstimme und zwei Hände legten sich auf ihre Schultern und verdrängten den schlechten Atem und den Geruch einer Latrine. Wer war denn das? Hatte ihre Ziehmutter etwa ein neues Kind aufgenommen?

„Tem, komm schon! Steh auf! Ich glaube, sie bringen Vorkron um!"

Mit diesem Namen kehrten alle Erinnerungen schlagartig zurück. Vorkron. Valeria. Obrook. Eldrin. Sie setzte sich auf und spürte eine kleine Explosion in ihrem Hirn, auf die ein atemraubender Schmerz folgte und sie nahe an eine Ohnmacht brachte. Sie erinnerte sich daran, dass sie in den Schacht gefallen und irgendwann aufgeschlagen waren. Wieso musste sie nur immerzu auf ihren Schädel fallen? Glücklicherweise schienen sie nicht auf nacktem Fels gelandet zu sein, sondern in einer Vorratskammer der Orks, die ausnahmsweise nicht aus Menschen oder anderen Lebewesen, sondern aus Säcken mit Mehl und Getreide zu bestehen schien. Natürlich war sie ausgerechnet auf einem harten Kartoffelsack gelandet. Während ihre Augen gegen die verschwommenen Bilder ankämpften, hörte sie aus einer anderen Ecke ein lautes Schmatzen.

„Selbst unter Ratten leben Ratten", murmelte sie und das Bild vor ihr hörte auf, sich zu drehen, und verfestigte sich.

„Entschuldige mal! Wenn du Monate lang nicht mehr als widerlichen Brei aus Gedärmen zu essen bekommen hättest, würdest du dich auch über Trockenfleisch freuen!" ertönte die Stimme des Alten.

„Ach, du bist das. Aber wo zur Weißhaarigen sind wir denn jetzt wieder gelandet?"

„In der Vorratskammer der Orks", antwortete der Alte und stopfte sich noch einen Streifen Trockenfleisch in den Mund. „Die liegt gleich neben der Weide. Auch Orks verschmähen Kartoffeln und Getreide nicht, selbst wenn man das kaum glauben kann."

„Sag bloß, die haben auch noch Köche."

„Aber sicher doch. Zwergenfleisch kannst du nicht roh essen und Elfen schmecken gekocht nicht besonders gut."

Tem wurde speiübel. So wie der Alte redete, mochte man glauben, er hätte das alles schon probiert.

„Sie haben die Abfälle an uns verfüttert und uns gesagt, was es ist", meinte er leise und sein Blick verlor sich einen Moment. „Jedenfalls liegt die Weide gleich hinter dieser Tür und so wie es klingt, schlachten die grad einen ziemlich übellaunigen Zwerg. Der Kleine da meint, das sei ein Freund von euch. Dann solltet ihr euch beeilen. Ich nehme jetzt mal weiter meine Henkersmahlzeit zu mir."

„Willst du denn nicht mit uns kommen?" fragte Eldrin.

„Wohin soll ich denn gehen, Bürschchen? Die kriegen uns doch sowieso. Da will ich mir lieber noch mal ordentlich den Wanst voll schlagen."

„Du könntest uns helfen!"

„Kann er nicht, Eldrin. Sieh ihn dir doch an. Selbst dein Papa sieht besser aus. Ausserdem scheint er sich selbst der Nächste zu sein."

Tem stand auf und packte Eldrin an der Schulter. Sie waren noch immer unbewaffnet und die Schreie, die hinter der Tür erklangen, machten klar, dass auch Vorkron keine Waffe hatte, um sich zu wehren. Sie gingen gemeinsam zur Tür und Tem öffnete sie einen Finger breit, um hinaus zu sehen. Doch da wurde die Tür wieder zugestoßen.

„Hör mal! Ich bin jetzt seit zwei Jahren in diesem Loch und habe es geschafft, zu überleben. Und warum? Weil ich mir selbst der Nächste war. Ich habe andere in den Hintern getreten, damit sie den Orks in die Arme gefallen sind und gefressen wurden und nicht ich. Das hat funktioniert. Ich habe überlebt. Ein letztes Mal wollte ich in den Genuss eines Essens kommen, das nicht aus Menschen besteht, die ich einst kannte!"

„Du hast sie freiwillig geopfert! Du hättest sterben sollen, dann hättest du sie nicht essen müssen!"

„Du warst wohl noch nie in einer solchen Lage, oder? Wenn du es gewesen wärest, wüsstest du, dass dein Leben dir immer das Wichtigste sein wird. Und soll ich dir was sagen? Das ist auch gut so. Nur so überleben wir. Nur so überlebt unsere ganze Art. Wir können Freundschaften und Bündnisse schließen, aber am Ende zählt unser eigenes Überleben."

Tem betrachtete den alten Mann, seine Augen, die im Licht, das durch die Ritzen in der Tür in den Raum drang, schimmerten. Gerne hätte sie ihm widersprochen, aber am Ende hatte er wohl Recht. Doch sie war dennoch hierher gekommen.

„Und doch bin ich hier, um meine Freunde zu befreien, sie zu retten. Ich weiß, dass ich dabei sterben kann, aber das Risiko muss ich eingehen. Wenn ich es nicht tue, was für ein Freund bin ich dann. Wem kann ich noch in die Augen sehen, wenn ich die sterben lasse, die mir am nächsten sind? Wenn ich sie opfere, nur weil ich mein eigenes Leben behalten will? Es ist alles, was ich habe, da stimme ich dir zu. Und in einer anderen Situation, vielleicht in der, in der du dich seit zwei Jahren befindest, hätte ich sicher auch nicht anders gehandelt. Aber wenn du jemanden als deinen Freund, als deinen Bruder oder als deine" - sie atmete durch - „als deine Geliebte siehst, dann scheißt du verdammt noch mal auf dein eigenes Leben, weil das ohnehin keinen Wert mehr hat, wenn niemand mehr da ist, mit dem du es teilen kannst. Mit wem teilst du denn dieses Mahl? Es mag dir schmecken, auch wenn es wesentlich besseres Essen gibt, aber was nützt es dir? Wer genießt es mit dir? Wer erfreut sich mit dir daran? Ich werde meine Freunde retten und du kannst hier in Ruhe dein Festmahl beenden."

Die Unterlippe des Alten zog sich in seinen mit nur wenigen Zähnen bestückten Mund zurück. Er atmete tief ein und Tem fürchtete, er werde losbrüllen, die Orks aufschrecken und sie alle zu einem Festmahl in der Weide machen.

„Na schön!" Er straffte die Schultern, bis er nur noch leicht gekrümmt dastand. „Du bist wahrscheinlich nicht mehr als ein gemeiner Dieb." Tem wollte sich aufregen, aber der Alte hob die Hand. „Aber du hast Recht. Leider. Als ich noch in Freisaat gelebt habe, musst du wissen, war ich auch nicht so, aber als die Orks kamen, da wurde ich feige. Da lernte ich, was Mut bedeutet, und ich lernte, dass ich ihn nicht hatte. Aber vielleicht kann ich ja jetzt nützlich sein."

„Du kommst aus Freisaat?"

„Ich kam. Freisaat existiert nicht mehr. Die Orks und ein schreckliches Geschöpf haben es vernichtet."

Eldrin wollte den Mund öffnen, aber Tem hielt ihm die Hand vors Gesicht.

„Freisaat existiert noch, aber das schreckliche Geschöpf ist nicht mehr dort. Alter Mann, wir werden hier raus kommen und dann kannst du wirklich etwas Nützliches tun. Du kannst Freisaat neu begründen. Das wäre im Sinne des Priesters gewesen und vieler Menschen aus allen Landen der Alten."

Der alte Mann nickte und Tem begann zu lächeln.

„Na dann, gehen wir."

„Nein, warte! Also erstmal ist mein Name Ylav und nicht alter Mann. Und zweitens - wie willst du denn ohne Waffen an den Orks da vorbei, um deinem Freund zu helfen?"

„Keine Ahnung. Aber ich muss da jetzt raus, sonst wird er geschlachtet!"

„Ich habe eine Idee!" verkündete Ylav stolz und deutete auf die Fässer hinter ihm, die mit Trockenfleisch und stinkendem Fisch gefüllt waren.

„Für Essen ist jetzt keine Zeit, Ylav!" raunte Tem erbost, aber der Alte klatschte ihr die flache Hand gegen die Stirn.

„Dummkopf! Hör mir doch erstmal zu! Du hast gesagt, ich wäre eine Ratte ebenso wie die Orks, aber Orks mögen Ratten genauso wenig wie wir. Sehen wir doch mal, was die da draußen machen, wenn eine Rattenschar hier ein wenig für Unordnung und Lärm sorgt!"

„Und wo sollen wir so viele Ratten herbekommen?"

Dieses Mal bekam sie einen Schlag gegen die Seite und Eldrin schüttelte den Kopf.

„Er meint, dass wir den Lärm machen und dann die Fässer umkippen und auf die Orks rollen sollen."

„Ach so!"

Eldrin und Ylav sahen sich mit je einer hochgezogenen Augenbraue an und lachten dann leise. Tem verzog das Gesicht und wollte sich rechtfertigen, als ein langer Schrei von Vorkron sie alle aus diesem ungewöhnlich heiteren Moment riss. Sie mussten jetzt schnell sein.

Sie verteilten sich hinter den Fässern und begannen, die Säcke mit Getreide und Kartoffeln herum zu wälzen, gegen die Wände zu schlagen, laut zu quieken - was Tem eher an Schweine als an Ratten erinnerte - und soviel Lärm zu machen, wie es sich für eine Schar Ratten gehörte. Vorkrons Schreien erstarb und Tems Herz setzte einen Moment aus. Da flog die Tür zur Vorratskammer auf und ein Ork von zwei Meter Höhe trat herein und fluchte.

„Verdammte Rat-!" Das Fass des Alten riss ihn von den Beinen und rollte hinaus in den hinter ihm liegenden Raum. Tem versuchte in der nur schlecht beleuchteten Höhle Vorkron zu finden, aber eine ganze Gruppe Orks stand ihr im Weg und starrte in die Vorratskammer und auf den ihren, der am Boden lag und vor Überraschung ächzte.

„Was ist da los?" schrie eine Stimme, die Tem erkannte. Es war die des Orks, der Obrook mit sich genommen hatte.

„Jetzt!" brüllte Ylav und sie schoben ihre Fässer an, die über den im Weg liegenden Ork rollten, das andere Fass weg stießen und dabei noch einige andere Grauhäute von den Füssen rissen. Tem war als Erste an der Tür, schlug dem sich gerade erhebenden Koloss ins behaarte Gesicht und schnappte sich seinen Säbel.

„Vorkron!" rief sie in den Raum hinein und wich einem Säbel aus, der auf ihren Bauch zugeflogen war.

„Tem", ächzte es hinter den Orks hervor.

Zwanzig. Es waren mindestens zwanzig, wenn Tem richtig zählte. Alle waren um einiges größer als sie, aber ein nie erfahrenes Feuer brannte in ihren Adern. Sie war so weit gekommen, hatte sich auf den Weg in ein Abenteuer begeben, aus dem ein viel gefährlicheres geworden war, hatte sich fast allein bis zum Donnergebirge durchgeschlagen und war den Orks zum zweiten Mal entkommen. Sie würde hier nicht sterben und noch viel weniger würde sie sterben, ohne ihre Freunde gerettet zu haben.

„Kommt schon, ihr hässlichen Schweineschnauzen! Kommt her und holt euch euer Mittagessen!"

Dummerweise stand das Heldentum immer hinter der Arbeit. Ein Dutzend Orks stürzte sich auf sie, Säbel stürmten auf sie zu, aber Tem blieb ruhig, dachte an die Übung mit dem Hauptmann, die sie auf jeden Fall wiederholen würde, weil sie auf jeden Fall nach Grenzwacht zurückkehren würde, und rammte dem ersten Ork ihren Säbel in den Bauch. Röchelnd ging er nieder und sie zerrte ihre Waffe aus seinem stinkenden Fleisch und erhob sie, um sich vor einem neuen Angriff zu schützen. Ihr Konter war schnell und sicher ausgeführt, riss eine klaffende Wunde über den Oberkörper des Orks und ließ ihn zurücktaumeln, so dass sie sich dem nächsten zuwenden konnte. Sie bemerkte eine kleine Gestalt, die sich den Säbel des zweiten gefallenen Orks schnappte und diesen gerade rechtzeitig nach oben riss, um Tem vor dem Schlag eines weiteren Orks zu bewahren, während sie mit einem anderen beschäftigt war. Sie konnte kaum glauben, dass Eldrin den gewaltigen Säbel mit nur einer Hand erheben geschweige denn einen solchen Schlag abhalten konnte.

„Ylav! Wir könnten dich hier gebrauchen!"

„Ich komme ja schon!" schrie der Alte, stürmte auf sie zu, schubste sie beide zur Seite und sprang über die zwei toten Orks hinweg, als hätte es die letzten zwei Jahre nicht gegeben. Er rammte seine Faust in das Gesicht eines weiteren Grauhäuters und zog dessen Säbel aus dem Gürtel, als er völlig überrascht zu Boden ging.

„Jetzt stehen die Chancen schon besser, nicht wahr? Eine Diebin, ein kleiner Junge und ein -"

„Verrückter? Ja, die Chancen stehen ziemlich gut!" ergänzte Tem den Satz des Alten und lachte. Sie wirbelte ihren Säbel nach rechts und durchschnitt die Kehle ihres Gegners, um ihre Säbelspitze Sekunden danach in das Auge des Orks zu stoßen, der Eldrin bedrohte. Inzwischen war Ylav bereits durch die zweite Front Orks gestoßen und auf einen Sockel gesprungen, auf dem ein kleines, breit gewachsenes Wesen lag.

„Vorkron!" rief Tem, musste jedoch einen Schlag abwehren, so dass sie nicht sofort zu ihm durchdringen konnte.

„Ich komme schon, Tem", hörte sie das leise und schwache Rufen des Zwerges. Sie hoffte, dass es noch nicht zu spät für ihn war. Da sah sie, wie sich der große Ork, vor dem sich Obrook so gefürchtet hatte, neben dem alten Ylav und Vorkron aufbäumte und mit seiner gewaltigen Pranke dem alten Mann ins Gesicht schlug. Dieser stürzte neben Vorkron zu Boden, sein Säbel rutschte vom Sockel. Der Ork erhob ein breites Langschwert, das so groß war wie Eldrin.

„Das glaube ich nicht, Zwerg. Zeit, es zu beenden!"

Das Langschwert fuhr mit der Spitze voran hinab. Tem zerteilte einen Ork und richtete ihre Augen ganz und gar auf diese Szene, alles andere um sich herum vergessend.

„Vorkron."

Ein Schrei zerteilte die Stille des Kampfrausches. Die Spitze des Langschwertes hielt vor Vorkrons Nase inne. Eine Säbelspitze schaute vorwitzig aus dem Bauch des hochgewachsenen Grauhäuters hervor. Der Ork drehte sich um, während Blut über seine Lippen rann. Sein Langschwert fiel neben Vorkrons Kopf zu Boden. Tem erkannte die im Vergleich zu dem Ork winzige Statur Obrooks.

„Ja, Zeit, es zu beenden", sprach der Halb-Ork leise und riss den Säbel nach oben. Er blieb in den Rippen des großen Orks stecken, der zur Seite kippte und auf Vorkron landete, der unter dem Gewicht ächzte.

Neben Tems Ohr trafen zwei Klingen aufeinander und sie wurde sich wieder des Kampfes bewusst. Sie riss ihren Säbel hoch und zermalmte mit dem Heft den Schädel des Angreifers, der sie nur deshalb nicht getötet hatte, weil Eldrin mit dem Säbel noch schneller und geschickter war als Ylav.

Obrook und Ylav mischten sich nun in den Kampf ein und bevor Tem ein weiteres Mal Luft holen konnte, dampfte die kalte Luft vom heißen Blut der erschlagenen Orks. Sie ließ den Säbel fallen und rannte zu Vorkron hinüber, auf dem noch immer der gewaltige Anführer der Truppe lag. Den Kadaver trat sie solange, bis er von Vorkron herunterrollte.

„Vorkron, Kael sei's gedankt, du lebst noch!"

„War aber ziemlich knapp", stieß der Zwerg hervor, der aus zahlreichen Wunden blutete. Sein Gesicht war von Fäusten malträtiert worden, sein ganzer Körper fühlte sich weicher an als gewöhnlich.

„Ich bin so froh, dass ich dich gefunden habe!" Ohne es zu wollen, strömten Tränen aus Tems Augen und sie zog ihren Freund zu sich und umarmte ihn, hielt sich an ihm fest und an der Hoffnung, die wieder aufkeimte.

„Ich bin auch froh", murmelte Vorkron leise und umfasste ihren Arm und schluchzte leise.

„Also ich will das Wiedersehen ja nicht stören und eure Freude nicht mildern, aber ich schätze, es wird nicht lange dauern, bis die nächsten Orks zur Weide kommen, um nachzusehen, wie weit ihr Essen ist. Wir sollten lieber von hier verschwinden, solange wir es noch können", gab Ylav zu bedenken und zog geräuschvoll die Nase hoch.

„Ja, aber erst müssen wir Valeria noch finden. Ist sie auch hier?"

„Nein, Kind, sie wurde weggebracht. Ich weiß nicht, wo sie ist, aber ich glaube, sie haben nichts Gutes mit ihr vor."

„Ich denke, ich weiß, wo sie ist", sagte Obrook. „Elfenfrauen bekommen einen besonderen Platz."

„Einen sehr besonderen", raunte Ylav hinter ihr und Tem fürchtete, dieser Ort sei noch schrecklicher als die Weide.

„Kannst du aufstehen, Vorkron?"

„Aber klar doch. Mit Hilfe sicher."

Sie stützte ihn und er kam auf die Beine, die ihn zunächst nur wackelnd, dann immer sicherer trugen. Seinen Hammer und sein Kettenhemd hatten die Orks achtlos in eine Ecke der Weide geworfen. Während Vorkron sie mit Obrooks Hilfe holte, sah sich Tem in der Höhle um. Sie war rund gehauen, erinnerte ein wenig an eine Arena und in ihrer Mitte befand sich der steinerne Sockel, der Esstisch. An den runden Wänden entlang lagen Skelettteile, Fleischbrocken, die viele Tage alt waren, Waffen, Rüstungen und andere Habseligkeiten. Unter den Rüstungen erkannte sie auch Kleider und ihr Magen zog sich schmerzhaft zusammen. Auch die Frauen wurden hier geschlachtet, nur hatte sie keine in den Kerkern gesehen. Wahrscheinlich wurden auch sie zu einem besonderen Ort gebracht, bevor man sie in die Weide führte. Von der Höhle gingen nur drei Türen ab. Dass Orks Türen überhaupt kannten, wunderte sie. Eine der Türen führte zu der Vorratskammer, in der sich Ylav noch ein paar Streifen Trockenfleisch besorgte.

„Obrook, wo führen die anderen Türen hin?"

„Die Nordöstliche führt zurück in die Haupthöhle. Sie ist durch einen breiten Gang mit ihr verbunden. Die andere führt zu einer Abzweigung und von dort aus zu den Kerkern und dem Ort, an dem die Frauen gefangen gehalten werden." Obrooks Stimme erzitterte bei den letzten Worten, denn von diesem Ort kam auch er.

„Dann gehen wir dort entlang. Ist der Tunnel gut bewacht?"

„Nein, denn er ist ja nur von den Kerkern aus zu betreten. Es ist unsinnig, ihn zu bewachen."

„Noch besser."

Tem wog den Säbel in ihrer Hand und sah sich nach ihren Gefährten um. Sie waren zu fünft, sie hatten mehr als ein Dutzend Orks niedergerungen und das Blut in ihren Adern kochte noch immer. Sie würde Valeria finden und sie befreien und sie würden aus dem Donnergebirge entkommen.

„Gehen wir. Finden wir die Ratten und vergiften wir sie mit unseren Waffen!"

Ylav verschränkte die Arme und schüttelte den Kopf.

„Wer hat dir nur solche poetischen Kampfansagen beigebracht? Ich dachte, so etwas lernt man nicht auf der Straße, sondern bei der Armee. Solltest du etwa keine kleine Diebin sein?"

Tem schrumpfte um einige Zentimeter, vor allem als sie Vorkrons fragenden Blick auffing, dann schniefte sie kurz.

„Ich bin keine Diebin!" Sie drehte sich um und flüsterte der Tür zu: „Jedenfalls nicht mehr."

„Ich bin für deinen Vorschlag!" sagte Vorkron mit fester Stimme und trat humpelnd an ihre Seite. „Sie haben meinen Hammer in Freisaat kennengelernt, jetzt sorge ich dafür, dass sie ihn nie wieder vergessen werden."

„Noch so einer!" motzte Ylav und zog an ihnen vorüber. „Können wir das jetzt bitte hinter uns bringen? Ich habe ein Dorf neu zu gründen und mein Trockenfleisch wird in dieser Luft noch ganz schlecht."

Er öffnete die Tür und verschwand im Tunnel dahinter. Vorkron beugte sich leicht zu Tem hinüber und raunte:

„Wer ist der Kerl eigentlich?"

„Der Gründer von Freisaat", antwortete Tem und folgte Ylav.

Die Luft in dem Tunnel hinter der Tür war noch kälter, aber sie war frischer, wenn auch erfüllt von dem Geruch nach fleischlichen Abfällen, Blut und Absonderungen. Er war so schmal, dass nur zwei von ihnen nebeneinander laufen konnten. Obrook hatte sich an die Spitze geschoben, gefolgt von Eldrin und Ylav. Tem und Vorkron bildeten den Abschluss. Der Zwerg war noch nicht ganz bei Kräften, hinkte und stolperte nach jedem zehnten Schritt, so dass Tem ihn stützen musste. Das aus ihm weichende Blut hinterließ auf dem nackten Steinboden eine Spur, die für jeden Ork, der sie verfolgte, leicht zu erkennen gewesen wäre, aber bisher schien keiner der Grauhäute das Gemetzel in der Weide bemerkt zu haben. Sie glaubten wohl, dass die Schreie des Zwerges nur deshalb verstummt waren, weil er tot war und das vorherige Gebrüll der Orks war wohl auch normal, wenn sie sich um ihr Essen stritten. Sie war froh, nicht sofort die nächste Bande an den Fersen zu haben, aber es wäre nur eine Frage der Zeit und noch wusste sie nicht, wie sie aus dem Gebirge entkommen sollten. Sie konnten den Gang nutzen, durch den Obrook sie hineingeführt hatte, aber dazu mussten sie vorher durch die Haupthöhle und inzwischen war ihre Schar zu groß geworden, um ungesehen da hindurch zu gelangen.

Es war so still in dem Tunnel, dass nur ihr Atem und ihre Schritte zu vernehmen waren, aber nicht die Geräusche aus der Haupthöhle. Sie mussten sich inzwischen davon entfernt haben, doch Tem wäre es lieber gewesen, sie hätte hören können, ob die Orks sich aufgrund des Aufstands in einem ihrer Kerker - sie fasste Obrooks Worte so auf, als gäbe es noch weit mehr - zusammenschlossen, um Jagd auf die ausgebrochenen Gefangenen zu machen. Sie und Eldrin waren immerhin so exotisch gewesen, dass sich der Kerkerwächter ihre Gesichter wohl gemerkt hatte und um ihr Fehlen wusste. Ihr stellte sich nur die Frage, warum sie als Frau nicht auch an den besonderen Ort gebracht worden war, von dem Obrook und Ylav gesprochen hatten. Andererseits wiesen ihre Körperformen nicht unmittelbar daraufhin, dass sie eine Frau war. In diesem Dämmerlicht und aufgrund ihres geringen Verstandes war es möglich, dass die Orks sie für einen Jüngling gehalten hatten. Bei Valeria hingegen war es unübersehbar, dass sie eine Frau war noch dazu eine Elfe.

„Ich bin froh, dass du nicht tot bist. Nachdem sie uns in Freisaat gefasst hatten, glaubte ich, sie hätten dich getötet. Du warst nirgendwo zu entdecken und ich hatte gesehen, wie dieser gewaltige Sturm dich aus der Kirche gewedelt hat. Valeria wollte nicht daran glauben. Sie hat immer gesagt, dass du lebst."

„Ich bin in den Brunnen geschleudert worden und habe dort den Priester kennengelernt. Er lebt noch, mehr oder weniger. Er hat mir geholfen, aus dem Brunnen zu entkommen, und dann habe ich Kelter, der eigentlich Eldrin heißt, gefunden. Nash Var'du war aus ihm gewichen." Tem senkte die Stimme, damit Ylav sie nicht hörte. Er musste nicht wissen, dass es sich bei dem unschuldigen Jungen, den er für einen Elf hielt, um das Monster handelte, das zwei Jahre zuvor Freisaat ausgelöscht hatte.

„Ich hatte mich schon kurzzeitig gefragt, ob du denn von allen guten Göttern verlassen wärest, dass du ihn mit hierher bringst", raunte Vorkron zurück und deutete mit einer Kopfbewegung auf den Jungen.

„Er ist ein guter Junge und er wurde nicht von seiner Mutter verflucht. Sie hat ihn geliebt und deshalb konnte er Nash Var'du auch widerstehen. Er lernt unglaublich schnell und er weiß, was Mitleid heißt. Aber Ylav weiß nicht, wer Eldrin ist. Er scheint ihn damals nicht gesehen zu haben, als die Orks über Freisaat herfielen."

„Dann ist er also wirklich der Gründer von Freisaat?" fragte Vorkron, der die ganze Entwicklung noch nicht verstehen konnte. „Es haben wirklich welche aus dem Dörfchen überlebt?"

„Nein, er ist nicht der Gründer, aber er wird der neue Gründer von Freisaat werden. Aber damals scheinen wirklich ein paar der Menschen aus Freisaat von den Orks ins Donnergebirge geschleppt worden zu sein. So wie ich Ylav verstanden habe, ist er aber der einzige Überlebende. Er hat zwei Jahre da unten gesessen, jeden Tag den Tod vor Augen."

„Der Herr Treulieb muss ihm wirklich wohlgesonnen sein, wenn er das geschafft hat."

„Es sieht so danach aus. Aber auch du hast scheinbar eine Hacke im Gestein des Herrn Bergwall."

„Na, das will ich wohl meinen, Kind. Die haben mich zwar ganz schön unter Druck gesetzt" - er deutete auf seine eingeschlagene Nase - „aber von so etwas lässt sich ein Zwerg aus den Bergen der Strahlen nicht unterkriegen."

„Und darüber bin ich sehr froh, Vorkron. Ich hoffe nur, sie haben Valeria nicht dasselbe oder schlimmeres angetan."

„Das hoffe ich für diese Schweinehunde auch", grollte Vorkron und in seinen Augen erkannte Tem all die grauenhaften Dinge, die er mit den Grauhäuten tun würde, falls sie sich an Valeria vergangen hatten.

„Dabei magst du sie noch nicht einmal."

„Nur weil ich mich den ganzen Tag mit ihr über wesentliche Dinge streite, bei denen die Elfe stets falsch liegt, heißt das nicht, dass ich sie nicht mag. Wir sind einander in den letzten zehn Tagen, die wir gemeinsam über diese verfluchte weiße Ebene geschleift wurden, doch näher gekommen. Ich kann dir sagen, dass wir uns trotzdem unentwegt gezankt haben, aber wir waren einander ein Halt, auch wenn es mir schwer fällt, das zuzugeben. Ein bisschen hänge ich doch an ihr."

Tem legte den Arm um den Zwerg, der bei diesem Geständnis gestolpert war, und ließ ihn erst wieder sinken, als sie die Abzweigung erreichten, von der Obrook gesprochen hatte. Es war schon am Gestank erkennbar, welchen Weg sie nicht gehen wollten. Sie schlugen daher den anderen Pfad ein und schon nach wenigen Metern hörte Tem wieder Orkstimmen und leise, sehr leise auch die Stimmen von Frauen. Unter ein stetiges, mal ab-, mal aufwallendes Wimmern mischten sich Schreie voller Wut, Hass, Verzweiflung, Angst und Schmerz. In Vorkrons Augen entflammte etwas, was Tem zunächst für Kampfeslust hielt, doch sie erkannte bald - je näher sie dem Ende des Ganges kamen -, dass es purer Rachedurst war. Seine Schritte wurden kräftiger, er stolperte nicht mehr und seine Hände umschlangen den Hammerstiel, bereit den tödlichen Kopf die Luft zerteilen und ein paar Orkschädel sprengen zu lassen.

„Wir müssen jetzt leise sein. An diesem Ort gibt es viele Orks. Die meisten werden abgelenkt sein, so dass wir uns vorbei schleichen können, aber es gibt auch Wächter, die auf die Frauen und auf die Orks aufpassen, damit diese die Frauen nicht zu schnell umbringen", flüsterte Obrook und hielt kurz vor einer Tunnelöffnung an. Tem presste sich an Ylav vorbei, um dem Halb-Ork über die Schulter zu blicken. Vor ihnen lag eine große Höhle, in der Unmengen an Käfigen standen. Sie waren wild durch den Raum verteilt, kein Käfig grenzte an den nächsten und zwischen den Käfigen patrouillierten mehrere schwer bewaffnete und gut gerüstete Orks.

„Verdammt! Die tragen ja bessere Rüstungen als Hauptmann Reven."

„Wer?" fragte Obrook.

„Du wirst ihn kennen lernen, sobald wir in Grenzwacht sind. Aber erstmal verrate mir, warum die so gut ausgerüstet sind. Die Wache im Kerker vorhin trug ein schäbiges Kettenhemd und einen rostigen Säbel."

„Diese Rüstungen sind unempfindlich gegen Magie und gegen Schwerter", raunte Obrook. „Die Wächter hier unten sind zwei Gefahren ausgesetzt - sie können von ihresgleichen angegriffen und erschlagen werden, wenn diese sich nicht von den Frauen hinunterzerren lassen, und viele der hier gefangenen Frauen, insbesondere die elfischen, beherrschen Zauber. Den meisten werden die Zähne ausgeschlagen, damit sie nicht mehr sprechen können und zu anderen Zwecken."

Tems Atem setzte einen Moment aus, als sie sich vorstellte, was diese Schlächter mit Valeria angestellt hatten.

„Und einigen werden auch die Hände abgehackt. Aber es ist schon sehr oft vorgekommen, dass es dennoch Frauen gelungen ist, Zauber zu sprechen und Chaos auszulösen."

„Aber es gibt doch auch männliche Zauberer, oder etwa nicht?"

„Ja, aber die werden ja gleich getötet. Die sind ja auch nicht zu diesen Zwecken nutzbar", erklärte Obrook und deutete auf einen Käfig, in dem sich grad ein Ork an einer Menschenfrau zu schaffen machte. Tem wandte den Blick ab und war froh um die spärliche Beleuchtung.

„Sie könnten doch die Hexen auch töten."

„Verschwendete Ressourcen", gab Obrook wieder. „Das hat mein Lehrer immer gesagt, wenn wieder einmal einer auf diese Idee kam. Ich weiß nicht genau, was es heißt."

„Ich schon. Habt ihr denn keine eigenen Frauen hier?"

„Doch natürlich. Aber die sind sehr wählerisch und auf jede von ihnen kommen mindestens drei männliche Orks."

„Ha, und da erzählt man Zwergenfrauen seien selten", mischte sich Vorkron in das Gespräch ein und drückte Obrook und Tem an die groben Tunnelwände. „Ach kommt, das sind doch höchstens zwei Dutzend Wachen."

„Das mag sein, Vorkron, aber wenn ihre Rüstungen so stabil sind, wie sie aussehen, kommen wir mit unseren Säbeln und mit deinem Hammer nicht weit."

Sie schwiegen. Tem ließ ihren Blick wild im Raum umher zucken, um einen Weg zu finden, Valeria zu befreien, aber sie sah keinen, um an den Wachen vorbei zu kommen. Doch dann fiel ihr etwas an den Käfigen auf.

„Moment! Ich sehe hier nur Menschenfrauen. Wo werden die Elfen gefangen gehalten?"

„Ich weiß es nicht", meinte Obrook. „Ich habe den Ort gemieden, so gut es ging."

„Schon gut, Obrook. Dann sehe ich mich hier mal um."

„Was? Aber -", setzte Vorkron noch an, doch Tem nutzte eine unachtsame Wache aus, überquerte den schmalen Gang zwischen der Tunnelöffnung und einem Käfig, in dem eine schlafende Frau lag, und blieb keuchend am Gitter stehen. Die Käfige waren gerade so groß, dass ein ausgestreckter Ork darin liegen konnte, ohne sich den Kopf einzustoßen oder die Füße einziehen zu müssen, und etwa zehn Fuß hoch. Die Stäbe der Gitter waren so eng, dass Tem sich trotz ihrer Schmächtigkeit nicht hindurchquetschen konnte, aber das hatte sie auch nicht vor.

Der einzige Weg, ungesehen an den Wachen vorbei zu kommen, war über ihre Köpfe hinweg. Sie blickte sich eilig um, stemmte ihren Fuß zwischen zwei Stäbe und zog sich an den verrosteten Stangen nach oben. Der Weg auf den Käfig schien ihr länger zu dauern, als die Steilwand des Donnergebirges hundert Fuß hoch zu klettern, aber als sie oben war, hatte sie einen hervorragenden Blick über die ganze Höhle. Zwar gab es überall schwarze Flecken, die nicht von einem der Lichtkreisel der überall von der Decke baumelnden Schalen brennenden Öls beleuchtet wurden, aber sie konnte dennoch das Ausmaß dieses Kerkers erkennen. Die Höhle maß mehr als dreihundert mal dreihundert Fuß und es mochten gute fünf- oder sechshundert Käfige darin untergebracht sein. Tem stockte der Atem, während sie sich auf die hölzerne Decke des Käfigs presste, um nicht entdeckt zu werden. Wie sollte sie Valeria so finden? Sie konnte unmöglich von einem Käfig zum anderen springen und jeden einzeln untersuchen. Zwar standen die Käfige nur ein paar Schritt weit auseinander, aber früher oder später würde eine der Wachen sie entdecken.

„Mist. So komme ich nie zu Valeria. Verdammte Orkban -"

Orks, aber ja, das war die Lösung. Wenn sie nicht zu Valeria gelangen konnten, konnte Valeria vielleicht zu ihnen kommen. Sie wartete, bis einer der Orkwächter seine Runde in diesem Bereich beendet und einen anderen Ork aus einem nahestehenden Käfig gezerrt und fortgeschleppt hatte, kletterte vom Käfig und huschte zurück in den Tunnel zu ihren Gefährten, die den Atem angehalten hatten und jetzt gleichzeitig ausatmeten.

„Bist du verrückt geworden, Kind?" grollte Vorkron und war kurz davor, sie zu packen.

„Ganz und gar nicht, mir ist sogar eine Idee gekommen. Obrook, wir brauchen dein orkisches Blut. Noch haben die nicht bemerkt, was in der Weide passiert ist, und du bist doch jetzt ein anerkannter Ork, wo du uns hierhergebracht hast."

„Dieser Hänfling? Ist das etwa kein Gefangener, der auch geschlachtet werden sollte wie der Zwerg?" fragte Ylav verblüfft und sah an Obrook hinauf und wieder hinunter.

„Nein, ist er nicht. Er gehörte einst hierher, aber er hat sich für den richtigen Weg entschieden."

Ylav blieb skeptisch und beäugte den Jungen noch einmal von unten bis oben, aber da der Halb-Ork noch nicht versucht hatte, ihn umzubringen, konnte er wohl damit leben, mit ihm zusammenzuarbeiten.

„Hör zu. Du sagst einfach einem der Wächter, dass dich dieser Oberork..."

„Du meinst Worgrok?"

„Ja, wie auch immer er heißt oder hieß, dass der dich geschickt hat, um die neue elfische Gefangene zu holen, damit er nach dem Zwergenfestmahl seine Freude an ihr haben kann."

„Aber die Frauen werden nie geholt, man geht zu ihnen."

„Hat dieser Worgrok hier was zu melden?"

„Ja, schon."

„Prima, dann werden die auf dich hören und wenn nicht, sagst du ihnen, dass Worgrok gesagt hat, dass er ihnen die Köpfe abreißt und ihre Hirne frisch aus ihrem Schädel frisst, wenn sie nicht gehorchen. Er will die Elfe leiden sehen, wenn sie die halbabgenagten Knochen ihres zwergischen Begleiters sieht, weil es ihm dann noch mehr Freude bereitet, sie zu quälen, klar?"

Obrook zitterte, aber nach kurzer Zeit nickte er, straffte die Schultern und wartete, bis eine Wache vorbei zog. Die anderen zogen sich weiter in den Tunnel zurück und verbargen sich. Als Tem die schweren Stiefel einer Wache hörte, wollte sie Obrook schon zurufen, er solle gehen, aber da war der Halb-Ork schon in die Höhle getreten.

„E-entschuldige", stotterte er und Vorkron zischte leise neben Tem.

„An seinem Auftreten müssen wir echt noch arbeiten", beruhigte sie ihn und dann lauschten sie still auf das Gespräch.

„Aber Worgrok will die Elfe haben!"

„Was? Die Elfe? Welche Elfe?"

„Na die, die er aus Freisaat mitgebracht hat."

„Ach die? Sag mal, Helvok, diese Elfe, meint der die, die Bolrek blind gemacht hat?"

„Was?" brüllte es von weiter hinten aus der Höhle.

„Ach ja, die! Die ist doch zu den Priestern gebracht worden."

„Zu den Priestern?" hörten sie Obrook entsetzt sagen und Tems Hände ballten sich fester zusammen.

„Ja, zu den Priestern. Die kriegt Wolgrok nicht, die nehmen sich die Priester persönlich vor."

„Aber Wolgrok", fing Obrook stockend an.

„Verschwinde, Krüppel, Wolgrok kriegt die nicht, da kann er machen, was er will!"

„In-in Ordnung", stotterte Obrook und lief zurück in den Tunnel.

Sie warteten, bis der Ork sich wieder entfernt hatte, bevor sie redeten, bevor Tem es wagte, laut zu fluchen.

„Verdammt! Es wäre ja auch zu einfach gewesen. Wo sind diese verfluchten Priester?"

„Die Priester leben in den Höhlen unter der Erde. Es ist ein weiter Weg bis dahin, aber er ist weitgehend unbewacht, weil die Priester dort nicht gestört werden wollen. Allerdings müssen wir durch die Haupthöhle, um zum Eingang des Tunnelsystems zu kommen, das uns hinunterführt."

„Gibt es keinen anderen Weg? Komm schon, Obrook. Du kennst dich hier besser aus als jeder andere."

„Ja, aber es gibt keinen anderen Weg."

Tem fixierte ihn. In seinen Augen lagen Angst und Scheu, er blickte immer wieder zu Boden. Irgendetwas musste er verheimlichen, etwas, wovor er sich noch mehr fürchtete, als durch die Haupthöhle zu gehen.

„Es gibt einen anderen Weg, oder?"

Obrook wand sich wie ein Wurm, der kurz davor stand, auf den Angelhaken gespießt zu werden.

„Wir können dort nicht entlang, Tem. Es ist dort viel schlimmer als durch die Haupthöhle zu gehen."

„Die Frage ist doch nicht, ob es dort schlimmer ist als in der Haupthöhle, die Frage ist doch nur, ob wir dort ungesehen und ungehindert zu Valeria vordringen können."

„Weder ungesehen noch ungehindert, aber..."

„Aber was? Obrook, jetzt rede schon! Wenn Valeria bei den Priestern ist, dann bedeutet das, dass sie irgendetwas mit ihr vorhaben, was schlimmer ist als in der Weide zu landen! Oder?"

„Ja, ja, ich denke schon. Niemand, der zu den Priestern musste, ist von dort wiedergekehrt. Sie huldigen der Weißhaarigen und es heißt, ihre Experimente sind selbst ihr zuwider."

„Dann, Junge, müssen wir dort runter!" sagte Vorkron und packte ihn hart bei der Schulter.

„Von den Kerkern führt ein Pfad ab. Er wird nie benutzt, weil nie jemand freiwillig dorthin will, wo er hinführt. Außerdem ist er mit einer Eisentür gesichert, damit auch von dort nichts nach oben dringt."

„Was sollte denn nach oben dringen?" fragte Ylav und auf seiner runzligen Haut zeichneten sich abstehende Haare ab.

„Die Ergebnisse dieser Experimente. Die Höhle, in der die Priester ihre Versuche hinbringen, den Abfall ihrer gescheiterten Arbeit, liegt auf gleicher Höhe wie die Kerker und darunter liegen die Werkstätten der Priester."

„Werkstätten?" Tem wurde langsam bewusst, von was Obrook sprach.

„Werkstätten. Dort züchten sie grässliche Dinge."

„Ich verstehe. So etwas wie" - sie sah kurz zu Eldrin - „das Wesen, das Freisaat zerstört hat."

„So etwas, ja", antwortete Obrook und sah zu Boden. „Ich habe mich einmal in diese Höhle verlaufen, in der sie ihre Abfälle beseitigen. Es gibt dort nämlich nicht nur einen Zugang zu den Kerkern und zu den Werkstätten der Priester, sondern auch einen Weg nach draußen. Er befindet sich an der Decke und führt durch einen Schacht nach oben ins Donnergebirge. Ich war im Gebirge unterwegs, bin hineingestürzt und mitten in der Höhle gelandet."

„Wie hast du das denn überlebt?" fragte Vorkron.

„Ich bin auf-auf et-etwas gelandet", antwortete Obrook leise, erklärte aber nicht, was er damit meinte.

„Das heißt, wir könnten von dort aus auch in die Freiheit gelangen", warf Tem ein.

„Der Schacht ist zu weit oben. Ich wüsste nicht, wie man dort hinaufgelangen sollte."

„Aber irgendwie musst du doch dort auch wieder hinausgelangt sein."

„Die Priester haben mich gefunden, bevor", stotterte Obrook. „Sie waren sehr wütend, aber sie konnten nichts mit mir anfangen, darum haben sie mich gehen lassen und-"

„Man schwebt", schlug da Eldrin plötzlich vor und Obrook sog tief Luft in seine breite Nase, erleichtert dass er nun nicht mehr weiter über das reden musste, was er dort unten gesehen hatte.

„Ja, nur können wir das leider nicht, Kleiner", raunte Vorkron.

„Ich schon", meinte der Junge und prompt schwebte er einige Zentimeter über dem Steinboden.

„Eldrin, das ist ja", staunte Tem. „Hervorragend! Meinst du, du kannst auch andere schweben lassen? Und warum fällt dir das jetzt erst auf, wo wir vor nicht allzu langer Zeit diese verdammte Bergwand hochkraxeln mussten?"

„Da konnte ich es auch noch nicht. Aber der alte Mann hat doch gesagt, ich soll lernen, weich zu fallen, und als ich vorhin in den Schacht in die Vorratskammer gefallen bin, da habe ich es gelernt."

„Bei Colosyn, der Junge hat was drauf. Hat ihm wohl nicht geschadet, dass dieser Nash Irgendwer in ihm war, was?"

„Vorkron!" ermahnte ihn Tem.

„Oh", machte Vorkron nur, aber es war zu spät. Tem sah, wie sich in Ylavs Gesicht Falten bildeten.

„Nash Var'du? Als Freisaat, als Freisaat", fing er an und blickte zu Eldrin. „Da-da sagten sie, dass Nash Var'du..."

Und dann spiegelte sich die Erkenntnis in seinen Augen, dass er dem Geschöpf gegenüberstand, das vor zwei Jahren Freisaat dem Erdboden gleichgemacht, die Dorfbewohner umgebracht oder zur Versklavung geführt hatte.

„Darum sagten sie, es sähe unschuldig und rein aus, aber man sollte sich nicht täuschen lassen."

„Ylav, hör zu! Eldrin ist nicht mehr das Wesen, das er einmal war. Er hat all diese schlimmen Dinge nicht getan. Nash Var'du ist aus ihm gewichen. Die Priester haben ihn wieder und vielleicht wollen sie ihn Valeria einpflanzen oder irgendetwas anderes mit ihr anstellen, was wir nicht zulassen dürfen, verstehst du? Wir brauchen deine Hilfe."

„Es tut mir Leid", hauchte Eldrin in die kalte Luft, nachdem Tems Versuch an Ylav abgeprallt war.

„Du bist ein Kind", meinte der Alte und hockte sich vor Eldrin. „Ein Kind."

„Und mit einem Kind haben sie damals dieses Experiment durchgeführt. Sie haben Nash Var'du in ihn gepflanzt und er hatte einfach nur Glück, dass er nicht so geendet ist wie die Dinge, die sich in der Höhle befinden, in die Tem uns bringen will", sagte Obrook und überging Tems leise Entrüstung. „Es ist doch möglich, sich zu ändern."

Ylavs Gesicht hellte sich wieder auf. Er betrachtete Obrook und Eldrin, zwei Wesen, mit denen er in Freisaat nie gesprochen, die er sofort angegriffen und schnellstmöglich getötet hätte. Diese zwei Wesen waren nun Teil einer Gruppe, die eine Flucht aus dem Donnergebirge wieder in erreichbare Nähe gerückt hatte, die ihm die Freiheit schenkte. Er erhob sich mühselig und schniefte kurz.

„Schön, darüber lässt sich verhandeln, wenn wir diesem verfluchten Ort entkommen sind. Ich bin für Tems Plan, solange uns der Winzling hier in die Freiheit schweben lassen kann."

„Ich versuche es zu lernen, bis Valeria wieder da ist", sagte der Junge und es war, als sei Valeria, obwohl er sie nur flüchtig, noch mit Nash Var'du in seiner Seele kennengelernt hatte, ihm so vertraut war, wie sie es Tem oder Vorkron war.

„Das ist die richtige Einstellung, Junge!" freute sich Vorkron. „Na los, Obrook, worauf warten wir noch?"

Eine Stimme gegen sie alle. Tem betrachtete ihren orkischen Halbbruder, dem nicht wohl dabei war, sie durch diese Höhle zu führen, der schreckliche Angst davor hatte, sich diesen fehlgeschlagenen Experimenten gegenüber zu sehen.

„Wenn du nicht willst, gehen wir nicht, Obrook. Doch einen Weg müssen wir wählen, welchen?"

Obrooks Blick war flehentlich und sie wusste, noch vor einem halben Mond hätte er sich dafür entschieden, durch die Haupthöhle zu gehen, auch wenn das ihrer aller Tod bedeutet hätte. Doch dieses Mal entschied er sich, sich seiner Angst erneut zu stellen und ging los, ohne ihnen seine Entscheidung kund getan zu haben. Sie folgten ihm bis zur Abzweigung. Er blieb stehen und blickte den Gang entlang, der sie zurück zur Weide und fort dort weiter in die Haupthöhle geführt hätte, doch schüttelte er den Kopf und nahm den anderen Weg hinab zu den Kerkern.

„Zu welchem Kerker führt dieser Gang eigentlich? Der, in dem wir waren, hatte nur einen Ausgang über die Treppe und den Schacht, in den wir gefallen sind."

„Und der in die Vorratskammer führt, wie ich gesehen habe. Das ist der erste Schacht, den ich nicht kannte", meinte Obrook. „Aber diesen Tunnel hier kenne ich gut, er führt in den östlich gelegenen Kerker. Dort sind jene gefangen, die für die Weide vorgesehen sind. Nicht alle landen dort, wisst ihr? Die meisten werden einfach hinausgezerrt aus ihren Zellen, ihnen wird die Kehle oder noch besser der Bauch aufgeschlitzt und dann werden sie meist bei lebendigem Leibe zerfetzt. Aber die da unten sind für die Weide vorgesehen. Wir müssen zum Glück nicht weit in den Gang hinein, aber ich will euch nur vorwarnen. Dort sind auch sehr viele Kinder und Frauen, die nicht mehr für andere Dinge taugen."

„Kinder?" stöhnte Ylav. Davon schien er noch nichts gehört zu haben.

„Ja. Kinder gelten hier als Delikatesse. Entschuldige, Eldrin."

„Schon gut."

„Ist dieser Kerker denn gut bewacht? Unserer war es nicht. Vielleicht besteht die Möglichkeit, dass wir sie befreien und sie nach oben an die Oberfläche bringen."

„Das können wir nicht, Tem. Zwar ist dieser Kerker genauso wenig bewacht wie die anderen, aber wir können diese ganzen Menschen und Elfen nicht mit in diese Höhle nehmen."

„Verstehe. Dann holen wir sie, sobald wir wieder zurück sind."

„Tem", wandte Obrook ein, aber sie wies ihn mit einem entschiedenen Blick zurück. Es war eine Sache gebrochene Männer in ihren Gefängnissen zurücklassen zu müssen, aber eine ganz andere ein Kind in den Fängen dieser Bastarde zu wissen. Sie drückte fester Eldrins Hand, der sie weiterhin hielt.

„Na gut. Jetzt müssen wir gleich leise sein. Ich schlage vor, ich gehe vor, um zu sehen, wo sich die Wache befindet. Ihr folgt mir, sobald ich ein Zeichen gebe. Der Gang mit der Eisentür liegt nahe bei dem Ausgang, den wir gleich erreichen. Haltet euch rechterhand und seht nicht durch die Gitter."

Sie antworteten nicht und Obrook wusste genau, dass sie durch die Gitter sehen und diese Kinder erblicken würden. Als sie den Ausgang erreichten, wartete er kurz und blickte sich um. Der Gang, der vor ihnen lag, war kürzer als jener, in dem Tem und Eldrin gefangen worden waren. Nur wenige Fuß voraus bog er nach rechts ab, wie Obrook gesagt hatte. Der Gang war verlassen und bis auf das Wimmern und Weinen der Kinder war nichts zu hören. Obrook schlich sich auf den Gang, winkte ihnen, ihm zu folgen und marschierte, ohne nach rechts und links zu sehen, zu der Abzweigung. Tem und Vorkron bildeten wieder die Nachhut, während Ylav Eldrin eine Hand auf den Rücken gelegt hatte und ihn weiter schob.

Zwischen den Gitterstäben und im Licht nur zweier Ölschalen erkannte Tem die Gesichter von Dutzenden von Kindern und alten Frauen. Die meisten waren mager und nackt, mit Dreck besudelt. Keines schien verletzt zu sein. Als sie vorbei huschten, blickten sie auf, aber nicht ein einziges erhob sich, um zu betteln. Tem bemerkte die Resignation in ihren Augen. Vorkron schleifte sie am Arm weiter.

„Du kannst jetzt nichts für sie tun, Tem. Lass uns gehen!"

„Ja", sagte sie mechanisch. „Ja."

Sie erreichten die Abzweigung, schlüpften in den Gang und folgten Obrook in die Dunkelheit. Hier war nirgendwo eine Ölschale aufgehängt worden, keine Fackel war an der Wand befestigt. Es war kalt und Tem konnte sich nur mit Vorkrons Hilfe orientieren.

„Hier ist die Tür", hörte sie Obrook leise vor ihnen sagen. „Ich weiß nicht, wie man sie aufbekommt."

„Kein Problem", sagte Eldrin und Tem spürte, wie jemand ihre improvisierte Gürtelschnalle löste.

„Hey, seit wann kannst du denn in der Dunkelheit sehen?" fragte sie.

„Schon immer", antwortete Eldrin. „Hast du vergessen, dass ich zur Hälfte ein Ork bin?"

Anscheinend waren Tem und Ylav die einzigen, die wie blinde Mäuse durch ein unbekanntes Tunnelsystem krochen.

„Wenn wir in der Höhle sind, entzünden wir eine Laterne", schlug sie vor.

„Geht nicht, wir haben keine", murmelte Obrook.

„Ach richtig, mein Rucksack. Verdammt!"

Mit einem Klicken öffnete sich das Schloss der Eisentür. Obrook und Ylav zogen sie auf. Sie traten in den Gang, der dahinter lag und ebenso dunkel war. Obrook führte sie und dann nahm Tem plötzlich einen Lichtschimmer war.

„Was ist das da?"

„Das muss das Licht sein, das durch den Schacht in die Höhle fällt."

„Kael sei's gedankt!" atmete Tem erleichtert auf. „Endlich wieder Licht. Ich dachte schon, ich würde blind werden."

„Glaub mir, das wärest du auch lieber, sobald du den Inhalt dieser Höhle siehst", raunte Obrook finster.

Aber Licht bedeutete für Tem Sicherheit und Hoffnung und einen Weg zurück nach Hause. Nur war sie wirklich nicht auf das vorbereitet, was sich vor ihnen auftat. Die Höhle war riesig, ein Gewölbe, so groß, dass ganz Kohlhausen darin Platz gefunden hätte.

„Das gibt es nicht. Hier unten kannst du ja eine ganze Stadt gründen."

„Aber dafür müsstest du erst einmal einen ordentlichen Höhlenputz durchführen", meinte Vorkron und trat gegen ein steinförmiges Gebilde, das jedoch einen schrillen Schrei ausstieß, während es durch die Luft davon flog.

„Was war das?" fragte Tem und kannte die Antwort darauf schon.

„Das hättest du nicht tun sollen, Vorkron", sagte Obrook leise. „Jetzt haben wir sie aufgeschreckt. Es war eines von ihnen. Ein Stein mit Gefühlen."

„Ein Stein mit Gefühlen? Willst du mich jetzt auf den Arm nehmen, Junge?"

„Nein. Hier laufen überall so seltsame Kreaturen herum. Manche sind freundlich, andere ganz und gar nicht."

„Und die leben hier zusammen?" Tems Fassungslosigkeit ließ sie vergessen, dass sie flüstern sollte. „Was essen sie? Wovon leben sie? Wo leben sie? Ich sehe niemanden."

„Es müssen ein paar hundert sein. Manche von ihnen sind sehr klein wie der Stein, den Vorkron getreten hat. Ich glaube, sie essen sich gegenseitig, denn etwas anderes bleibt ihnen nicht übrig. Vielleicht füttern die Priester sie. Ich glaube, sie beobachten sie auch, um zu sehen, ob sie doch noch eine brauchbare Eigenschaft an den Tag legen."

„Heiliges Federkissen!"

Tem war sprachlos. Alles, alles hätte sie nach den Erzählungen, die sie über das Donnergebirge kannte, erwartet, nur keine Höhle voller götterlästiger Kreaturen, die fehlgeschlagene Versuche von verrückten Priestern der Weißhaarigen waren.

„Na schön, lasst uns hier abhauen. Wo befindet sich der Weg zu den Priestern, Obrook?"

„Dort drüben ist die Eisentür, die hinabführt. Aber ich glaube nicht, dass wir jetzt noch hier durchkommen."

„Was meinst du? Hier ist doch niemand!" grollte Vorkron, des Wartens und Stierens in eine Einöde überdrüssig.

„Du hast sie aufgeschreckt, als du einen von ihnen getreten hast."

„Wo denn?" fragte der Zwerg barsch und deutete in die Höhle. „Hier ist weit und breit nichts zu sehen."

„Sie kommen."

Eldrins Griff um Tems Hand wurde fester. Aus den Schatten, die das Tageslicht, das Tem so verlockend erschienen war, nicht erreichte, drangen nun Kreaturen hervor. Sie waren weder menschlich noch tierisch. Manchmal veränderte sich ihre Form sogar, wechselte in eine andere. Manche von ihnen zerflossen auf dem Boden und formten sich wieder neu. Sie bildeten eine Mauer zwischen Tems kleiner Gruppe und der Eisentür.

„Ach du lieber Herr Bergwall! Was ist das denn?"

„Das sind sie. Die Experimente der Priester", flüsterte Obrook und wäre am liebsten wieder umgekehrt.

„Die sehen jetzt aber nicht besonders gefährlich aus, wenn auch seltsam deformiert", meinte Ylav.

„Sie sind es aber. Sie alle sind mit starken Zaubern in Berührung gekommen."

„Na schön. Mir ist gleich, was sie sind. Ich will zu diesen Priestern und zu Valeria, verstanden? Ich gehe vor."

Tem schob sich an dem zitternden Obrook vorbei und griff an das Heft ihres Säbels. Die Kreaturen beobachteten sie. Eine war so groß wie ein Mensch, sie bestand augenscheinlich nur aus Fleisch und musste von einem anderen Wesen gestützt werden, um nicht umzufallen. Tem wandte den Blick von diesem Ding und ging weiter, direkt auf einen halbhohen Schleimbotzen zu, der sich mal nach vorn, mal nach hinten stülpte und dabei ein saugendes Geräusch von sich gab. Sie war nur noch etwa dreißig Fuß von der Eisentür entfernt, als er sich gefährlich weit nach vorn lehnte, sich am Boden festsaugte, mit dem ganzen Leib einen Bogen beschrieb und nur noch eine Handbreit vor ihr wieder zum Stehen kam.

„In Ordnung. Ich weiß nicht, ob du mich hören kannst, denn ich erkenne augenscheinlich keine Ohren an deinem Leib, aber ich muss an dir vorbei. Ich muss hinunter zu den Priestern und meine Freundin befreien und wenn ich dich dafür in Stücke schneiden muss, werde ich das tun. Aber es wäre mir lieb, wenn wir das vermeiden könnten."

„Er kann dich nicht hören", sagte das menschliche Wesen und schaffte es, drei Schritte vorwärts zu laufen, bevor es auf einen knapp drei Fuß hohen, aus verschiedenen menschlichen Einzelteilen bestehenden Zwerg prallte, der mehrere Augen und Ohren hatte und dessen Gesichtszüge zu zerfließen schienen.

„Das habe ich mir gedacht. Wie kommuniziert man dann mit ihm?"

„Gar nicht. Geht weg", sagte das Menschwesen.

„Das geht aber nicht. Ich muss da runter und zwar unter allen Umständen, verstanden? Wir machen euch auch keinen Ärger, wir wollen nur hier weg. Danach könnt ihr weiter hier unten fröhlich vor euch hin leben."

„Fröhlich?" fragte da ein Koloss, der aus dem Schatten hervortrat. Er überragte Tem um mehrere Köpfe und war ihr dennoch nicht aufgefallen, was an seiner beinahe durchsichtigen Gestalt liegen mochte, die sie stark an alte Geschichten von Ogern erinnerte. „Wir leben nicht fröhlich."

„Das ist ja auch nur so eine Redensart, ja?"

„Wir bekommen hier unten nicht oft Besuch", sagte das Menschwesen wieder und Tem spürte die Berührung des Schleimbotzens, der an ihrer Hand zu schnüffeln schien, obwohl er auch keine Nase hatte.

„Besuch wird auch überschätzt. Könnte ich jetzt vielleicht durch?"

„Nein. Niemand geht zu ihnen", sagte der Koloss, lauter als zuvor und in seiner Stimme schwang Ärger mit.

Immer mehr Geschöpfe traten aus der Dunkelheit in das schräg einfallende Licht, das die Höhle noch größer wirken ließ, als sie war. Tem rang mit sich. Sollte sie es auf einen offenen Konflikt hinauslaufen lassen? Sie waren nur zu fünft, von diesen Wesen hier gab es deutlich mehr und einige von ihnen mochten sich noch im Verborgenen halten. Hinter sich spürte sie, wie Vorkron seinen Hammer Stück für Stück anhob, bereit das Fleisch des Menschwesens noch ein wenig weicher zu klopfen.

„Nicht einmal ihr?" fragte Tem und lockerte die Hand um den Griff ihres Säbels wieder. „Aber sie haben euch doch geschaffen. Sie müssten sich doch eigentlich um euch kümmern. Und ich bin sicher, es gibt vieles, was ihr gerne von ihnen hättet. Zum Beispiel Nahrung oder ein schöneres Zuhause als dieses hier. Oder Knochen oder Augen, Ohren, Nasen, Hände oder Füße."

In der Menge aus missgestalteten Kreaturen wurde Unruhe laut. War es Tem gelungen, den richtigen Ton anzuschlagen? Der Schleimbotzen wandte sich ab und sie schlich sich an ihm vorbei, während eine lautstarke Diskussion in der Reihe der Experimente ausbrach, angeführt durch die gegensätzlichen Meinungen des Menschwesens und des durchsichtigen Kolosses. Tem stahl sich an einer Reihe aus gewaltigen Raupen vorbei, von denen eine dabei war, sich zu verpuppen und sich in diesem Prozess auch nicht durch ihre hitzigen Mitgefangenen stören ließ.

Als sie die Eisentür erreichten, waren das Menschwesen und der durchsichtige Koloss in eine körperliche Auseinandersetzung geraten, die jedoch wenig Sinn zu ergeben schien, da das Menschwesen sich kaum bewegen und der durchsichtige Koloss nichts anfassen konnte. Seine Arme wedelten einfach durch das Menschwesen hindurch. Tem fand diese Kreaturen nicht beängstigend, es war eher ein trauriger Anblick, aber Obrook mussten sie zweifelsohne erschreckt haben, als er das erste Mal in diese Höhle gekommen war.

„Herr Bergwall, man könnte meinen, sie waren einst Zwerge, so wie sie miteinander streiten!" lachte Vorkron. Obrooks Miene dagegen war noch immer finster und bedrückt, so dass sich Tem beeilte, die Eisentür zu öffnen.

„Was ist mit dir, Junge? Das ist doch noch mal gut gegangen!" sagte Vorkron.

„Das sind ja auch die netten", flüsterte Obrook, als ob es einen Grund dafür gäbe. Tems Stirn runzelte sich, während sie sich an dem Schloss zu schaffen machte, das nicht einfach zu knacken war. Es gab gleich mehrere Schließmechanismen, die sie ausser Kraft setzen musste, und das alles dauerte viel zu lange. Hinter ihnen war es wieder ruhiger geworden, auch wenn die Debatte noch nicht beendet war.

„Mach schon, Tem!" forderte Ylav und sah sich dabei ständig um.

„Ja! Ich komme an dem letzten Mechanismus nicht vorbei! Eldrin!"

Sie zog den Jungen heran, der geschickt den Draht mehrere Male im Schloss hin und her schnellen ließ, bevor sich die Tür quietschend öffnete. Sie stahlen sich hindurch und ließen die Tür wieder leise zufallen.

„Ob wir lieber wieder abschließen?" fragte Eldrin.

„Nein, wir müssen auf dem Rückweg schnell sein", meinte Tem und schickte Obrook voraus.

„Außerdem sind diese Kreaturen ohnehin zu dumm, eine Tür zu öffnen", raunte Ylav und bildete mit Vorkron den Abschluss der kleinen Gruppe. Doch der Zwerg blickte sich dennoch immer wieder um, bis sie um eine Ecke verschwanden und er die Sicht auf die Tür verlor.

Der Weg war kurz, aber Tem fühlte sich wie eine Getriebene. Valeria war diesen Priestern ausgeliefert, war womöglich schon Teil eines ihrer Experimente, nachdem man ihr die Zähne ausgeschlagen und ihr die Hände abgehakt hatte. Ein schmerzender Klumpen ballte sich in ihrem Bauch zusammen. Das Gesicht des Hauptmannes erschien vor ihr, die Hand, die schwer auf ihrer Schulter lastete, die Stimme, die ihr seine Schwester anvertraute. Wenn sie nur geahnt hätten, was passieren würde, sie wären nie aufgebrochen. Wiederum zweifelte sie, ob es nicht besser gewesen wäre, Reven zu benachrichtigen. Aber das hätte Valerias Leben gekostet.

Sie war müde, aber ihre Beine trugen sie weiter und ihre Hand verkrampfte sich um das Heft ihres Säbels. Sie konnte schlafen, wenn das alles hier vorbei, wenn Valeria in Sicherheit war und sie dem Donnergebirge den Rücken gekehrt hatten. In Gedanken war sie dabei, den Rückzug zu planen, der zweifelsohne eine weitere Herausforderung darstellte, wenn sie sich vorstellte, erneut in einen Konflikt mit dem Durchsichtigen und dem Menschwesen zu geraten. Zudem quälte sie ein unbestimmtes Gefühl, hervorgerufen durch Obrooks Worte, dass dies erst die netten Ergebnisse der priesterlichen Untaten waren. Sie konnte sich nicht vorstellen, was noch in den Schatten der stadtgroßen Höhle lauerte.

„Obrook, was hast du damals in dieser Höhle noch gesehen? Was hat dir solche Angst gemacht?" fragte sie den Halb-Ork, der vor ihr lief und in betretenes Schweigen verfallen war. Er antwortete nicht sofort, doch als er es tat, war seine Stimme leise, als wolle sie das Unheil, das hinter ihnen lag, nicht unnötig heraufbeschwören.

„Es saß in einer Ecke. Es war so groß wie ein Ork und sein ganzer Körper war bandagiert. Nur die Augen lagen frei und waren so rot wie Blut. Verstehst du, Tem? Es war nicht nur das Innere seiner Augen, es waren seine ganzen Augen. Sie waren rot, als bluteten sie, wie es sein Körper tat, denn die Bandagen waren von Blut durchtränkt. Am schlimmsten aber war, dass es mich ansah. Unentwegt, bis die Priester kamen. Ich war umzingelt von diesen anderen Wesen, die mich mit Neugier betrachteten, weil sie jemanden wie mich noch nie gesehen hatten, abgesehen von den Priestern. Sie hielten mich zunächst für ein überhöhlisches Wesen, wie sie es nannten, das gekommen sei, um sie zu befreien. Doch dieses andere Ding nicht. Es starrte mich an, direkt durch die anderen hindurch. Dann kamen die Priester und es zog sich tiefer in die Schatten zurück, als wolle es nicht von ihnen gesehen werden."

„Meinst du, es fürchtete sich vor den Priestern?"

„Nein. Ich glaube, es fürchtet sich vor nichts. Aber ich denke, es wollte sich vor ihnen verbergen, sie nicht wissen lassen, dass es existierte."

„Das heißt, du vermutest, es gehört nicht zu den anderen Experimenten? Es wurde nicht von den Priestern geschaffen? Aber woher sollte es dann kommen?"

„Das kann ich dir sagen, Tem", meinte Vorkron von hinten. „Wenn man so tief ins Gebirge vordringt, wie diese dreimal verfluchten Orks - entschuldige, Kleiner -

das getan haben, würde es mich nicht wundern, wenn sie ein Tor zur Hölle der Weißhaarigen aufgestoßen haben und was von dort kommt, ist das reine Böse."

Tem schwieg und folgte Obrook weiter durch den Gang, der mit Fackeln beleuchtet war. Wenn Obrook recht und sich dieses Wesen aus lauter Angst nicht nur eingebildet hatte, wurde ihre Flucht noch schwieriger als gedacht. Sie klammerte sich jedoch an den Gedanken, dass Valeria, sobald sie sie befreit hatten, wissen würde, was zu tun sei. Dass sie einen Weg hinaus finden und sie alle retten würde, denn sie war die, die Tem gerettet hatte. Nicht nur vor dem winterlichen Schnee und der Kälte von Mysh.

„Wir sind gleich da. Dort ist Licht", meinte Obrook und deutete voraus. Tem konnte das Licht unter der Helligkeit der Fackeln nicht ausmachen, aber Obrooks Augen waren in dieser Hinsicht empfindlicher als ihre. Kurz darauf hielten sie an, denn Stimmengewirr drang bis in den Tunnel und unter diesen Stimmen erkannte Tem die von Valeria. Sie sprach ruhig in elfischer Zunge und es klang, als würde sie einen ihrer Zauber weben.

„Das ist Valeria", raunte sie nach hinten und Vorkron schob Ylav und Eldrin zur Seite und lauschte angestrengt.

„Du hast Recht. Zumindest hat sie noch ihre Zähne und ihre Zunge."

Tem war erleichtert und stieß Obrook an, damit er vorausging. Aber der junge Halb-Ork zögerte, seine alte Angst nahm ihn wieder gefangen. Sie fragte sich, ob er das wahre Grauen erst in den Werkstätten der Priester entdeckt hatte und nicht in der Höhle ihrer Abfälle. Sicher war er in Todesangst hierhergebracht worden, nachdem sie ihn in der Höhle entdeckt hatten. Ob die Priester von der Öffnung wussten? Ob sie sie versucht hatten, zu schließen? Oder ob sie einfach darauf warteten, dass es eines ihrer fehlgeschlagenen Experimente schaffen würde, zu entfliehen? Sie selbst schienen sich nicht vor den Dingen zu fürchten, die sie dort im Halbdunkel zurückließen, wenn sie sie ab und zu fütterten und auch beobachteten.

„Lass mich voran gehen, Tem. Mein Hammer ebnet uns den Weg."

Bevor sie Einspruch erheben konnte, lief Vorkron auch schon los und Obrooks angespannte Schultern senkten sich.

„Schon gut. Du hast uns bis hierher geführt, das hätte die Tapferkeit eines jeden großen Kriegers aufgebraucht", tröstete Tem ihn und folgte Vorkron, ihren Säbel ziehend. Der Zwerg war schnell voran geeilt und stand bereits mit einem Fuß in der Werkstatt der Priester, als sie ihn einholte. Diese war kaum größer als der Kerker mit den Kindern. Die Wände waren gesäumt mit Regalen voller Phiolen, Flaschen, Becher und Töpfe, aus denen Kräuter, aber auch krallen- und fußartige Gebilde hingen. Von der Decke baumelten Büschel von etwas, was Tem zunächst für Kräuter hielt, aber doch Haare, Sehnen, ja sogar getrocknete Blutgefäße waren. In dem Raum befand sich ein langgezogener, aus Eisen gefertigter Tisch, auf dem eine Elfe lag, die Vorkron und Tem sofort erkannten, doch der Tisch war umstellt von sieben, in Schwarz gekleideten Priestern. Die Kapuzen ihrer Mäntel waren tief in ihre Gesichter gezogen und ein Singsang aus gutturalen Lauten vermischte sich mit den elfischen Worten, die aus Valerias Mund drangen.

„Es klingt, als würde sie mit ihnen beten", flüsterte Ylav leise, doch seine Worte reichten, um den Singsang je zu unterbrechen. Die Priester wandten ihre Köpfe den Eindringlingen zu und Tem konnte ein Gesicht sehen, das älter und zerfurchter war als das Donnergebirge selbst. Was sie jedoch noch mehr verwirrte, war, dass es nicht das Gesicht eines Orks, sondern das eines Menschen war.

„Oh, Entschuldigung", meinte Ylav immer noch flüsternd, obwohl dazu keine Veranlassung mehr bestand.

Das Gesicht, das Tems Augen fixierte, stieß einen Schrei aus, der in dem kleinen Raum widerhallte und seine schmerzenden Krallen in das weiche Fleisch ihres Hirns versenkte. Die anderen hinter ihr schrieen auf, doch nicht nur sie. Da war eine Stimme zu viel, die sich bemerkbar machte. Tem wandte den Kopf und erblickte das Menschwesen, den Schleimbotzen und den Durchsichtigen, die ihnen gefolgt waren. Hinter ihnen waren im dämmrigen Licht der Fackeln noch mehr dieser Versuche zu erkennen, die sich aber sofort zurückzogen.

„Wir hätten doch abschließen sollen", brachte sie ächzend hervor.

„Verdammte Hacke!" rief Vorkron, stürmte nach vorne und riss mit seinem Hammer den Kopf des schreienden Priesters zur Seite. Dieser fiel leblos zu Boden. Die anderen Sechs stimmten gleichzeitig einen neuen Singsang an, nur Valeria stimmte dieses Mal nicht ein. Tem konnte nun erkennen, dass sie vollkommen nackt und ihr Blick starr an die Decke gerichtet war, als sei sie nicht bei sich.

„Wir wollen Knochen und Ohren und Hände!" schrie das Menschwesen hinter ihnen und Tem wurde zur Seite geschubst und prallte gegen ein Fass, in dem Gedärme in Blut eingelegt waren. Der Geruch, der ihr entgegenschlug, hätte ihren Magen geleert, wenn sich nur etwas darin befunden hätte.

Die Experimente stürzten sich auf die Priester, deren Gesang unterbrochen wurde. Vorkron nahm sich mit dem Hammer einen weiteren Priester vor, dessen Brustkorb er zerschmetterte. Als er zu Boden fiel, rutschte seine Kapuze von seinem Kopf und offenbarte ebenfalls einen alten Menschen.

„Das gibt es doch nicht! Die Priester der Orks sind Menschen!" schrie Vorkron verblüfft auf. „Hässlich wie die Orks selbst, das muss man sagen, aber doch Menschen."

„Menschen, die Nash Var'du einstmals um sich geschart hat und mit denen es ihm gelungen ist, die Menschen aus Mysh zu täuschen und alle zu vernichten", raunte Ylav.

„Mir ist völlig egal, was sie sind, solange sie nicht tot sind", meinte Tem neben ihm und sah dabei zu, wie das Menschwesen und der Schleimbotzen einen der Priester bedrängten. Der Durchsichtige war nicht in der Lage, jemanden zu verletzen, aber seine Erscheinung lenkte einen anderen Priester so sehr ab, dass er Vorkrons Hammer nicht kommen sah, der durch den Durchsichtigen fuhr und den Priester umriss, so dass er gegen ein Regal prallte und liegen blieb. Die anderen versuchten unterdessen zu einer Tür zu gelangen, die hinter einem Teppich aus Sehnen verborgen lag, doch Obrook und Ylav stellten sich ihnen in den Weg.

Tem lief zu dem Tisch, auf dem Valeria lag, und betrachtete ihr Gesicht, das keinen Zug von Leben mehr trug. Ihr Körper war kalt, aber sie atmete. Sie war nicht tot. Die Priester mussten sie betäubt haben. Wenn dem so war, würde sie irgendwann wieder aufwachen. Tem sah sich eilig in dem Raum um, fand aber nichts, womit sie Valeria bedecken konnte. Deshalb beugte sie sich zu dem toten Priester, dem Vorkron den Schädel verrückt hatte, und pellte ihn aus dem schwarzen Mantel, der fürchterlich stank, aber sich schwer und warm anfühlte. Sie deckte ihn über Valerias Körper und zog die Elfe vom Tisch. Sie war leichter, als Tem erwartet hatte, aber ewig würde sie sie nicht tragen können.

„Überlasst sie ihren Kindern! Wir müssen hier raus!"

Ylav zog seinen Säbel aus dem Leib des Priesters, der vor ihm zu Boden ging, und packte Eldrin, der mit kindlicher Neugier und bar jeden Ekels die verschiedenen Töpfe in den Regalen betrachtete, sich der Gefahr nicht bewusst, der sie ausgesetzt waren. Obrook folgte ihnen in den Tunnel. Als Letztes kam Vorkron, der seinen vierten Priester in die Gefilde der Weißhaarigen geschickt hatte und nun triumphierte:

„Das war einfach. Einfacher als ich dachte. Diese Priester haben nicht viel drauf."

„Wir haben sie gestört. Ich bezweifle, dass sie in einem vorbereiteten Kampf so hilflos wären. Aber sie waren in einer Zeremonie. Sie haben Valeria betäubt und hatten irgendetwas mit ihr -"

Tem war schon mit einem Fuß im Tunnel, als ihr ein gläsernes Gefäß auffiel, das zu einer bauchigen Flasche geformt war und auf einem steinernen Sockel stand, der aus der Wand ragte. In dem Gefäß schwebte gasförmiges Schwarz.

„Nash Var'du." Tem wusste nicht, wie die Priester ihn wieder dort eingefangen hatten, sie kannte Nash Var'dus Überreste nur aus der Erzählung Eldrins, aber das musste er sein. Hatten die Priester versucht, ihn Valeria einzupflanzen? Oder sollte sie nur ein weiteres Experiment für die Weißhaarige sein?

„Vorkron, nimm Valeria!"

Ohne eine Antwort abzuwarten, presste sie die Elfe in Vorkrons Arme, der einen Moment taumelte, sich fing, bevor er das hilflose Wesen noch fallen ließ, und verwirrt verfolgte, wie Tem zurück in die Werkstatt der Priester rannte, obwohl sie sie doch eben zum Rückzug aufgefordert hatte. Inzwischen hatten sich die Priester gefangen und eine Stichflamme, die Vorkron heißen Atem ins Gesicht schlug, zerriss die Luft der Höhle und versenkte das Menschwesen, dessen verbranntes Fleisch zu Boden floss. Der Schleimbotzen beschrieb einen Bogen über den Boden, um zu fliehen, aber einer der Priester griff zu einer

Flasche, schleuderte sie in die Luft und traf den Schleimbotzen, der innerhalb von Sekunden zerfressen wurde.

„Tem, du musst dich beeilen!" schrie Vorkron und sah, wie der zweite Priester den Durchsichtigen mit leuchtenden Händen berührte, wie sich der Durchsichtige unter der Berührung wand, zu Boden ging und dort liegen blieb, wobei kleine Blitze durch seinen Körper fuhren.

Tem hatte den Sockel erreicht und betrachtete das Gefäß. Sollte es einfach so auf dem Sockel abgestellt worden sein? Niemand wagte sich in die Höhle der Priester, aber sie konnte sich nicht vorstellen, dass sie so leichtsinnig mit etwas so Wertvollem umgehen würden, das sie schon einmal verloren geglaubt hatten. Sie blickte sich um und nahm eine Vogelkralle aus einem der Töpfe, um sie auf den Sockel zu werfen. Es geschah nichts.

„Tem, jetzt mach schon!" rief Vorkron erneut und Tem hörte hinter sich die schlurfenden Schritte der Priester und ihren Gesang, der sich zu einem neuen Zauber wob. Sie konnte nicht länger zögern. Sie wollte nach dem Gefäß greifen, als sie durch den schwarzen Nebel hindurch am Boden einen Mechanismus entdeckte, eine Art Knopf, der sich lösen, nach oben schnellen und mit Sicherheit eine Falle auslösen würde, wenn sie die Flasche ergriff.

„Das ist also die Falle, nicht sehr raffiniert, aber doch brauchbar." Tem schnappte sich ein anderes Gefäß, einen mit blutrotem Pulver gefüllten Becher, aus dem Regal, zog langsam die Flasche weg und schob gleichzeitig den Tonbecher darauf. Es geschah nichts und Tem wollte erleichtert aufatmen, als ein Windstoß an ihr vorbei flog, den Becher umriss und sich in Sekundenschnelle vor ihr aus der Wand Pfeile lösten. Tem ließ sich fallen, doch einer der Pfeile streifte ihr Ohr und riss ihr ein Stück heraus. Ein Zweiter bohrte sich in ihre Schulter und ließ ihren Arm schlagartig erlahmen. Das Gefäß mit Nash

Var'du darin flog durch die Luft und Tem gelang es wenige Zentimeter über dem Boden es mit ihrer gesunden Hand aufzufangen. Hinter ihr röchelte einer der Priester, getroffen von der eigenen Falle, und spuckte Blut. Tem rappelte sich auf und rannte zu Vorkron, der sich sofort in Bewegung setzte, mit Valeria im Arm aber nicht rasch genug vorankam. Der verbliebende Priester folgte ihnen zwar nicht, aber sie waren sicher, dass er auf dem Weg war, um die Wachen zu alarmieren, und ihnen blieb nicht mehr viel Zeit, um diesem Gefängnis zu entfliehen.

Die Eisentür, die sich kurz darauf vor den Dreien zeigte, war bereits geöffnet und führte sie zurück in die Höhle mit den Missgestalteten, die erwartet hatten, ihre Gefährten zu entdecken. Doch was ihnen entgegenkam, war die aufgebrachte Gruppe, wegen der sie sich eben noch gestritten hatten. Ylav stand bereits zwischen ihnen und diskutierte mit einem hin und her schwingenden Fleischklumpen ohne Augen, aber mit einem besonders breiten Maul. Doch wo waren Obrook und Eldrin hin? Da kam der Zwerg mit den vielen Augen und Ohren zu Tem und Vorkron getrippelt.

„Wo sind sie?" fragte er und Tem brauchte einen Moment, bis sie begriff, wen er meinte.

„Ich fürchte, sie sind tot. Die Priester haben sie umgebracht."

Plötzlich flog die Eisentür auf, die zu dem Kinderkerker führte. Tem wollte schon die Flasche mit Nash Var'du fallen lassen und nach ihrer Waffe greifen, als Obrook, gefolgt von einer Schar Kinder, unter denen sich auch Eldrin befand, in die Höhle gestürmt kam.

„Tut mir Leid, ich dachte, ich hole sie schon. Wir haben zu spät bemerkt, dass Vorkron und du nicht gekommen seid."

„Schon gut. Jetzt aber Beeilung! Ich hoffe, du hattest genug Zeit, zu lernen, Eldrin!"

„Ich versuche es!"

„Zuerst die Kinder, Eldrin, bring sie nach oben!", sagte Ylav und trieb die verstreute Herde zusammen, wobei ihm beständig der Fleischklumpen folgte. Tem beobachtete, wie ein Kind nach dem anderen durch die Öffnung nach oben gelangte. Die Versuche der Priester sahen ihnen nur dabei zu. Sie verstanden nicht, was um sie herum geschah. Tem war froh darüber. Sie hatte keine Kraft mehr, um mit ihnen zu verhandeln oder sie gar zu bekämpfen. Sie wollte sich einfach nur noch hinlegen und schlafen.

„Tem." Die Stimme war leise und sanft und Tem war unendlich glücklich, sie zu hören.

„Valeria, du bist wach!" brüllte Vorkron begeistert und eine Träne löste sich aus seinem Augenwinkel.

„Ja, obwohl ich jetzt zweifelsohne taub bin." Valeria lachte leise, obwohl es sie anstrengte.

Tem trat zu den Beiden. Vorkron legte die Elfe auf dem Boden ab und sie setzte sich langsam auf.

„Was haben sie mit dir gemacht?" fragte Tem und zog den Mantel, der ein wenig verrutscht war und Vorkron die Schamesröte auf die tränennassen Wangen trieb, wieder nach oben, um ihre Schultern zu bedecken.

„Ich kann mich nur an unsere Ankunft erinnern und wie ich den Priestern übergeben wurde. Sie sprachen sehr leise und in einer mir unbekannten Sprache. Es war kein Orkisch, was mich verwirrte, aber da packten mich zwei Wachen. Eine umfasste meinen Nacken, die andere brach mir fast den Kiefer, als ihre Finger zwischen meine Lippen griffen, und dann floss etwas in meine Kehle. Mir wurde schwindlig und das Nächste, woran ich mich erinnere, war Vorkrons kitzelnder Bart auf meinem Gesicht."

„Entschuldige", meinte der Zwerg halblaut und schniefte kurz.

„Ich kenne unangenehmere Arten, geweckt zu werden", sagte Valeria und legte ihm eine Hand auf die Wange. Vorkron stotterte ein paar Worte und ging dann zu den anderen, um ihnen bei der Rettung der Kinder und Frauen zu helfen.

„Ich bin froh, dass du wieder bei uns bist", flüsterte Tem.

„Tem. Während ich schlief, habe ich deine Stimme immer wieder gehört. Du warst mir ein Trost in der Nacht, in der Dunkelheit. Bei uns Elfen ist das der Beweis dafür, dass wir -"

„Tem!" Obrooks Stimme unterbrach Valerias Worte und Tem blickte auf. Hinter dem Halbkreis, den die Missgestalteten gebildet hatten, war ein weiteres Wesen aufgetaucht. Es war so groß wie ein Ork, sein Körper war bedeckt von blutdurchtränkten Bandagen und seine Augen funkelten rot im wenigen Licht, das in die Höhle drang.

„Das ist es", flüsterte Obrook hinter ihr.

„Sind die Kinder und Frauen schon oben?"

„Gleich. Nur noch zwei."

„Danach soll Eldrin hinauf, gefolgt von Ylav, Valeria, dir und Vorkron."

„Tem." Valeria ergriff ihre Hand und zog sich an ihr auf die Beine. Sie konnte kaum stehen, deshalb umklammerte sie Tems Arm und ihre Lippen streiften ihre Wange. „Du hast den richtigen Weg eingeschlagen und bewiesen, dass du auch gegen einen wahren Feind siegen kannst. Nie wurdest du aufgefordert, den Helden zu spielen."

„Tue ich doch gar nicht. Ich komme doch gleich nach euch. Ich will nur sehen, was das für ein Ding ist."

„Ich hatte gehofft, mein Anblick würde dich mehr interessieren."

„Valeria, wir haben keine Zeit, mich in Verlegenheit zu bringen. Wir müssen jetzt erstmal hier raus, danach hat mein Blut genug Zeit, sich auf den Weg in meinen Kopf zu machen. Geh jetzt mit den anderen. Bitte."

Tem richtete ihren Blick wieder auf das Wesen. Valerias Hände lösten sich von ihr, als Obrook sie direkt unter die Öffnung brachte. Aus dem Augenwinkel konnte Tem sehen, wie Ylav durch die Luft nach oben schwebte. Was für ein Gefühl musste es für ihn sein, diesem Gefängnis zu entkommen. Sie hatte doch etwas Gutes getan, hatte Unschuldige befreit, ihre Freunde gerettet, sie war keine Diebin mehr. Warum nur hatte sie dennoch solche Angst? Warum zitterte sie am ganzen Leib, wenn sie diesem Ding in die roten Augen blickte? Bisher war sie immer der Ansicht gewesen, dass Helden irgendwann unerschrocken jeder Gefahr gegenüberstehen, kämpferische Sprüche klopfen und am Ende mit einer Schramme aus dem Kampf hervorgehen würden, die sie nur noch attraktiver machte. Aber auch wenn sie ihre Freunde gerne in Sicherheit sah, so wünschte sie sich in diesem Moment nichts sehnlicher als Ylav zu sein, der nach oben in die Freiheit gelangte.

Das Wesen starrte sie unverwandt an und schien nicht auf die durch die Luft reisenden Gefangenen zu reagieren, auch nicht auf die Missgestalteten, die scheu vor ihm zurückwichen und sich in die Schatten zurückzogen, als auch Vorkron auf dem Weg nach oben war. Wenn es weiterhin regungslos blieb, konnte sie entkommen, ohne es bekämpfen zu müssen, doch da hörte sie aus dem Gang, der zu den Werkstätten der Priester führte, das Geräusch von breiten eisenbeschlagenen Füßen, die auf einen Steinboden trafen.

„Verdammt", fluchte Tem leise und blickte nach oben. Vorkron hatte den Rand der Öffnung erreicht. Der Zwerg und Valeria blickten zu ihr hinunter und Eldrin wisperte leise Worte, um auch Tem hinauf zu holen. Aber es würde zu lange dauern. Noch immer regte sich das Wesen nicht.

„Nash Var'du", sprach eine tiefe Stimme, die direkt neben Tem zu stehen schien. Sie widerstand jedoch dem Drang, sich umzudrehen und nachzusehen, denn sie ahnte, dass diese Stimme zu dem Ding gehörte, dessen blutrote Augen sie fixierten.

„Nash Var'du? Das willst du von mir? Den Geist des Orkenmagiers?"

„Nash Var'du", raunte es wieder und Tem fuhr zusammen, weil die Stimme direkt aus ihrem eigenen Inneren zu kommen schien. Die Flasche in ihrer Hand wurde schwerer und sie wollte sie am liebsten von sich werfen und verschwinden, aber die Schritte im Gang, die sich unaufhaltsam näherten, die roten Augen dieses Wesens - sie konnte diese Flasche nicht zurücklassen, sie musste sie von hier fortbringen und Nash Var'dus Geist endgültig vernichten.

„Nash Var'du!" schrie nun die Stimme und Tem zuckte zusammen, als habe allein der Klang sie verletzt.

„Du kriegst ihn nicht. Wenn du ihn willst, musst du ihn dir schon holen!" rief Tem zurück.

„Tem, du musst in den Lichtstrahl, sonst kann dich Eldrin nicht erreichen!" rief Vorkron. Tem sah zu ihnen auf. Die Stelle, an der der Lichtstrahl auf den Boden traf, war vier Fuß entfernt. Eine kleine Strecke, aber sie schien unendlich weit. Sie sah wieder zu dem Wesen und bemerkte, dass es in der kurzen Zeit, die sie es nicht betrachtet hatte, auf unerklärliche Weise näher gekommen war, so nahe, dass sie den Geruch von Blut und Tod wahrnahm.

„Ich fürchte, das geht nicht, Vorkron", sagte sie leise, so leise, dass sie es unmöglich hören konnten, und dann drehte sie den Kopf, sah nach oben und schrie: „Lauft weg! Schne-"

Als ihr Leib von der Faust des Wesens getroffen wurde, knackten zwei oder drei Rippen durch, als wären ihre Knochen kaum stärker als Schilf. Der Aufprall am Boden raubte ihr kurzzeitig die Luft und vor ihren Augen breitete sich eine Schwärze aus, die tiefer war als die Dunkelheit in den Gängen des Donnergebirges. Nash Var'dus Gefängnis lag locker in ihrer Hand.

Da stürmten die ersten Orkwachen in die Höhle und erstarrten beim Anblick des Bandagierten. Der verbliebene Priester war bei ihnen und stieß einen entsetzten Schrei aus, der nach den Worten Nash Var'du klang, wenn er sie auch nicht so artikulierte, und flüchtete zurück in den Gang. Tems dahintreibender Verstand begriff, wen sie vor sich hatte. Wie auch immer er es geschafft hatte, aber er lebte, Nash Var'dus Körper war noch am Leben. Und er gelüstete nur nach einer einzigen Sache.

Die Orkwachen blieben verwirrt stehen, doch ein Blick des bandagierten Körpers von Nash Var'du reichte aus, um sie in die Flucht zu schlagen. Die Eisentür krachte zu und wurde verschlossen. Doch wenn Nash Var'du an seinen Geist gelangte, wäre das für ihn wohl zu bewältigen, abgesehen davon, dass die Tür zu den Kerkern weit offen stand. Sie kam nicht dazu, darüber nachzudenken, ob sie selbst durch diese Tür flüchten konnte. Nash Var'du würde sie verfolgen und ihm auf den Fersen tausende von Orks, die sich in den Gängen versteckt hielten.

Als Nash Var'du seinen bandagierten Fuß auf ihren Brustkorb setzte und ihre Lunge zusammenquetschte, wusste sie, dass das Ende gekommen war und dass es nur noch eine Sache zu erledigen gab. Nash Var'du beugte sich zu ihr hinunter, bereit, ihr mit der blutenden Hand die Kehle abzudrücken. Sie hob den Arm und warf die

Flasche mit seinem Geist in den Lichtstrahl. Blitzschnell war der Körper von ihr hinunter und sprang in die Luft, um sie zu fangen, aber anstatt einen Bogen zu beschreiben und wieder hinunter zu fallen, wie es sich das bandagierte Wesen erhoffte, stieg die Flasche immer weiter hinauf und landete in den Armen eines kleinen Kindes.

Tem blieb liegen und schloss die Augen. Sie lächelte, auch in dem Moment noch, als ein Schrei die Höhle erzittern ließ, als ein schwerer Körper sich auf sie stürzte, sie nach oben riss und sie durch den Raum schleuderte, direkt in den Lichtstrahl, der ihr Gesicht ein letztes Mal erwärmen sollte. Die Dunkelheit wurde von Licht durchdrungen und Tem überließ sich den sanften Federschwingen Kaels, der sie hinauftrug und sie mit Tränen empfing.

14
1788 nach Entdeckung der Götter, 7. Wintertod, Donnergebirge in Walbucht

Die Stimmen kamen ihr vertraut vor, aber ihre Augen ließen sich nicht dazu bewegen, sich zu öffnen. Sie versuchte nur zu verstehen, wie es möglich war, dass sich Vorkron und Valeria am selben Ort befanden. Sie war von Kaels Schwingen davon getragen worden in sein Reich, hoch über den Wolken. Vorkron und Valeria konnten ihr nicht gefolgt sein, selbst wenn sie tot waren. Aber sie hatte sie doch gerettet. Sie hatte gesehen, wie sie von Eldrin durch den Ausgang gebracht worden waren. Sie waren am Leben, dessen war sich Tem sicher. Aber wenn sie doch tot waren, wie sollten sie zu ihr in Kaels Reich gelangt sein? Sie mussten sich in den Wäldern und in den Bergen bei ihren Ahnen befinden.

Und warum war es im Reich Kaels so kalt? Sie war doch nun viel näher an der Sonne und irgendwie hatte sie immer gehofft, dass das Jenseits keine Kälte und keine Hitze kannte. War sie ein Irrläufer und in den Gefilden eines anderen Gottes gelandet?

„Da hätte ich auch gleich auf der Ebene in Walbucht bleiben können", murmelte sie und die Stimmen verstummten für wenige Sekunden, um dann in aufgeregtes Gemurmel auszubrechen. Eine Hand strich über ihre Wangen, Lippen berührten zart die ihren. Das fühlte sich viel mehr nach dem Reich Kaels an. Sie fragte sich nur, wer sie da gerade küsste. Eine von den Federtragenden, von denen die alten Legenden sprachen?

„Hör mal, ich habe vor kurzem erst eine Elfe geküsst. Mir ist nicht nach einer neuen Unsterblichen."

Ein sanftes, helles Lachen, verfolgt von einem grollenden. Das waren keine Federtragenden, das war auch nicht Kaels Reich. Sie war nicht gestorben. Mit Mühe öffneten sich ihre Augenlider ein Stück und ein verschwommenes Bild tanzte vor ihr und bildete zwei Schemen.

„Sie ist wieder bei Bewusstsein", sagte die Stimme, die zu der hellhäutigen Figur passte, die nur langsam eine scharfe Kontur annahm und dann wie Valeria aussah. War sie doch gestorben? War dies ihre Vorstellung vom Jenseits?

„Bin ich, aber bin ich auch am Leben?" fragte sie mit matter Stimme und Valeria lachte leise.

„Das bist du, du bist am Leben. Tem."

Valerias Körper, wenngleich zierlich, beugte sich über sie und erdrückte sie fast. Tem spürte einen stechenden Schmerz in ihrem Brustkorb und ihre Schulter fühlte sich weiterhin taub an. Sie lebte noch, ganz eindeutig. In Kaels Himmel wollte sie jedenfalls keine Schmerzen mehr erleiden.

„Meine Ziehmutter hat immer gesagt, Liebe sei schmerzhaft", murmelte sie leise.

„Oh, entschuldige bitte. Ich bin nur so froh, dass du lebst", sagte Valeria und ließ sie los. Die zweite Kontur neben ihr war zu Vorkron geworden, in dessen Augen sich Ungläubigkeit spiegelte.

„Bei Herrn Bergwall, ein wahrer Zwerg muss einst unter deinen Ahnen gewesen sein. Keiner von uns hätte einen solchen Hieb überstanden. Valeria und ich wollten schon hinunter springen und uns um das Ding kümmern, um dir zu helfen. Aber als du dann oben warst, da war ganz klar, dass dir niemand mehr helfen konnte. Du warst so wabbelig wie das Menschwesen da unten geworden."

„Ich fühle mich auch, als wären nicht mehr viele Knochen in meinem Körper ganz. Und mir ist kalt. Wo sind wir?"

„Obrook zufolge auf einem Gipfel des Donnergebirges. Unter uns grollt es schon eine ganze Weile, ich fürchte, wir werden bald verfolgt. Aber der Junge bringt uns hier raus, er kennt sich hier besser aus als die Schweineschnauzen."

„Außerdem hat Ylav diese Nacht unentwegt nach den Milanen gerufen, die in Grenzwacht ausgebildet werden. Er sagt, sie fliegen über ganz Walbucht, auch wenn sie sich selten an das Donner- oder Gewittergebirge wagen. Er hofft dennoch, einen von ihnen anlocken und Reven eine Nachricht schicken zu können", erklärte Valeria und strich Tem eine Haarsträhne aus dem Gesicht.

„Das heißt, es ist noch immer möglich, dass mich Kael zu sich holt."

„Nicht solange wir auf dich acht geben, Kind. Kael kann dich haben, wenn die Zeit heran ist, aber noch nicht jetzt. Du hältst schon noch durch. Es wird zwar ein weiter Weg, aber wir kommen hier weg."

„Versuch noch zu schlafen. Ich bin bei dir", flüsterte Valeria und küsste das Ohr, das unter den Pfeilen nicht gelitten hatte. Tem fürchtete sich vor dem Tag, an dem sie in eine spiegelnde Oberfläche sehen und ihr zerstörtes Ohr betrachten würde. Jetzt sah sie vermutlich wirklich aus wie eine Diebin. Über diesen Gedanken wich ihr Bewusstsein wieder und alles, was sie in den nächsten Tagen und Nächten in der eiskalten Welt hielt, war eine Hand, die ihre nie los ließ.

15
1788 nach Entdeckung der Götter, 12. Wintertod, Ebene in Walbucht

Die ganze Nacht war sie von Frost geschüttelt worden. Ihr Körper war so kalt, dass sie glaubte, sie liege unter einer Eisdecke verborgen. Valeria bedeckte sie mit allem, was sich aufbringen ließ. Als das erste Kind starb, bedeckten sie es mit Schnee und setzten ihren Weg durch das Gebirge fort. Als das zweite Kind starb, entkleidete Valeria es und nutzte sein schäbiges Hemd als Verband, um das Blut, das Tems Schulter durchtränkte, aufzuhalten. Sie ließen das Kind zurück und fanden keine Zeit, es zu begraben, denn hinter ihnen erklangen die Trommeln des Krieges und immer wieder versteckten sie sich in Spalten oder hinter steilaufragenden Felsspitzen, weil ihre Verfolger nah schienen.

Am sechsten Tag nach ihrer Flucht stiegen sie hinab zum Fuß des Donnergebirges und begaben sich auf die Ebene hinaus. Obrook führte sie einen Weg entlang, den die Orks selten nutzten, aber vom Gebirge aus waren sie auf der Ebene so gut zu sehen, dass selbst die Orks sie nicht verfehlen konnten. Erst am Abend zog ein Sturm auf und machte es Verfolgten wie Verfolgern unmöglich, weiterzuziehen. Sie setzten sich in einen Kreis, nah beieinander, wärmten sich gegenseitig. Valeria hielt Tem fest in ihren Armen, deren Stirn heiß glühte. Nur in langen Abständen kam sie kurz zu sich, versank jedoch bald wieder in die Dunkelheit.

In dieser Nacht starben zwei der Frauen und am Tag darauf das dritte Kind. Obrook führte sie weiter. Er wollte nicht aufgeben. Ylav und Eldrin folgten ihm und riefen nun gemeinsam nach den Milanen, die sich nicht zeigten. Als Tem an jenem Tag zu sich kam und Valeria ihr geschmolzenen Schnee einflößte, hörte sie, wie die Elfe und Vorkron zu zweifeln begannen, ob sie die ganze Gruppe bis Freisaat würden durchbringen können. Sie glaubten nicht, dass die Milane kommen würden.

Doch als Tem das nächste Mal erwachte, hörte sie einen Schrei und ein rötlich gefiederter Vogel zeigte sich in kreisenden Bewegungen über ihnen. Ylav rief weit entfernt von ihr nach ihm und Tem versuchte zu lächeln. Ihr Brustkorb schmerzte, als ob ein eisernes Band ihn jeden Tag ein kleines Stück mehr zusammendrücken würde, und ihr Arm war taub und sandte eine schreckliche Kälte durch ihren ganzen Körper. Aber noch immer quälte sie mehr der Gedanke nach ihrem Aussehen und daran, welchen Eindruck sie jetzt auf Valeria machen würde.

„Tem, kannst du mich hören? Ylav hat wirklich einen Milan gerufen. Er kreist über uns. Er wird Reven Nachricht bringen."

„Kann der Hauptmann etwa mit Vögeln reden?" brachte Tem hervor und schlug sacht die Augen auf, weil sie Valeria sehen wollte. Das vertraute Gesicht war dicht über ihr und ihr Atem war die erste Wärme, die Tem seit ihrer überhasteten Abreise aus dem Donnergebirge spürte.

„Er kann wie alle Elfen mit vielen Tieren sprechen. Doch vorsichtshalber geben wir dem Milan eine Haarlocke von mir mit. Reven wird kommen. Er wird eine Armee schicken, um uns zu helfen, darauf kannst du dich verlassen."

„Nicht, wenn der Oberst was dagegen hat. Sind die Orks immer noch da?"

„Der Schneesturm hat unsere Spuren verwischt, aber sie werden bald aufholen. Doch eine Horde Orks ist kein Problem für unseren Zwerg. Er freut sich schon regelrecht auf die Schlacht, obwohl er immer noch aussieht, als sei er gerade mit dem Kopf voran gegen eine Felswand gerannt."

„Müsste bei seinem Dickschädel nicht die Felswand so aussehen, als sei sie von Orks verprügelt worden?"

Valerias helles Lachen streifte sie und ließ sie in die Dämmerung ihrer Träume gleiten, die kaum mehr waren als Fetzen von Erinnerungen. Erinnerungen an ihre Ziehmutter, an ihre Zeit in Kohlhausen, an ihren Weg nach Grenzwacht, an den Tag, an dem sie Valeria und Vorkron kennengelernt hatte. Er schien Äonen zurück zu liegen. Sie erinnerte sich auch an den Moment, in dem sie geglaubt hatte, Valeria sei tot und daran, wie die Elfe sich aufgesetzt und sie in dieser Höhle angesehen, sich an sie geklammert hatte.

„Was wolltest du damals sagen? Ich war dir ein Trost in der Nacht. Das ist ein Beweis bei euch Elfen, für was?"

Es war dunkel und Tem wusste nicht, wie lange sie dieses Mal geschlafen hatte. Weit entfernt konnte sie das Donnergebirge sehen. Sie mussten viele Meilen gewandert sein. Valeria hielt ihre Hand und lehnte an Vorkron, der seinerseits an ihrem Rücken saß und schnarchte.

„Du bist wach?" Valeria schlug die Augen auf. Sie waren müde und eingefallen. Unter ihnen zeigten sich dunkle Spuren. Als sie Tems Blick bemerkte, schüttelte sie nur den Kopf: „Wir haben noch ein Kind und eine der Frauen verloren. Und die anderen überleben keine weitere Tagesreise mehr. Der Milan ist nicht zurückgekehrt und die Orks kommen näher. Ich konnte sie sehen. Es war alles umsonst, Tem."

„Du weichst meiner Frage aus."

Valerias Blick, der sich in Verzweiflung verloren hatte, richtete sich auf sie. Ein vages Lächeln kehrte auf ihre Lippen zurück und sie beugte sich über Tem, wodurch Vorkron rücklings in den Schnee fiel und einfach weiter schnarchte.

„Dies ist bei uns Elfen ein Zeichen dafür, dass wir es mit einem hartnäckigen Menschen zu tun haben, der uns in all seiner Sturheit bis in den nahen Tod nicht los lässt."

Sie küsste sie sanft, aber Tem runzelte die Stirn und hob ihre gesunde Hand, die rot und rau geworden war.

„Moment! Das klingt nicht nach dem, was du mir in der Höhle sagen wolltest. Du lügst doch."

„Könnte ich dich je anlügen?"

„Aber sicher. Du bist eine Elfe. Ihr könnt uns Menschen mit eurem Aussehen und euren Blicken in den Wahnsinn treiben. Meine Ziehmutter hat mich immer vor euch gewarnt. Ihr seid gefährlich."

Tem schnappte nach Luft. Das Band um ihren Brustkorb hatte sich ein wenig gelöst und es fiel ihr leichter zu atmen, auch wenn durch die beständige Kälte und den Frost, der ihr Fleisch durchdrang, ihre Muskeln steif geworden waren.

„Doch ich glaube, diese Art von Gefahr mag ich."

Valeria wollte sie noch einmal küssen, als Tem leise zu lachen begann, woraufhin ihr Brustkorb wieder verkrampfte.

„Das geschieht dir recht, wenn du mich neckst und mich auslachst."

„Ich lache dich nicht aus. Mir ist nur eingefallen, dass du viel hübscher bist als Nash Var'du."

„Du redest dummes Zeug, junges Menschenkind."

Tem antwortete nicht mehr. Sie fühlte noch, wie Valeria ihre Hand über ihren Hals und ihre Wangen gleiten ließ, dann war sie wieder fort.

16
**1788 nach Entdeckung der Götter, 16. Wintertod,
Ebene in Walbucht**

Tems Augenlider zuckten im Rhythmus der aufeinander
prallenden Klingen. Das Geräusch von Schreien weckte
sie aus dem Dämmerschlaf, der sie die letzten Tage gefangen gehalten hatte. Sie versuchte zu verstehen, was um
sie herum vor sich ging. Erst als ein harter Stiefel in ihren
Magen trat, wusste sie, wer da brüllte, Befehle ausstieß,
deren Inhalt sie nur erraten konnte, und wer dabei war,
das Blut der kleinen fliehenden Gruppe, der sie angehörte, zu vergießen.

Der Stiefel auf ihrem Bauch bewegte sich zurück und
wieder vor, wippte auf ihren geschundenen Rippen, ließ
sie erneut knacken und versetzte ihr einen solchen Stich,
das ihr ganzer Körper sich aufbäumte und sie mit dem
Kopf gegen eiserne Beinlinge prallte. Ihre Stirn platzte
auf, ein Schwertheft wurde dagegen geschlagen und sie
fiel wieder in den kalten Schnee. Langsam löste sich ihr
Geist von ihrem Körper und als ob sie wahrhaft neben
dem Ork stünde, der da gerade auf ihr herumtrampelte,
sah sie seinen Gegner, Vorkron, der unerbittlich mit seinem Hammer auf ihn einschlug und ihn schließlich zu
Fall brachte.

Vorkron stürzte zu ihr, aber Tem fühlte die Berührungen seiner rauen Hände nicht mehr. Ihr Blick schweifte
zu Valeria hinüber, die still da stand, zu ihr sah. Tränen
rannen über ihre Wangen, während sie Vorkrons Schreie
hörte. Tem hätte sie gerne getröstet, aber sie konnte sich
von ihrem Körper noch nicht befreien. Sie konnte nicht
zu ihr hinüber gehen, sie kein letztes Mal berühren. Sie
wäre gerne mit ihr nach Kohlhausen gezogen, hätte sie
gerne ihrer Ziehmutter vorgestellt. Nun konnte sie sie

auch nicht mehr beschützen, wie sie es Hauptmann Reven versprochen hatte. Ihr Leben war plötzlich einfach zu Ende und ihr fielen unzählige Dinge ein, die sie gerne getan hätte. Aber dafür war es zu spät.

Am Horizont zeigte sich ein Lichtschimmer. Die Sonne stieg über den Rand der Welt. Was wohl dahinter lag? Sie kannte die Erzählungen von den Eilanden weit hinter den Meeren. Gerne hätte sie sie einmal besucht. Ob sie Kael dazu bewegen konnte, mit ihr auf den Wolken dorthin zu spazieren? Aber welchen Wert hätte dieser Anblick schon ohne ihre Freunde, ohne Eldrin oder ihren kleinen Bruder Obrook?

In das Licht mischten sich Hunderte von springenden Funken, die größer wurden, sich in eiserne Rüstungen verwandelten, die sich auf Pferden, schnell wie die aufsteigende Morgenröte, dem Schlachtfeld näherten. Obwohl sie noch soweit entfernt waren, konnte Tem Hauptmann Reven erkennen, der an der Seite von Oberst Bruch ritt. Sie führten eine einhundert Kopf starke Truppe an, die rasend näher kam. Schon prallten Schwerter auf Säbel. Bogenschützen schossen Pfeile ab, die den Himmel kurzzeitig verdunkelten. Tem betrachtete das Schauspiel vollkommen fasziniert. Wäre sie doch nur Teil dieser Schlacht und nicht nur ein lebloser Körper unter den Fingern ihres Freundes.

„Du musst dich schon entscheiden. Willst du jetzt auf meinen Schwingen zu den Eilanden reisen oder hier verweilen? Dein Körper ist zwar ziemlich mitgenommen, aber wenn du entschlossen bist, kannst du es schaffen."

Verwirrt über die Stimme drehte sich Tem um. Da stand er vor ihr.

„Kael Flügelfeder."

„Der bin ich wohl, Tem Blattleicht. Also, was ist? Willst du hier bleiben und um dein Überleben kämpfen oder in mein Reich kommen? Die Federtragenden sind sehr hübsch und können es allemal mit der Elfe aufnehmen und dort oben ist es auch nicht kalt und jeglicher Schmerz wird vergessen sein."

Tem betrachtete das Wesen, das vor ihr stand, argwöhnisch. Sie verschränkte die Arme und legte den Kopf zur Seite.

„Das sind aber eher halbherzige Versuche, mich zu dir zu holen, findest du nicht?"

„Ach weißt du, ich habe es nicht eilig, dich in mein Reich aufzunehmen."

„Ich weiß. Ich war nicht grad ein vorbildhaftes Exemplar deiner Prinzipien."

„Quatsch! Ich habe nie einen Menschen zu mir geholt, der meine Prinzipien besser verstanden hat als du. Nur habe ich im Moment wirklich keine Zeit, einen von Neugierde geschüttelten Menschen wie dich zu holen und in alles einzuweisen und diese ganzen Dinge, die mit Sterbenden so passieren, durchzusprechen und so weiter. Das ist mir zu viel Arbeit. Ich hätte demnach nichts dagegen, wenn du einfach da unten bleibst."

„Du bist also nur zu faul, mich in deinen Himmel zu holen."

„Faul kannst du das nicht nennen, nur beschäftigt."

„Beschäftigt. Na schön. Ich hatte eigentlich auch gar nicht vor, so zeitig abzutreten, vor allem da ich ja jetzt eine Halbsterbliche kennen gelernt habe, die, wie du sehen kannst, sehr betrübt über mein Schicksal zu sein scheint."

„Das sehe ich. Und nicht nur sie, der Zwerg würde dich wohl auch vermissen."

„Ja. Es sei denn natürlich, dass die beiden mich in deinem Himmel besuchen kommen können."

„Nein, das geht absolut nicht. Unsere Reiche sind streng voneinander getrennt."

Das Wesen setzte eine Miene auf, die verriet, dass er es nicht ernst meinte, aber ihm daran gelegen war, dieses Gespräch nun zu beenden und Tem unter den Lebenden zu wissen. Deshalb nickte sie und sah zu ihrem Körper zurück.

„Dann bleibe ich hier und hoffe, ich sehe dich nicht so schnell wieder."

„Das hoffe ich auch sehr, Tem Blattleicht."

Ein Ruck durchfuhr sie, Schmerz und Kälte, Schreie und wütende Befehle, das Sirren von Pfeilen und das Reißen von Haut kehrten zurück. Tem sog die Luft in ihre Lunge. Es fühlte sich an, als müsse sie sich zum ersten Mal entfalten und ausdehnen, und es war ein wunderbares Gefühl, als sie dies vollbracht hatte. Dann löste sich ein Schrei aus Tems Kehle, der alle Kämpfer kurzzeitig inne halten ließ.

„Verdammt! Das tut weh!"

Der Atem, der aus ihr wich, gefror in der Luft, bildete kurz Kaels lächelndes Abbild und verschwand. Eine Elfe warf sich neben ihr in den Schnee, packte ihre Schultern, von denen sie eine immer noch nicht spürte, und zog sie an sich. Tem schloss die Augen und ließ die Tränen und zarte Beschimpfungen auf sich niederregnen, bis der Kampfeslärm abebbte, bis stämmige Knie sich neben ihr den Boden rammten und eine unsichere Hand ihren Arm zu tätscheln begann, als könne sie sie mit einer Berührung zerstören.

„Ich habe mit Kael gesprochen. Ihr könnt nicht mit in sein Reich und darum hatte ich keine Lust mit ihm zu gehen", murmelte sie in Valerias Halsbeuge und ließ sich hernach einfach fallen, sich in der Sicherheit wiegend, dass sie wieder erwachen würde, auch wenn bis dahin viele Tage vergehen sollten.

17
1788 nach Entdeckung der Götter, 2. Frühgabe, Wiederbelebtes Dorf Freisaat in Walbucht

Tems Arm war noch immer nicht in der Lage dazu, eine Schaufel zu halten. Dabei hätte sie gerne geholfen, den Priester des Herrn Treulieb seiner letzten Ruhestätte zuzuführen. Er war am gestrigen Abend aus dem Brunnen geborgen worden und hatte kein Wort gesprochen. Niemand wollte Tem daher so recht glauben, dass er tatsächlich noch am Leben gewesen war, als sie in dem Brunnen festgesessen hatte. Auch ihre Frage, wie sie denn bitte ohne fremde Hilfe aus diesem Loch herausgekommen sein sollte, wollte niemand ernst nehmen, und so schwieg Tem mürrisch, bis wenigstens Eldrin ihr versicherte, er glaube ihr und der Priester sei sicher nur so schweigsam, weil nun endgültig seine Zunge von Würmern zerfressen worden sei.

An diesem Morgen wurde der Priester zur letzten Ruhe gebettet. Einer der Elfen aus der Truppe des Oberst sprach das Gebet, obwohl er selbst nicht dem Glauben des Treulieb angehörte, und sang danach mit Valeria eine traurige Weise, die Tem ihren Ärger über ihre ungläubigen Freunde vergessen ließ. Sie standen noch eine Weile an dem offenen Grab, in dem ein grob gezimmerter, aber von den Elfen reich verzierter Sarg lag. Danach schaufelte Vorkron mit Ylavs Hilfe das Grab zu und sie verließen den Totenanger, der die neuen Bewohner von Freisaat auf ewig an ihre Gründerväter und an die Gefahren, aber auch die Heldentaten erinnern würden, die Freiheit mit sich brachte.

„Nun wird er den Weg zum Kloster des Herrn Treulieb sicher finden", hauchte Valeria ihr ins Ohr, in das zur

Hälfte zerrissene, das sie nicht zu schrecken vermochte. Tem selbst hatte es immer noch nicht gewagt, es anzusehen, denn es fühlte sich an wie ein verkrusteter, alter Lappen. Aber Valeria behandelte es voller Zärtlichkeit und mit jedem Tag, der nach ihrer Rettung durch die Truppe von Oberst Bruch vergangen war, schmerzte es weniger.

„Das will ich ihm auch geraten haben. Wenn er sich hier weiter herumtreibt und die neuen Bewohner von Freisaat erschreckt, packe ich sein Skelett und vergrabe es so tief in der Erde, dass er Bekanntschaft mit der Weißhaarigen machen kann", fluchte Tem leise und blickte zurück zu dem Grab mit einem schlichten Holzkreuz, vor dem Ylav noch stand und betete. „Oder er macht es. Hat er die Weihung zum Priester des Herrn Treulieb eigentlich bestanden?"

„Sie findet erst heute Abend statt. Wir werden nicht mehr daran teilnehmen können. Aber Obrook und Eldrin sind bei ihm und Oberst Bruch wird ihn heute Abend nach der Weihung zum offiziellen Anführer des Dorfes ernennen und ihm die Verfügungsgewalt übertragen."

„Dann bleiben die beiden also wirklich hier und kommen nicht mit uns?"

„Nein. Obrook wird ein Vermittler zwischen den Menschen und den Orks werden, sobald es zu dem erwarteten Kampf gegen die Armeen von Haslov und Misk kommt."

„Sollten die sich jetzt überhaupt noch trauen, nachdem wir ihnen die Hintern aufgerissen haben."

„Du hast selbst gesehen, wie viele es waren, Tem. Zwanzig mehr oder weniger werden sie nicht abhalten. Aber sie werden verstanden haben, dass die kleine Armee aus Grenzwacht nicht zu unterschätzen ist und dass Menschen zäh sein können. Immerhin haben viele der Kinder trotz schwerer Verletzungen aus dem Kampf und trotz der unerbittlichen Kälte überlebt und werden Freisaat wieder Leben schenken. Die Erfahrungen, die sie im Kerker im Donnergebirge gesammelt haben, werden sie zu entschlossenen Menschen machen, die dieses Dorf braucht."

„Und die anderen Dörfer. Vergiss nicht, was Oberst Bruch gesagt hat. Sie werden zwischen Grenzwacht und Freisaat fünf weitere Dörfer bauen, damit so etwas wie in Freisaat nicht mehr geschehen kann."

„Richtig. Die meisten dieser Dörfer werden von Soldaten und ihren Familien bewohnt werden, die einmal Bauern aus Mysh waren. Es wird ein schwerer Neuanfang für sie werden, aber wenn es gelingt, diese Dörfer durchzubringen, ist der Weg zu einem freien Land Walbucht nicht mehr weit."

„Vielleicht wird es eines Tages so werden, wie du hoffst, dass Menschen und Orks nebeneinander leben können."

„Wenn dabei solch tapfere Recken herauskommen wie Obrook, könnte sogar ich damit leben", meinte Vorkron, der das Gespräch heimlich belauscht hatte. Seit dem Morgen war er kaum ansprechbar gewesen, weil er eine neue Aufgabe erhalten hatte, die ihn wiederum weit von dem eigentlichen Schlachtfeld, auf das er nun gesetzt hatte, wegführen würde.

„Ich auch", sagte Tem und betrachtete Obrook, der mit Eldrin und Reven hinter ihnen lief und eifrig mit dem Hauptmann neue Strategien beriet. Er würde hier gut aufgehoben sein und gebraucht werden. Den Respekt der Menschen hier musste er sich nicht mehr verdienen, denn die Kinder wussten um seine Taten. Nur durch ihn und seine konsequente Führung durch die Ebene von Walbucht und das Donnergebirge waren nur wenige von ihnen zu Tode gekommen. Dafür war vielen anderen das Leben geschenkt worden.

„Bedauerlich, dass wir schon wieder aufbrechen müssen, aber so soll es wohl sein."

Vorkrons Worte entsprachen nicht der inneren Unruhe, die ihn nach dem morgendlichen Gespräch mit Oberst Bruch ergriffen hatte. Er wollte weiter, neue Abenteuer erleben, denn nun wusste er, dass er den Mut besaß, den ein wahrer Krieger benötigte, und gleichzeitig hatte er gelernt, dass eine Schlacht schreckliche Opfer fordern konnte, zu denen Tem glücklicherweise nicht gehörte.

„Ich finde es auch schade. Abschiede fallen mir immer so schwer und noch dazu ist meine Schulter immer noch so unbrauchbar, dass ich Reven nicht noch einmal herausfordern kann. Wer weiß schon, wann ich ihn wiedersehe?"

„Soweit ist Siebenkiefer nun auch nicht entfernt, Tem Blattleicht. Wir werden bald Gelegenheit haben, gegeneinander zu kämpfen und dieses Mal wirst du mich nicht so einfach austricksen können", sagte Reven und legte ihr seine Hand auf die Schulter, in die langsam Leben zurückkehrte.

„Hauptmann, ich muss doch sehr bitten. Austricksen. So etwas habe ich gar nicht nötig. Ich besitze nämlich Können, wisst Ihr?" frotzelte Tem und bekam einen Schlag in die Seite, der ihre Rippen schmerzhaft erschütterte.

„Tem, sei gefälligst höflicher zu deinem Hauptmann!"

„Zu meinem? Seit wann gehöre ich denn offiziell zu den Orkschlachtern? Ich bin immer noch frei."

„Das stimmt allerdings. Deshalb habe ich ja auch weiterhin Zweifel, ob ich es zulassen sollte, meine Schwester mit dir reisen zu lassen. Du hast sie nicht gerade sicher zu mir zurückgebracht."

„Ich kann nun auch nichts dafür, dass Nash Var'dus Körper Fäuste aus Felsgestein hat!" beschwerte sich Tem.

„Du hättest ihnen ja ausweichen können, Tem Flink-leicht."

Tem stieß ein Grummeln aus und war kurz davor, Reven doch noch zu einem Duell herauszufordern, als ihr etwas sehr Wichtiges einfiel, was im Chaos der letzten Tage untergegangen war.

„Was ist eigentlich mit der Flasche mit seinem Geist passiert?"

„Die Priester haben die Flasche in geweihtes Wasser gelegt und geöffnet. Der Geist ist zerstört worden. Erinnerst du dich an das Gewitter vor vier Tagen?"

„Ja, das war die erste Nacht, in der ich wieder anwesend war. Ich fand, dass Kael meine Wiedergeburt nicht besonders gewürdigt hat, nachdem wir so ein nettes Gespräch hatten."

„Ich fürchte, das war nicht Kael, sondern die Weißhaarige, deren Scherge vernichtet worden ist. Wir können nur hoffen, dass die Auslöschung ihrer Priesterschaft die Orks unter Haslov geschwächt hat."

„Das hoffe ich auch. So wäre ein Krieg zwischen Walbucht und den anderen Ländern der Alten noch abzuwenden."

„Ich wünschte nur, wir hätten nicht so beunruhigende Nachrichten aus Siebenkiefer erhalten, Schwester. Unsere kleinen Freunde verlieren den Kopf. An zwei Fronten zu kämpfen, sind sie nicht gewöhnt. Sie sind es nicht einmal gewöhnt, an einer Front zu kämpfen."

„Wir werden der Sache nachgehen, auch wenn ich mir nicht vorstellen kann, dass sich wirklich etwas im Waldland regt. Es ist ihnen vor vielen Jahrhunderten gewichen, hat ihnen Lebensraum gegeben, warum sollte nun aus ihm etwas hervorkommen, um sie anzugreifen?"

„Das weiß ich nicht, aber ich bin froh, dass ich drei verlässliche Krieger kenne, die es herausfinden werden."

„Ich sag Euch nur eines, Hauptmann. Wenn es in der Zeit, die wir nach Siebenkiefer brauchen, um einen Geist zu jagen, zu einem Krieg gegen die Orks kommt und ich nicht daran teilnehmen kann, werde ich -"

„Vorkron, du redest mit deinem Hauptmann!" beschwerte sich Tem nun mit einem Grinsen.

Seine letzten Worte blieben dem Zwerg im Hals stecken und grummelnd begab er sich zu Obrook und Eldrin, um sich von ihnen zu verabschieden. Sie hier zu lassen, sie ihrem Schicksal zu überlassen und sie vielleicht nie wieder zu sehen, war die schwerste Entscheidung, die Tem in den letzten Wochen treffen musste. Obrook umarmte sie mit einem geraden Rücken, der seine neue Stärke nach außen trug, aber in seinen Augen las sie noch die Unsicherheiten seines jungen Lebens und seiner eigenen Zweifel.

„Vielen Dank, Tem", flüsterte er, als sie einander die Hand reichten.

„Ich muss dir danken. Wenn Wisa Bogensehne dich nicht auf diesen Weg geschickt hätte, wäre ich jetzt tot."

„Oh, ich glaube nicht, dass es die Herrin Bogensehne war. Ich denke, es war vielmehr Herr Prieph."

„Ich verstehe." Tem lächelte. Obrooks Glaube hatte sich gewandelt und mit Hilfe der Elfen hatte er einen wahrhaft zu ihm passenden Begleiter und Halt gefunden. „Möge er dich hüten und dir den verborgenen Pfad deines Lebens zeigen."

„Ich hoffe, dass Kael dich auf seinen Schwingen einst zu uns zurückbringt."

Tem nickte und wandte sich Eldrin zu, der zu Boden blickte und sich nicht verabschieden konnte, ohne sofort in Tränen auszubrechen. Er hätte mit ihnen gehen können, aber er war noch ein Kind und als solches an seinen Vater gebunden, selbst wenn dieser nicht mehr für ihn sorgen konnte. In Ylav hatte er einen Freund gefunden,

der sich um ihn kümmern und ihm alles beibringen würde, was ein Kind seiner Herkunft lernen musste. Überra-
schenderweise hatten sich selbst die Elfen unter Oberst
Bruchs Führung bereits mit dem Jungen angefreundet,
obwohl sie alle erkannten, was er war, das aber machte
Tem Hoffnung. Sie ging vor ihm in die Hocke und packte
ihn bei den Schultern.

„Willst du mir nicht Lebewohl sagen, Eldrin Elfense-
gen?"

Der Junge schüttelte heftig den Kopf und begann zu
weinen. Tem zog ihn zu sich und er klammerte sich an
sie. Es dauerte lange, bis das Zittern seines Körpers nach-
ließ, bis sie sich alle voneinander verabschiedet hatten
und es Zeit wurde, auf dem Karren aufzubrechen, der
gestern Abend hier angekommen war.

„Die armen Pferde. Jetzt haben sie noch eine zusätzli-
che Last", beschwerte sich Valeria, die sich als Erste ab-
wandte. Tem sah ihr an, dass sie es nicht länger aushielt,
dass sie gehen musste, bevor sie sich dafür entschied, zu
bleiben. Von Reven verabschiedete sie sich überhaupt
nicht, sie waren sicher, sich einst wieder zu begegnen,
selbst wenn sie der Tod ereilte.

„Ich reite aber nicht! Ich habe mich nur wegen Tem
überzeugen lassen, zu reiten, als Oberst Bruch und der
Hauptmann gekommen sind, um uns zu helfen! Aber
dieses Mal besteht keine Notwendigkeit!" brüllte der
Zwerg und folgte ihr, ohne sich umzudrehen, weil er
fürchtete, die Tränen, die in seinen Augen schwammen,
würden sich dann lösen.

„Nur mit Pferden wären wir aber viel schneller unterwegs und du würdest deine Schlacht noch erleben."

„Ich würde die Schlacht nicht erleben, weil eines dieser
unberechenbaren Viecher mich sicher im ungünstigsten
Moment von seinem Rücken werfen würde!"

„Ich glaube, ich muss jetzt los, sonst schlagen die sich noch die Köpfe ein, bis wir in Siebenkiefer angekommen sind", sagte Tem und wandte sich zum Gehen.

„Tem, wo bleibst du denn?" rief Valeria.

„Sie trödelt mal wieder!" grollte Vorkron und Tem seufzte.

„Ich komme ja!" antwortete sie lautstark, während Eldrins Hand aus ihrer glitt und sie sich still Lebewohl sagten.

Wortmeldungen und Anhänge

1
Rittmeister Weitbrecht

In dieser Nacht musste er sie bestrafen, sie endlich bekehren von ihrem falschen Weg. Er wusste nicht, wie er ihrer Ziehmutter beibringen sollte, dass sie im Gefängnis hinter eisernen Gitterstäben saß und im schlimmsten Fall eine Hand oder gar beide verlieren würde, aber so konnte es nicht weitergehen. Er wusste um all ihre Qualitäten, die sie nur dazu nutzte, um andere Kohlhausener zu bestehlen. Es wäre nur eine Frage der Zeit, bis sie sich einer dieser Räuberbanden anschloss und sich seinem Einfluss entzog. Im Moment war er noch in der Lage, sie zu beschützen, aber wenn sie aus Kohlhausen fortzog, würde niemand Gnade vor Recht walten lassen.

„Rittmeister, was sollen wir jetzt tun? Sollen wir sie ergreifen? Das ist das vierte Mal in diesem Mondumlauf, dass wir sie dabei erwischen. Wir müssen doch endlich einschreiten."

Klöpfer hatte Recht, aber er brachte es nicht über sie, sie der Rechtsprechung des Kohlhausener Rates zu überlassen. Wenn sie ihre Hände verlor, verlor sie ihre Zukunft und mit viel Pech auch ihr Leben. Trotzdem war es an der Zeit, ihr eine Lektion zu erteilen.

„Geht ihr um das Haus herum zur Vorderseite und macht Lärm. Wir schrecken sie auf. Ich warte am Hintereingang und fange sie ab."

„In Ordnung!" Klöpfer war schon halb um die Ecke, um den anderen Wachen den Befehl zu überbringen, als Weitbrecht ihn am Arm packte und zurückzog.

„Wenn wir sie gefangen haben, bringen wir sie ins Gefängnis, in eine Einzelzelle. Sie wird keinem Ratsmitglied vorgeführt, haben wir uns verstanden. Ich werde mich persönlich um sie kümmern."

„Aber Rittmeister, das widerspricht unseren Befehlen. Jeder Gefangene muss einem Ratsmitglied vorgeführt werden."

„Nur in Fällen grober Verstöße."

„Und wie würdet Ihr das hier bezeichnen? Sie beklaut alle wohlhabenden Bürger der Stadt und Ihr lasst sie einfach gewähren. Es heißt zwar, dass Ihr eine Schwäche für seltsame Gestalten habt, aber das geht doch zu weit!"

Der Rittmeister starrte ihn an. Er versuchte zu verstehen, worauf Klöpfel anspielte. Eine Schwäche für seltsame Gestalten? Sein Blick härtete sich und Klöpfels Widerwillen schmolz. Der Wachsoldat senkte das Haupt und sah zu Boden auf ihrer beider Stiefel, deren eisenbeschlagene Kappe im Licht der Fackeln glühten.

„Es tut mir Leid, Rittmeister."

„Das sollte es auch. Auf was für seltsame Gestalten spielst du an? Und wer streut solche Gerüchte, die ihr Dummköpfe aufsaugt wie eure Suppe zum Mittag?"

Seine Stimme war leiser, aber deutlicher, dolchartig, geworden und frass sich in Klöpfels übersteigertes Selbstbewusstsein, das Weitbrecht schon bei seinem Eintritt in die Wache aufgefallen war.

„So heißt es in der Stadt. Die Damen vom Windigen Knecht erzählen, dass ihr vor einiger Zeit eine eigenartige Gaukler-Truppe habt ziehen lassen, obwohl es hieß, die rothaarige Gnomendame, die bei ihnen war, hätte den einen oder anderen Besucher der Vorstellungen um mehr als das freiwillig Gezahlte erleichtert. Es heißt auch, dass Ihr sie nur habt ziehen lassen, weil mit ihr eine sehr schöne Frau von menschlicher als auch elfischer Geburt reiste, die Euch den Kopf verdreht hat. Außerdem habt Ihr Euch mit dem Bruder dieser Halb-Elfe unterhalten, der anscheinend magisch begabt war und eine Schlägerei

250

im Windigen Knecht durch ungewöhnliche Maßnahmen beendet hat."

Jetzt wusste Weitbrecht, was Klöpfel meinte. Diese Dummköpfe und diese Tratschtanten aus dem Windigen Knecht! Den Mägden würde er das nächste Mal keinen Kupferling schenken. Wenn seine Frau von den Gerüchten erfuhr - er stellte sich ihr Gesicht vor, die Traurigkeit in ihren flussgrauen Augen, die er so sehr liebte. Er musste zugeben, dass ihm die Halb-Elfe wie jedem anderen Mann in Kohlhausen gefallen hatte, aber ihr Bruder - besser gesagt ihre Schwester, wie sich herausgestellt hatte - hatte ihm in der Kneipe bereits von weiteren Begegnungen mit ihr abgeraten und er war dem gefolgt, schon um seine Frau nicht zu verletzen, die, sah man nur auf ihre Schönheit, der Halb-Elfe nicht gewachsen war. Dafür war sie aufmerksam, gescheit, ihm stets eine Stütze und doch so selbstständig, dass er nie Sorge um sie haben musste. Er war stolz auf sie. Und er war froh gewesen, als die drei Gaukler die Stadt verlassen hatten, denn sie versprachen Ärger. Darum hatte er sie auch ziehen lassen, obwohl zwei Männer, die selbst zwielichtigen Rufes waren, sich über die Gnomin beschwert hatten.

„Ich habe die Drei ziehen lassen, weil sie nichts getan haben." Er war sich dessen nicht sicher, aber er zeigte seine Zweifel gegenüber Klöpfel, der weiter in sich zusammensank, nicht offen. „Ich habe die Männer überprüft, die Meldung über die Gnomin gemacht haben. Sie sind selbst Scharlatane. Einer verkauft Wundermittel an alte Frauen und zieht ihnen das Geld aus den Lederbeuteln und von seinen Mitteln bekommen sie Durchfall, aber ganz sicher ist nie eine ihrer Falten verschwunden. Und der andere betreibt am Schwarzbach eine Gerberei. Von ihm heißt es, dass das Leder, das er dort gerbt, jedoch nicht von Tieren stammt. Nun sage mir, Klöpfel, wem sollte ich glauben? Richtigen Verbrechern oder kleinen Strauchdieben? Ich muss mich für das kleinere Übel entscheiden und deshalb habe ich die Drei ziehen lassen. Und deshalb werde ich versuchen, Tem davon abzubringen, weiterhin die Kohlhausener zu bestehlen. Ich weiß, dass sie ein gutes Mädchen ist. Wenn sie ihre Fähigkeiten nur zu etwas Sinnvollerem verwenden würde, dann –"

„Rittmeister! Sie flieht!"

Ein Wachsoldat war um die Ecke gerannt und sah ihn keuchend und mit weit aufgerissenen Augen an.

„Und warum stehst du dann hier noch rum?" brüllte er zurück, wandte sich um und lief zum Hintereingang des Hauses, der weit offen stand. Hinter der nächsten Ecke vernahm er eilige Schritte, sie steuerten geradewegs auf das Kohlhausener Stadttor zu. Er lächelte. Sie würde nicht weit kommen.

Weitbrecht eilte über eine Abkürzung zum Stadttor. Die Wachen dort waren eingeschlafen, aber er brauchte sie nicht, um Tem zu fassen. Er musste nur warten, bis sie auftauchte, und zugreifen. Da vernahm er schon Schritte auf dem Pflaster und duckte sich hinter ein Fass, das einem der Soldaten als Sitz diente. Er legte seine Hand auf das Heft seines Schwertes und beobachtete den Schatten, den Tems Statur im kargen Fackellicht warf. Sie wirkte viel größer und noch dünner als sonst. Unwillkürlich stellte er sich die Frage, was sie mit dem Gold und den Wertgegenständen anstellte und warum sie trotz ihrer Diebstähle oft aussah, als habe sie Monate lang nichts zu essen bekommen.

Der Schatten kam keuchend näher. Als er vor dem Fass zum Stehen kam, sprang Weitbrecht hervor und hielt Tem seine Schwertklinge vor das Gesicht. Doch es war nicht Tem, die vor ihm stand, sondern Klöpfel.

„Klöpfel, verdammt! Wo ist Tem?"

„Aber sie ist doch gerade hier langgerannt! Ich habe sie gehört. Sie war nur ein paar Meter vor mir."

„Herr Seelenmark, das war ich! Verdammt! Wo ist sie nur abgeblieben? Sie muss vorher abgebogen sein."

„Rittmeister!" rief Klöpfel flüsternd und deutete auf einen Schatten, der sich geschickt über die Kohlhausener Stadtmauer schwang.

„Nein! Diese Kleine! Aufwachen, aufwachen! Macht sofort das Tor auf!" schrie Weitbrecht und stieß die eingeschlafenen Wachsoldaten von ihren Fässern, bevor er sich daran machte, den schweren, hölzernen Riegel von seiner Verankerung am Tor zu heben. Er wusste, dass sie in der Dunkelheit verschwunden sein würde, bevor er es geschafft hätte, aber er musste es versuchen. Er musste verhindern, dass sie in die Welt hinauszog, ohne ihre Lektion gelernt zu haben. Er musste sie − beschützen.

Als der Riegel endlich beiseite geschafft war und die Männer die gewaltigen Flügel des Tores aufzogen, war Tem schon verschwunden. Weitbrecht konnte ihre Fußstapfen im Schnee ausmachen, aber sie verloren sich in der Dunkelheit dieser kalten Winternacht.

„Ach Tem, ein Kind bist du noch. Du hättest noch soviel lernen müssen und jetzt kann ich dir nicht mehr helfen."

„Sollen wir ihr hinterher, Rittmeister?"

„Nein, Klöpfel, lass sie ziehen. Wenn Mauern sie nicht aufhalten können, wie sollten wir es? Ich hoffe nur, sie kommt zurecht."

„Wenigstens haben wir jetzt ein Problem weniger."

„Und einen fähigen Anwärter auf deinen Posten ebenso, Klöpfel. Da bist du wohl noch mal davon gekommen. Und jetzt scher dich rein und bereite mir in der Kaserne einen Tee. Mir ist verdammt kalt."

Klöpfels Lippen öffneten sich mehrere Spaltbreit, aber er wusste, dass er am heutigen Abend schon zu weit gegangen war. Darum schwieg er und tat, was ihm befohlen worden war, während Weitbrecht ein letztes Mal in die

Dunkelheit blickte und einen Schatten ausmachte, den er zunächst für Tem hielt. Doch der Schatten blieb kurz stehen, sah zu ihm hinüber und lief dann in die Richtung, in die Tem geflohen war. Weitbrecht beschlich das Gefühl, dass Tem trotz ihrer Flucht in die eisige Kälte sicher war. Ja, sie war sicher.

2
Hauptmann Reven

Tage waren vergangen, die ihm wie Wochen erschienen, aber auf der weißen Ebene bewegten sich nur die Schneekristalle im Wind. Beständig bildeten sie Wolken, die über die Ebene getragen wurden, stoben auseinander, legten sich nieder und warteten auf die nächste Böe, um sich wieder zu vereinen und eine weitere Meile auf den Schwingen Kaels zu reiten.

In den eisigen Nächten, wenn er auf den Zinnen der Stadtmauer stand, konnte er über dem Gebirge ein fernes Leuchten ausmachen, sonst wies nichts auf Leben hin. Weder vernahm er Laute, Regungen in der Nähe noch zeigten sich dunkle Gestalten, die sich vor dem ewigen Weiß abhoben. Sie kehrten nicht zurück. Er spürte deutlich, dass ein Unheil geschehen war, doch er konnte nicht eingreifen. Es war Valerias Wahl gewesen, ihr eigener Wunsch und er musste respektieren, was sie tat.

In ihrer Kindheit, in ihrer Jugend war er es gewesen, dessen Taten respektiert werden mussten und es war Valeria oft schwer gefallen, seine Wünsche anzunehmen. Sie wollte ihn beschützen, ihn, den jüngeren Bruder, der mit Sterblichkeit und Krankheit geschlagen war. Achtzig Jahre trennten sie voneinander. In elfischer Zeitrechnung war dies kaum mehr als eine Mondwanderung, doch für ihn und sein menschliches Blut waren es Äonen und eine Fülle an Erfahrungen, Leid und Glück, die er nie würde aufholen können.

Er fuhr sich durch die Haare, eine nervöse Geste, die bei Valeria stets ein Lächeln hervorrief. Sie sah es als ein Zeichen seiner Herkunft, seines noch jungen Alters. Häufig lag Spott in ihren Worten, und auch wenn er wusste, dass mit diesem Spott Liebe schwang, so ärgerte er sich darüber. Er ließ die Hand wieder sinken und richtete seinen Blick erneut auf das Gebirge, das ihm ungewöhnlich massiv und bedrohlich erschien. Was mochte dort nur vor sich gehen? War Valeria in Sicherheit? Hätte er nicht mit ihr gehen und sie beschützen müssen? Sie war so schlank und zierlich, ein wundervolles Geschöpf der Blauäugigen.

„Junge, ist das eine götterverdammte Kälte hier draussen! Wie lange stehst du denn schon hier rum, sag mal?"

Die tiefe, grollende Stimme unterwanderte seine düsteren Gedanken und die Unruhe in seinem Herzen. Er sah an seine Seite. Ein behaarter Kopf ruhte neben seiner Hüfte und zwei kurze Beine strengten sich an, den Kopf so weit hochzustemmen, dass er über die Brüstung sehen konnte.

„Mosron, du hast doch heute gar keine Wacht. Was machst du hier oben?"

„Ach, ich kann irgendwie nicht schlafen, seit der kleine Kurzbärtige los ist. Hab' doch schließlich Verantwortung für ihn und wenn er nicht wiederkommt, da kannst du gewiss sein, dass mir der ganze Clan der Borkenschädel aus den Bergen der Strahlen auf den Pelz rückt, weil ich ihn da raus geschickt habe."

„Er hat sich dafür entschieden."

„Hat er nicht, das wissen wir doch beide. Er ist gegangen, weil er es als einen Befehl angesehen hat. Als deinen und meinen Befehl. Und nun ist er da draußen, friert sich den Hintern ab oder muss sich mit einem Grauhäuter prügeln. Wo er doch noch nie gegen einen echten Feind gekämpft hat."

„Valeria ist bei ihm. Sie passt auf ihn auf."

„Dabei sollte es doch andersrum sein. Aber wenn sie auf ihn aufpasst, wer kümmert sich dann um deine Schwester? Dieses Mädchen? Ein Strich in der Landschaft und viel zu groß, wenn du mich fragst."

„Ich bin mir nicht sicher, was ich von ihr halten soll."

„Am besten ihren Rucksack und ihre Laterne und alles, was sie besitzt, sie sieht nämlich nicht danach aus, als könnte sie irgendetwas halten."

„Mosron. Deine Scherze waren auch schon mal besser."

„Genauso wie deine Stimmung. Ich dachte mir schon, dass es Probleme gibt, wenn deine Schwester hier aufkreuzt. Bist ja damals nicht umsonst aus dem Wald weggegangen."

„Das hatte gar nichts mit Valeria zu tun."

„Na, ich glaube schon. Sie wird dir wohl nichts getan haben, aber ich denke, es gab Ärger zwischen euch, was?"

„Nicht direkt."

„Verstehe schon. Wir sind heute nicht sehr gesprächig, hm? Denkst dir wohl, der alte Mosron, der Borkenkopf, der kapiert das eh nicht, wenn du ihm was von dir erzählst, weil ihr Elfen, auch ihr halben, soweit über dem Irdischen schwebt, dass euch so ein winziges Geschöpf wie ich sowieso nicht erreichen kann."

„Mosron, was redest du da?"

„Einer von uns muss ja was sagen."

„Na schön. Es hat keinen Ärger gegeben, aber wenn du unter Elfen groß wirst und kein Elf bist, begreifst du schnell, wo deine Grenzen sind. Du wächst schneller als sie, wirst schneller erwachsen, aber in ihren Augen bleibst du ein Kind. Du beherrscht keine ihrer Handwerke bis zur Perfektion und sie trauen dir auch nicht zu, dass du es in der Kürze deiner Lebenszeit schaffen wirst, ein Meister zu werden. Im Kampf lachen sie dich nicht aus, aber sie wissen jederzeit, welche Schwächen du hast. Du wirst zu ihren Versammlungen eingeladen, aber du hast das Stimmrecht eines Kindes. Und wenn dir eine elfische Dame sagt, dass sie dich mag, dann weißt du, dass sie nur fasziniert von dir ist, weil du ein Mensch bist, ein Mensch in ihren Augen. Irgendwann begreifst du, dass du nicht zu ihnen gehörst, so sehr sie dich auch schätzen und mögen."

„Darum hast du dich den Orkschlachtern angeschlossen."

„Ja. Da ich keines der elfischen Handwerke erlernen konnte, wenigstens nicht so wie die anderen, wandte ich mich früh der Waffenkunst zu. Für einen Elfen war ich zu schwer und zu unbeweglich, aber für einen Menschen war ich ziemlich gut. Ich beschloss, Soldat zu werden und Grenzwacht liegt nah am Schwarzholzwald. Da ich nicht in eine der großen Städte von Mysh reisen wollte, kam ich hierher. Damals war Grenzwacht noch viel kleiner. Oberst Bruch ist es zu verdanken, dass wir inzwischen eine gut bewaffnete Armee aufstellen konnten. Zudem erschien mir das Ziel, mit dem Grenzwacht gegründet worden war, edel."

„Aus dem selben Grund bin ich hierher gekommen."

Reven nickte und schwieg eine Weile, erinnerte sich an die letzten zwanzig Jahre, die er hier verbracht hatte. Mit vierzig Jahren war er nach elfischen Maßstäben gerade erst der Wiege entstiegen, nach menschlichen Maßstäben war er bereits alt. Aber Oberst Bruch, wenige Jahre jünger als er, hatte erkannt, wer er war und ihn aufgenommen.

„Valeria aber hat nie verstanden, warum ich fortgegangen bin. Sie war der Ansicht, ich könnte weiterhin im Schwarzholzwald leben. Ich müsse mich nur einfach beweisen. Sie meint es stets gut. Sie sieht nicht die Unterschiede zwischen uns, sie sieht nur unsere Gemeinsamkeiten. Selbst Orks gegenüber versucht sie unbefangen zu sein. Aber die Blauäugige hat uns nun einmal verschieden geschaffen und wir müssen alle unsere Begabungen finden und unser Schicksal erfüllen. Mein Schicksal ist hier in Grenzwacht, wenn ich eines Tages auf diese weiße Ebene hinausziehe, in eine Schlacht gegen eine Armee aus Grauhäuten, die gekommen ist, die Lande der Alten einzunehmen."

„Hm, du bist vielleicht nur zur Hälfte einer, aber du redest wie ein Elf. Das müssen wir dir noch abgewöhnen, Junge. Du wirst in eine Schlacht ziehen, ganz bestimmt. Aber vor dem, der man ist, kann man nicht weglaufen und auch nicht vor jenen, die einen lieben, denn die bleiben immer an deiner Seite. Deshalb solltest du Verständnis dafür haben, dass deine Schwester dich lieber an ihrer Seite als in einer Stadt voller Soldaten gewusst hätte."

„Im Moment wünschte ich, es wäre so und ich könnte ihr beistehen, denn mein Herz sagt mir, dass es ihr schlecht ergeht. Zu viele Tage sind seit ihrem Aufbruch vergangen."

„Die Ebene ist weit."

Dass Mosron nur diesen einen Satz sprach, beunruhigte Reven weit mehr als die Ebene vor ihm. Spürte der Zwerg auch, dass etwas nicht stimmte?

In diesem Moment erklang über ihnen ein leiser, heiserer Schrei. Reven beugte den Kopf weit in den Nacken, als der rotgefiederte Vogel auf ihn niederstieß - nein, fiel. Er stürzte und Reven konnte nur noch die Arme ausstrecken, um ihn zu fangen.

Der Milan war völlig entkräftet. Er musste Stunden lang über die Ebene geflogen sein. An seinen Federn waren Schneekristalle gefroren und zwischen seiner Kralle hielt er einen Fetzen Fell.

„Heiliger Bärtiger, das sind Haare und ihrer Farbe nach zu urteilen, sind es Valerias!" rief Mosron aus.

„Valeria", hauchte Reven in die Nacht. „Mosron, hol Oberst Bruch. Wir brechen auf!"

„Auf? Wie meinst du das? He, wo willst du denn hin? Das gibt es doch nicht. Da leben sie schon beinahe solange wie ein Zwerg, aber sie haben es dennoch so eilig. Na, da werde ich mal die Jungen wecken. Die werden sich freuen. Endlich ein richtiges Abenteuer!"

Mosron jauchzte vor Vergnügen, bevor er sich wieder unter Kontrolle brachte, den Ernst der Lage erkannte und sich mit schnellen, polternden Schritten auf den Weg zu seinen Vettern machte.

3
Walbucht

Walbucht gilt als karges und unfruchtbares Land. In den Legenden der Elfen heißt es sogar, dass es unheilig sei und sich gegen Natur und Sterne stelle, doch die Menschen, die das Land nach der Entdeckung der Götter besiedelten, glaubten nicht daran, dass es verflucht sei. Zweihundert Jahre lang lebten sie auf dem trockenen Boden und gewannen so viel Nahrung, wie sie zum Überleben benötigten. In Küstennähe widmeten sie sich der Fischerei, doch das Donner- und das Gewittergebirge mieden sie, obwohl es hieß, in den Bergen lebten essbare Tiere und die Felsen seien fruchtbarer als das Land. Seit jeher ging jedoch der Glaube umher, dass in den Gebirgen das Böse hauste. Diese Gerüchte sollten bittere Wahrheit werden, als die Orks 653 nach Entdeckung der Götter das Menschenvolk unter der Führung König Grotjards angriffen, besiegten und die Menschen, die nicht getötet wurden, zu Sklaven machten. An dem Sieg beteiligt war der gerissene Orkenmagier Nash Var'du. Er stellte den Menschen eine Falle, die sich nur dummen, wenn auch blutrünstigen Monstern gegenübersahen. Alle späteren Versuche, Walbucht wieder einzunehmen, scheiterten, obwohl es nicht wenige derselbigen gab. Doch erst im Jahre 1574 nach Entdeckung der Götter gelang es, die Orks soweit zurückzudrängen, dass wieder einzelne menschliche Siedlungen in Walbucht entstehen konnten. Die meisten dieser Siedlungen befinden sich an der Nordküste und in der Nähe Siebenkiefers, da sich die Orks noch immer vor dem Unbewohnten Waldland fürchten, das sich einst über Siebenkiefer erstreckte. Aber es existieren auch entlang der Grenzen zu Mysh und

Weitbrück vereinzelte Dörfer, die jedoch mit diesen Ländern in reger Verbindung stehen.

In kleineren Ansiedlungen fällen die Ältesten die Entscheidungen, in den größeren Städten bildet sich inzwischen eine Form der Aristokratie aus. Diese Städte unterstehen häufig dem Befehl des Königs des Unendlichen Landes Mysh, so dass sich in Walbucht kaum von Regierung und Politik sprechen lässt.

Die Einzigen, die ein solches System in rudimentärer Weise aufzeigen, sind die angeblich beschränkten, grauhäutigen Monster der Gebirgszüge. Die Orks befinden sich unter der Führung zweier Häuptlinge, Haslov im Donnergebirge, Misk im Gewittergebirge. Die zwei Clans sind verfeindet, es heißt jedoch, sie hätten sich verbündet, um gegen die angrenzenden Länder in den Krieg zu ziehen und sich so fruchtbare Ebenen anzueignen. Bestätigt werden konnten diese Gerüchte noch nicht, doch die Menschen, Elfen und Halblinge aus Siebenkiefer, Mysh und Weitbrück bereiten sich auf den Krieg vor.

Weiterhin vorherrschend ist auch die Angst vor dem, was die Orks in den dunklen Höhlenkomplexen der Gebirge treiben. Es wird von dunkleren Mächten, Monstern und sogar der Weißhaarigen selbst gemunkelt, ohne dass es dafür Beweise gibt. Vermutlich fürchten sich die meisten Menschen nur vor einer weiteren verheerenden Niederlage gegen die Grauhäute, wie sie in der Geschichte des Landes schon oft zu beklagen waren.

Das ist aber der Grund, warum einige Steppenläufer und Späher der nördlichen Siedlungen seit einiger Zeit weit nach Westen reisen und Westpunkt, eine gewaltige, in den Himmel ragende Säule, die den westlichsten Punkt der Lande der Alten markiert, im Auge behalten. Solange die Säule bestehen bleibt, werden die Völker der Menschen, Elfen, Zwerge und Halblinge sicher sein. Doch die

Säule ist alt und brüchig geworden und zu viele Angriffe der Grauhäute musste sie überstehen.

Darum wurde in Mysh die Organisation der Orkschlachter gegründet, die sich in Grenzwacht zu einer Armee formieren, um gegen die Orks der Gebirgszügen in den Krieg zu ziehen. Die Frage ist nur, ob sie schnell und stark genug sein werden, bevor aus den Tiefen der Höhlen jene Monster hervorbrechen, vor denen sich die Menschen so fürchten.

Wenn es ihnen nicht gelingt, sie aufzuhalten, so werden die westlichen Lande fallen und das Grün der Wälder wird ergrauen und die Wiesen werden zu Mooren und der Himmel wird rote Tränen speien.

Namensverzeichnis

✳Tem Blattleicht, Diebin aus Kohlhausen

✳Valeria von Aschtal, Elfe aus dem Schwarzholzwald

✳Vorkron Sohn des Bosron, Zwerg vom Clan der Borkenschädel

✳Obrook, Halb-Ork aus dem Gewittergebirge

✳Eldrin, Kind aus unheiliger Verbindung

✳Hauptmann Reven, Valerias Bruder

✳Oberst Bruch, Anführer der Orkschlachter

Göttinnen und Götter

✳Colosyn Bergwall, Gott der Zwerge und des Bergbaus

✳Kael Flügelfeder, Gott des Abenteuers und des Windes

✳Darish Blauauge, Göttin des Chaos und der Hoffnung

✳Kelter Treulieb, Gott der Gerechtigkeit und der Treue

✳Zay die Weißhaarige, Göttin des Untergangs